검신 2

청산 新무협 판타지 소설

초판 1쇄 찍은 날 § 2003년 12월 20일
초판 1쇄 펴낸 날 § 2003년 12월 30일

지은이 § 청산
펴낸이 § 서경석

편집장 § 문혜영
편집 § 장상수 · 서지현
마케팅 § 정필 · 강양원 · 이선구 · 김규진 · 홍현경

펴낸곳 § 도서출판 청어람
등록번호 § 제1081-1-89호
등록일자 § 1999. 5. 31
어람번호 § 제2-0303호

주소 § 경기도 부천시 원미구 심곡1동 350-1 남성B/D 3F (우) 420-011
전화 § 032-656-4452 팩스 § 032-656-4453
http://www.chungeoram.com
E-mail § eoram99@chollian.net

ⓒ 청산, 2003

값 8,000원

ISBN 89-5505-932-9 04810
ISBN 89-5505-930-2 (SET)

청산 新무협 판타지 소설

2

장안일편월(長安一片月)

劍神

검신

F A N T A S T I C   O R I E N T A L   H E R O E S

도서출판 청어람

■목
차

제11장 신비의 만년인형철삼 / 7

제12장 그 아버지의 그 딸 / 41

제13장 반갑지 않은 만남 / 71

제14장 빛나지 않는 별 / 97

제15장 수수께끼의 파천공자(破天公子) / 133

제16장 장안제일기녀의 눈물 / 157

제17장 하룻밤에 열셋 / 179

제18장 태양천의 소공녀 / 207

제19장 빗나간 패검 / 243

제20장 백마성의 마왕들 / 277

신비의 만년인형설삼

1

와르르— 콰쾅!

환유성이 협곡으로 들어서자 벼랑 위의 악인궁 졸개들은 암석 더미와 통나무를 떨어뜨려 퇴로를 봉쇄했다.

악인별궁은 항아리 형태의 분지였다. 분지 주변은 병풍 같은 벼랑이 둘러져 있어 빠져나갈 길이 전무했다. 협곡을 틀어막은 암석 더미와 통나무를 치우는 데도 족히 한나절은 걸릴 일이었다.

환유성은 분지 내 수려한 풍광을 둘러보고는 마른 웃음을 지었다.

"악인들이 살기에는 너무 아름다운 곳이군."

그는 천천히 걸음을 옮겼다.

악인궁의 삼대악인과 삼백여 악도들이 호시탐탐 그를 노리고 있지만 너무도 태연한 모습이었다. 오히려 바위와 거목 뒤에서 몸을 숨기고 있는 악인들이 더 긴장하고 있었다.

피피핑—!

벼랑 위에서 화살과 암기가 쏟아져 환유성의 주변으로 암기와 화살이 빼곡하게 꽂혔다. 그러나 환유성은 봄나들이를 나온 사람처럼 한가하게 주변을 둘러볼 뿐이다. 워낙 먼 거리에서 쏟아지는 화살이라 환유성에게는 그다지 피해를 주지 못했던 것이다.

삼대악인은 악인별궁의 돌담 위에서 그를 지켜보고 있었다. 약을 발라 볼의 상처를 치료한 악중요는 이를 바득바득 갈았다.

"놈은 이제 독 안에 든 쥐야. 내 반드시 놈의 살을 저미겠어!"

악중뇌는 머리를 긁적이며 잔뜩 이맛살을 찌푸렸다.

"그런 소리 마라. 독 안에 든 쥐는 놈이 아니라 우리일 수도 있어."

"뇌 오라버니, 대체 무슨 소리를 하는 거야? 설마 우리 삼대악인과 삼백여 악인궁 무사들이 놈 하나를 당하지 못한단 말이야?"

"놈은 세상에서 가장 상대하기 까다로운 세 부류 중 하나다."

악중잔이 낫을 혀로 핥으며 물었다.

"세 부류란 게 대체 뭐요?"

"죽음을 두려워하지 않는 자, 죽기를 원하는 자, 그리고 죽음에 대해 무관심한 자가 그런 놈들이지."

"그게 그거 아니오? 원 헷갈려서."

악중잔이 피식 실소를 짓자 악중뇌는 뒷짐을 진 채 뒤뚱뒤뚱 걸음을 옮겼다.

"죽음을 두려워하지 않는 자는 쓸데없는 만용을 부리는 놈들을 말함이다. 하지만 그 내면에 두려움은 숨겨져 있지. 까다롭기는 해도 죽일 수는 있다."

악중요가 긴 천으로 대충 몸을 가리며 물었다.

"죽기를 원하는 자는 뭐지?"

"삶의 막바지에 있는 놈들이지. 무지막지한 놈들이지만 죽음에 대한 공포를 완전히 떨치지 못한 자들이라 지치게 만들 수 있다."

"하면 죽음에 무관심한 자들은?"

"가장 골치 아프지. 그런 놈들은 죽음에 대한 공포조차 느끼지 않아. 정말 권태로운 삶을 사는 놈들이라 어떤 계략도 통하지 않는다. 남을 사랑할 줄 모르니 인질을 잡아 협박할 수도 없지."

악중요는 여러 번 고개를 끄덕였다.

"맞아. 놈이 딱 그런 부류야. 나같이 매력적인 여인이 구렁이에게 잡혀 먹힐 뻔했는데도 놈은 냉혈한처럼 무시했어. 정말 악독한 놈이지."

악중잔도 한마디 거들었다.

"악중악 대형이나 악중살 형님보다 더 삭막한 놈인 것만은 확실하오."

"게다가 놈은 무도까지 터득한 것이 분명해. 놈이 만일 천심무도(天心武道)에 이른다면 무림 사상 누구도 도달한 적이 없는 검신이 될 수도 있어."

악중요가 입술을 삐죽거린다.

"그런 소리 말아, 뇌 오라버니. 놈은 검신이 되기 전에 이곳에서 귀신이 될 테니까."

악중뇌는 잔뜩 찌푸린 콧등을 문질렀다.

"놈을 반드시 귀신으로 만들어야 한다. 아니면 우리 모두가 귀신이 될 테니까."

한편, 환유성은 온천수가 흐르는 개울가에 앉아 잠시 휴식을 취하고 있었다. 그는 더운 물로 목을 적시고 땀을 닦았다.

악중뇌의 판단대로 그는 죽음에 대해 무관심했지만 현상범을 추적하는 데에는 아주 집요했다. 그가 목을 베겠다고 작심한다면 누구도 그의 손에서 벗어날 수 없다.

하지만 단신으로 뛰어든 이곳은 악인별궁이다. 세상의 모든 사악함과 계략으로 가득한 곳이다.

환유성의 팔만 사천 개 모공이 활짝 열렸다. 그의 입가에 아주 드물게 희미한 미소가 감돈다. 여태 숱한 현상범을 추격해 왔지만 이렇듯 그를 흥분시키는 일은 처음이었다.

'놈들과 난 조건이 똑같다. 누가 먼저 찾아내느냐가 승부다.'

그는 몸을 일으켜 융단같이 펼쳐진 개울가 풀밭을 따라 느릿느릿 걸음을 옮겼다.

그의 심안은 적어도 반경 십 장 이내의 적을 감지할 수 있다. 아직 그를 노리는 숨결은 느껴지지 않는다.

일 대 삼백!

이런 대결은 무림사를 통틀어서도 극히 드문 상황이었다. 하지만 악중뇌는 공격을 서두르지 않았다. 누구보다 사악한 두뇌의 소유자인 그였지만 여전히 환유성을 두려워하고 있었다. 그들 중 누구도 환유성의 쾌검을 받아낼 자가 없기 때문이다.

악중뇌는 날이 어두워지기를 기다리고 있었다.

눈앞의 칼은 피할 수 있어도 어둠 속의 화살은 피할 수 없다는 전투의 격언을 되새기는 중이었다.

'놈은 결코 오늘 밤을 넘기지 못하리라!'

2

　환유성은 비교적 평탄한 풀밭을 등진 채 개울가에 앉아 있었다. 마치 자연을 감상하는 한가한 문사처럼 보인다.

　그는 망부석처럼 꼼짝도 하지 않았다. 그런 자세로 두 시진을 보냈다. 최소 십 장 밖에서 겹겹이 에워싸고 있는 악인궁 무사들은 악중뇌의 명을 기다리며 역시 기침 소리 하나 내지 않고 포위망을 유지했다.

　악중뇌는 마른침을 꿀꺽 삼켰다.

　마음 같아서는 전 무사들에게 총돌격을 명하고 싶었다. 아무리 절세적 무공을 지닌 자라도 삼백 명을 당할까. 게다가 삼대악인의 무공은 환유성에 비해 그다지 처지는 것도 아니다.

　악중뇌는 고개를 저었다.

　'무더기로 덤볐다가는 모두 전멸이다. 놈의 쾌검은 한 치의 빈틈도 없다. 애꿎게 수하들만 모두 잃을 수 있어.'

　그는 끓어오르는 분노를 참으며 애써 냉정함을 되찾았다.

　삼대악인이 계곡을 통째로 장악해 을씨년스런 귀곡으로 변화시킨 데에는 아주 비밀스러운 작업을 진행하기 위해서였다. 그들이 원하는 대로 영물을 차지한다면 태양천을 두려워하지 않고 악인천하를 이룩할 자신이 있었다.

　'영물은 피 냄새와 소란을 극도로 싫어한다. 천신만고 끝에 가둬놓았지만 언제 바람처럼 사라질지 모르는 일이야.'

　악중잔도 심기를 가라앉히려는 듯 숫돌에 낫을 갈고 있었다.

그는 물 대신 자신의 피를 묻혀 낫을 간다. 그의 낫은 흡혈금철로 만들어져 피를 머금을수록 더욱 강해지며 예리해진다. 한갓 철로 만들어진 병기지만 그의 낫은 주인을 닮아서인지 늘 피에 굶주려 있었다.

악중요는 머리에서 발끝까지 온통 암기로 무장했다. 가장 은밀한 곳까지 암기를 숨긴 그녀는 붉은 입술을 혀로 핥았다.

'요동의 촌놈, 우리가 왜 오대악인으로 불리는지 똑똑히 가르쳐 주마!'

산중의 해는 짧아 유시가 지나자 금세 어두워졌다. 선연한 별빛만 내리쬘 뿐 달조차 보이지 않았다. 주변으로 불씨 하나 밝혀져 있지 않아 악인별궁 전체는 적막과 칠흑 같은 어둠 그 자체였다.

개울가에 석상처럼 앉아 있던 환유성의 모습도 고스란히 어둠 속에 묻혔다.

순간, 악중뇌의 쉰 듯한 음성이 야음을 찢고 울려 퍼졌다.

"쏴라!"

대기해 있던 악인궁 일백여 궁수들이 일제히 활시위를 퉁겼다. 나머지 이백여 무사들은 암기가 될 수 있는 것은 죄다 집어 던졌다. 돌멩이와 나뭇가지는 물론이고 그들이 먹던 밥 사발까지 내던지기도 했다.

피피피핑—!

분지 전체에 퍼지는 파공성으로 인해 귀청이 찢어질 정도였다. 궁수들의 화살세례는 계속되었다. 그들은 화살통이 빌 때까지 쏘고 또 쏘았다. 짙은 어둠으로 정확한 상황은 알 수 없지만 환유성이 위치한 오장 주변은 쑥대밭이 되었을 것이다.

안전을 위해 이십여 장 밖에서 지휘하고 있던 악중뇌가 손을 쳐들었다.

"멈춰라!"

악인궁 무사들은 날리던 화살과 암기세례를 일제히 멈추었다.

"횃불을 던져라!"

악중뇌는 최대한 안전한 계책으로 일관했다.

상대의 죽음을 확신하지 못한 상태에서 굳이 가까이 다가서는 모험을 감행할 이유가 없었던 것이다. 삼십여 개의 횃불이 어둠을 가르며 개울가로 떨어졌다. 활활 타오르는 떨어진 횃불로 인해 개울가 주변은 대낮처럼 밝아졌다.

"앗?"

"허억! 이럴 수가?"

"노, 놈이 없다!"

악인궁 무사들의 입에서 경악에 찬 비명성이 터져 나왔다.

도저히 믿을 수 없는 일이었다. 그들의 적은 분명 어둠에 덮일 때까지 그 자리를 지키고 있었다. 땅속으로 꺼지거나 하늘로 솟지 않는 한 분명 죽었어야 마땅했다. 그러나 개울가 주변은 화살과 암기로 뒤덮여 있을 뿐 환유성의 옷자락 하나 보이지 않았다.

악중뇌는 이를 악물었다.

'영악한 놈! 놈은 공격과 동시에 이동했다. 무도에 의해 심안을 터득했다면 가장 허술한 곳을 본능적으로 찾아낼 수 있지.'

그는 등골이 오싹해졌다. 만일 그가 그들의 삼 장 이내까지 접근해 있다면 그들의 목은 언제 떨어질지 모를 일이었다.

번쩍!

악인궁의 무사들의 포위망 속에서 찬란한 검광이 피어올랐다.

연이어 구슬픈 비명이 밤하늘에 메아리친다. 방원 진형의 포위망이

삽시간에 붕괴되었다. 죽음에 대한 본능적인 공포로 악인궁 무사들은 사방으로 냅다 달아났다.

"피해라!"

"귀신같은 놈이다!"

"움직이는 건 무조건 베라!"

악인별궁은 아수라장이 되었다. 한 번 검광이 번득일 때마다 십여 명씩 나가동그라졌다.

극도의 공포에 눈이 돌아간 몇몇 악인궁도들은 미친 듯 외치며 동료들을 향해 마구 살수를 펼쳤다. 실로 처참한 자중지란이었다. 분지 내는 온통 피비린내 나는 결투장이 되어버렸다.

악중잔이 낫을 불끈 쥐었다.

"뇌 형님, 이러다 수하들이 모두 죽겠소! 우리 셋이 나서 놈을 죽입시다!"

"그래, 뇌 오라버니. 설마 놈이 우리 셋의 합공을 당해내겠어?"

악중요까지 냉정을 잃고 설치자 악중뇌는 마음이 크게 흔들렸다. 그러나 그는 악의 두뇌답게 끝까지 냉철한 심기를 유지했다.

"수하들을 최대한 물려라!"

그의 지시에 수하 셋이 마구 징을 쳐댔다. 요란한 쇳소리가 분지 내에 메아리쳐 울리자 악인궁 무사들은 겨우 제정신을 차렸다. 이미 일백여 명이 비명회사하고 말아 이백여 명만 남은 상태였다.

그들은 포위망을 풀고 일제히 뒤로 물러섰다.

수림과 수풀을 헤치고 물러선 악인궁도들은 분지 벼랑에 등을 맞댔다. 이제 뒤는 두려워하지 않아도 된다. 비록 한 치 앞도 볼 수 없는 어둠뿐이지만 앞에서 펼쳐 오는 공격을 막는 데만 전념하면 된다.

횃불이 모두 꺼지자 분지 안은 다시 칠흑 같은 어둠에 휩싸였다. 어둠 속에서 환유성의 메마른 음성이 흘러나왔다.

"난 목에 현상금이 걸린 놈만 벤다. 나머지는 모두 떠나라."

커다란 외침은 아니었지만 워낙 적막한 상황이라 모두들 그의 음성을 들을 수 있었다.

악중잔이 냉소를 치며 말을 받았다.

"찢어 죽일 놈, 악인궁의 제자가 되려면 목에 현상금이 걸려야 하는 게 기본이다. 그래서 본 궁의 제자가 되기 위해 일부로 죄를 저지르기도 하지. 크큭."

곧바로 환유성이 음성이 악인궁도들의 고막으로 파고들었다.

"이곳에선 목 벨 놈들이 너무 많아. 오늘은 황금이 걸린 놈만 베겠다. 싸구려 은자가 걸린 놈들은 모두 사라져라."

악인궁도들이 갑자기 술렁였다. 삶에 대한 강렬한 애착과 보이지 않는 적에 대한 두려움으로 그들이 동요하기 시작한 것이다.

낌새를 눈치 챈 악중뇌가 싸늘하게 외쳤다.

"모두들 들어라! 한번 본 궁에 가입한 자는 죽어야만 떠날 수 있다. 놈의 얄팍한 술수에 동요하지 마라. 지금은 모두 힘을 합쳐 놈을 죽여야 한다. 놈을 죽이지 못하면 우리 모두가 죽는다!"

그는 악중잔과 악중요를 대동해 악인별궁 돌담 위를 걸으며 언성을 높였다.

"모두들 각자 위치를 지켜라. 놈도 인간인 이상 우리 모두를 죽이기 전에 지치게 될 것이다. 기회가 되면 형제들을 죽인 복수를 하게 될 것이다. 놈이 달아날 수 있는 길은 없다!"

과연 악인궁의 수뇌답게 집단을 장악하는 힘은 대단했다. 동요하던 악인궁도들은 병기를 꼬나 쥔 채 각자의 위치를 지켰다.

배수진(背水陣).

전투에 있어 상상 이상의 위력을 발휘하는 전술의 하나다. 만일 그들이 마음껏 달아날 수 있는 지형에 있었다면 이미 십 리 밖으로 도망쳤을 것이다. 그러나 이래도 죽고 저래도 죽는다면 방법은 하나뿐이다.

상대를 죽여야만 사는 것이다.

3

악인별궁의 싸움은 오랜 소강 상태로 접어들었다.

그렇게 네 시진 이상이 지나자 동녘으로 희멀건한 여명의 빛이 밝아왔다. 주변의 사물이 시야에 들어오면서 악인궁도들은 자신이 아직 살아 있다는 데 안도를 하였다. 그러나 개울가에 자리한 환유성을 보는 순간 그들의 입에서 침음성이 흘러나왔다.

"으음, 이게 어찌 된 일인가?"

"놈은 꼼짝도 하지 않았단 말인가?"

"말도 안 돼! 그렇다면 어젯밤 동료들을 떼거지로 죽인 자는 귀신이란 말인가?"

그러했다. 환유성의 주변은 화살과 암기로 빽빽이 뒤덮였지만 그는 어제저녁 때 그 모습 그대로였다. 정말 귀신이 곡할 노릇이 아닐 수 없었다.

별궁의 돌담 위에 서서 이를 지켜보던 삼대악인 역시 경악하고 말았다.

"교활한 놈, 사람을 놀라게 하는 데에도 천하제일이군."

"빠드득, 어떻게 해야 저놈을 토막 내버릴 수 있지?"

악중잔과 악중요가 몸달아하자 악중뇌는 다소 지친 모습으로 털썩 주저앉았다.

"하필 가장 중요한 순간에 저런 악종이 침입해 왔단 말인가!"

만일 그의 머리에 모발이 자라 있었다면 너무도 극심하게 심력을 소모해 하룻밤 사이 새하얗게 변색되었을 것이다.

그는 두 동생을 끌어 앉히고는 나지막하게 자신이 계책을 일러주었다.

"놈의 쾌검은 절세적이라 수하들이 모두 달려들어 봤자 놈의 옷자락 하나 베지 못할 것이다. 놈의 내공이 미흡한 것이 약점이지만 워낙 의지가 굳고 심기가 깊어 그것조차 약점이 되지 않는다. 이제 방법은 놈을 진법으로 가둬 전력을 다해 죽이는 것뿐이다."

악중요는 지레 겁을 먹고 한 걸음 물러나 앉았다.

"진법에 가두려면 놈을 유인해야 하는데… 난 못해."

사람을 죽이고 그 피의 향기를 맡는 데 희열을 느끼는 살인광인 악중잔도 떨떠름한 표정을 지었다.

"놈이 눈치 채고 걸려들지 않으면 어쩔 거요?"

악중뇌는 밤을 꼬박 세우며 계책을 강구해 두었던 터라 두 동생의 반응까지도 예측한 듯싶었다.

"별궁 내에는 이미 진법이 설치돼 있다. 놈을 끌어들여 삼 합을 겨루면서 시간을 보내면 진법을 발동시켜 놈을 가둘 수 있다."

그는 악중잔과 악중요 둘에게만 전음입밀을 구사해 진법의 발동과 동시에 탈출하는 방법을 일러주었다.

아침 햇살이 분지 내로 스며들자 비로소 환유성은 개울물로 목을 축이고는 몸을 일으켰다.

그의 손놀림과 걸음걸이 하나마다 전 악인궁도들의 시선이 집중되었다. 그들의 눈에 비치는 환유성의 존재는 그야말로 죽음의 신이었다.

환유성은 품 자(品字) 형태로 악인별궁 앞을 지켜 서고 있는 삼대악인을 향해 느릿느릿 다가섰다.

앞으로 나서 있던 악중뇌가 쉰 듯한 음성으로 제안을 던졌다.

"환가야, 이곳에서 목에 황금이 걸린 사람은 우리 셋뿐이다. 만약 우리가 패하게 되면 우리 셋의 목만 갖고 떠나라. 수하들은 건드리지 마라."

그답지 않은 나약한 모습이었다. 환유성은 몹시 권태로운 표정으로 물었다.

"왜 어린아이들을 납치해 데려오려 했냐?"

삼대악인은 크게 움찔하며 서로의 눈치를 살폈다. 악중뇌는 애써 표정 관리를 하며 음침한 미소를 지었다.

"본 궁의 일이다. 네놈이 관여할 일은 아니지."

"하기는. 난 너희들 목만 베어가면 되니까."

"건방진 놈! 우리 삼대악인의 목이 네 수중에 들어 있기라도 한단 말이냐?"

악중뇌는 냅다 일장을 날렸다. 사악한 두뇌만큼 그의 손속도 매서웠다. 은은한 붉은빛을 띠는 혈황공(血荒功)은 그의 절기 중 하나였다.

환유성은 날아드는 강기를 대하고도 전혀 응수하지 않았다. 상대의 공격이 눈속임에 불과한 허초임을 대번에 간파한 것이다. 과연 악중뇌는 공격을 펼치다 말고 뒤로 물러섰다. 이어 악중잔과 악중요가 좌우에서 공격을 펼쳐 왔다.

삼 장 길이의 쇠사슬에 달린 낫은 환유성의 하반신을 노려왔다. 반면 악중요의 독암기는 그의 상반신 전체를 노려왔다.

번쩍!

환유성의 무흔쾌섬이 전개되며 연이은 금속성이 터져 나왔다. 악중요의 암기를 모두 쳐낸 그의 반검은 악중잔의 낫과 연결된 쇠사슬마저 끊어버렸다. 악중잔은 퉁겨져 오르는 낫을 능공섭물로 끌어들이며 급히 후퇴했다.

삼대악인은 번갈아 공격을 펼치며 환유성을 악인별궁의 앞마당까지 끌어들이는 데 성공했다.

이제부터가 문제였다.

악중뇌가 진법을 발동시킬 때까지 환유성이 눈치 채지 못하도록 혼전을 벌여야 한다. 삼 초 정도만 교환하면 되는 일이었지만 악중잔과 악중요는 바싹 긴장하지 않을 수 없었다. 어떻게든 환유성과 이 장 간격을 유지해야 했다. 그의 쾌검 반경에 들어가는 순간 그들의 목은 베어지고 말 것이다.

"혈극겸!"

"혈화만폭!"

악중잔은 잔뜩 진기를 주입해 낫을 내던졌고, 악중요는 지닌 암기의 절반을 동시에 퍼부었다. 급선회하며 날아드는 낫과 하늘을 새까맣게 덮으며 날아드는 암기세례는 지독히도 현란했다.

반검을 휘둘러 낫과 암기를 쳐낸 환유성은 그대로 미끄러지며 악중요 쪽으로 접근했다.

그는 삼대악인이 뭔가 함정을 파놓았다는 낌새를 간파하고 있었다. 그렇지 않고선 삼대악인과 같은 사악한 자들이 목숨을 걸고 그와 대결할 이유가 없는 것이다. 그러나 그는 함정과 매복 따위는 무시했다. 어떤 상황이든 상대의 목만 베면 되는 일이기 때문이다.

"앗, 오지 마!"

악중요는 환유성이 자신의 목을 노리고 다가서자 질겁하며 급히 뒤로 몸을 날렸다. 동시에 발악을 하듯 온몸 곳곳에 숨겨둔 암기를 발출했다. 암기의 종류는 다양했다. 개중에는 소털처럼 가는 독침도 섞여 있었다.

환유성은 심안을 최대한 높였다.

빛살같이 쏟아지는 암기는 마치 장마 때 쏟아지는 폭우처럼 드세고 쾌잔했다. 하지만 환유성의 눈에 보여지는 암기는 간단히 몸을 움직여 피할 수 있을 만큼 느리게 보였다.

그는 몸을 좌우로 흔들어 암기들을 차례로 피해냈다. 외부에서 본다면 그가 암기를 피하는 것이 아니고 암기들이 그를 피해가는 기막힌 현상이었다.

"뒈져라!"

악중요가 위기에 처했다 싶자 악중잔은 혼신의 힘을 다해 낫을 내던졌다.

휘리리링―!

낫은 급속히 회전하며 환유성의 등판을 향해 날아갔다. 환유성은 자신을 노리는 공격 따위는 무시했다. 악중요가 사정권 안에 들어온 것이다.

번쩍!

그의 쾌검은 더할 수 없이 빠르게 악중요의 목을 향해 날아갔다. 극도로 짧은 순간이지만 그는 그녀의 목을 벤 후에도 검을 움직여 악중살의 공격을 막아낼 수 있다 판단한 것이다. 그의 쾌검에 대한 두려움으로 악중요는 석상처럼 굳어지고 말았다.

그녀의 목이 떨어져 나갈 절체절명의 순간이었다.

퍼엉—!

"악!"

악중뇌의 혈황장에 적중된 그녀는 비명과 함께 뒤로 퉁겨졌다. 장력에 맞아 퉁겨진 그녀는 지난밤에 이어 또 한 번 죽을 위기를 모면하였다. 하지만 그녀의 몸에는 왼쪽 목덜미서부터 오른쪽 옆구리까지 이어진 긴 혈흔이 남게 되었다. 만일 환유성의 검이 반검이 아니었다면 그녀는 이미 고혼이 되었을 것이다.

채앵—!

환유성은 등 뒤로 날아든 낫을 쳐내고는 검집에 반검을 꽂았다. 그의 미간에 세 줄의 주름이 깊이 새겨졌다. 어제부터 연이어 그의 쾌검이 실패로 돌아가자 짜증이 솟구친 것이다.

"하악하악!"

가까스로 목숨을 건진 악중요는 가쁜 숨을 몰아쉬며 놀란 심장을 손으로 눌렀다. 치명상은 아니었지만 일 촌 깊이로 베어진 혈흔에서 붉은 피가 배어 나와 그녀의 손을 적셨다. 타인의 피로 목욕을 할 만큼 악녀로 정평이 난 그녀였지만, 자신의 몸에서 흘러나온 피를 대하자 얼굴색이 새하얗게 변했다.

"으득, 네… 네놈이 기어코 내 몸까지 망쳐 놓았어!"

악중뇌는 진법을 발동시키는 마지막 막대를 바닥에 꽂고는 악중요를 잡아챘다.

"어서 나가자!"

둘에 이어 악중잔까지 뛰쳐나가자 악중뇌가 펼쳐 놓은 기문진법이 하늘과 땅을 뒤집어놓았다.

4

두 다리가 들려져 허공으로 향하고 머리가 땅을 가리켰다. 마치 보이지 않는 실에 묶여 거꾸로 매달린 듯한 자세였다.

환유성은 심장을 압박하는 피의 흐름과 심한 현기증에 구토마저 일었다.

'으윽, 진법에 빠졌군.'

그가 기문진법에 빠져 보기는 처음이었다.

강호를 떠돌며 소문으로만 들었을 뿐이다. 그는 눈에 보이는 것만 믿는 성격이라 나뭇가지와 돌무더기에 의해 형성되는 기문진식 따위는 아예 무시했다. 그러나 막상 진법에 갇히고 보니 그 위력은 상상을 훨씬 초월했다.

'어떤 절기보다 강하구나.'

환유성은 자세를 바로잡으려 했지만 어느 곳이 땅이고 어느 곳이 하늘인지 분간할 수가 없었다. 그는 이를 악물고 쾌검을 발출했다.

강렬한 섬광이 대기를 갈랐다. 하지만 빈 허공만 베었는지 검극을 통해 어떤 타격도 느껴지지 않았다. 대신 그의 전신을 조여오는 보이지 않는 압력만 가중될 뿐이었다.

외부에서 이를 지켜보던 삼대악인은 비로소 안도하며 회심의 미소를 지었다.

"호호, 이제야말로 저 귀신같은 놈을 요절 낼 수 있게 됐어."

악중요는 너무도 기뻐 눈물까지 줄줄 흘렸다. 그녀는 자신의 목덜미에서 옆구리까지 길게 베어진 검흔을 어루만지며 이를 바득바득 갈았다.

"놈을 곱게 죽이지는 않겠어. 살을 저민 후 왕소금을 듬뿍 발라 문질러 줘야지. 놈이 고통스러워 비명을 지르는 모습을 상상만 해도 너무나 흥분돼."

타고난 색녀인 그녀는 강렬한 살의에 쾌감마저 느낀 듯 사타구니를 움켜쥐며 어쩔 줄 몰라 했다.

악중잔이 낯을 혀로 핥았다.

"누님, 놈이 죽지 않을 만큼만 내가 팔다리를 하나씩 베겠소."

"호호, 좋아. 하지만 너무 피를 많이 흘리게 하면 안 돼."

두 악인 남녀와 달리 악중뇌는 아직도 마음을 놓지 못하고 있었다.

"놈은 아직도 반검을 손에 쥐고 있다. 다행히 반천역상진법(反天逆像陣法)으로 놈을 가둘 수 있었지만 놈이 쓰러지기 전까지는 안심할 수 없어."

"뇌 오라버니, 설마 놈이 진법까지 파훼하겠어?"

"어떤 상황에서든 방심하지 않는 것이 내 철칙이다."

그는 길게 휘파람을 불어 궁수대를 불러들였다. 오십여 궁수들이 환유성이 갇힌 진법 주변을 에워싸며 활시위에 화살을 걸었다.

진법에 빠진 환유성은 거꾸로 매달린 듯한 환각 때문에 속이 매스꺼워졌다. 죽음에 대해 무관심한 그였기에 공포를 느끼지는 않았지만 몸을 자신의 뜻대로 가눌 수가 없자 몹시 짜증이 났다.

그는 지그시 눈을 감은 채 심안을 북돋았다.

희미한 영상 속에 나뭇가지와 돌무더기가 보인다. 일정한 간격을 두고 꽂혀 있는 나뭇가지와 그 사이를 메우고 있는 돌무더기는 구궁과 팔괘, 오행의 법칙으로 배치돼 있었다. 물론 기문둔갑이나 진법학에 대해 문외한인 그로서는 그 심오한 이치를 헤아릴 수 없다.

'어디 한 곳이라도 파괴한다면 진법을 깨뜨릴 수 있을 것이다.'

그는 반검을 쥐고는 허공을 향해 휘둘렀다.

콰앙―!

폭음과 함께 돌무더기가 흩어지고 촘촘하게 꽂힌 나뭇가지들이 몇 개 베어졌다. 그를 가둔 진세가 심하게 요동쳤다. 그는 비로소 거꾸로 매달린 듯한 환각에서 벗어나 지면을 딛고 두 발로 서게 되었다.

"허억!"

악중뇌는 기겁을 하며 한 걸음 물러섰다.

"놈이 어떻게 건방(乾方 : 하늘 쪽 방위)을 찾아 파훼했단 말인가?"

악중요는 다급히 물었다.

"뇌 오라버니, 진세가 깨진 거야?"

"일부가 무너졌다. 무도를 터득한 게 분명해. 놈이 빠져나오기 전에 죽여야 한다!"

그는 궁수들을 향해 번쩍 손을 쳐들었다.

"쏴라! 놈이 완전히 죽을 때까지 계속 쏴!"

궁수들은 일제히 화살을 날렸다.

"피피핑―!"

수십 발의 화살이 진세로 파고들며 환유성을 향해 폭우처럼 쏟아졌다.

"엇?"

환유성은 느닷없는 화살세례에 일순 당황하고 말았다. 진세 안으로 쏟아진 화살을 파악하였을 때는 이미 화살들이 그의 몸 두 자 이내까지 접근한 상태였다.

번쩍!

빛살 같은 무흔쾌섬이 전개되며 대부분의 화살이 동강 났다. 그러나 세 대의 화살이 그의 등판과 옆구리, 허벅지 깊숙이 파고들었다. 강한 충격과 극심한 고통에 심장이 멎을 것만 같았다.

화살세례는 한 번으로 그친 것이 아니었다. 악중뇌의 발작적인 외침 속에 수백 발의 화살이 또다시 꼬리를 물고 진세 안으로 쏟아졌다.

환유성은 본능적으로 반검을 휘둘러 방어했다. 그러나 너무도 엄청난 화살 공세였다.

그의 쾌검을 뚫고 내리 꽂히는 화살에 환유성은 서서히 무너지고 있었다. 전신에 열 대의 화살이 꽂힌 그는 울컥 피를 토하며 한쪽 무릎을 꿇었다. 반검을 지팡이 삼아 짚었지만 이미 모든 기력이 소진된 그는 이내 풀썩 엎어지고 말았다.

그런 그의 몸 위로 계속해서 화살이 내리 꽂혔다.

실로 끔찍한 참상이었다. 고슴도치처럼 빼곡하게 화살이 꽂힌 그는 이미 목숨이 끊어졌는지 화살이 몸에 박혀도 꿈쩍하지 않았다.

"멈춰라!"

악중뇌는 손을 쳐들었다. 궁수들이 활을 거두며 뒤로 물러섰다.

"요와 잔은 놈이 죽었는지 확인해 보아라."

악중뇌는 나뭇가지를 몇 개 뽑고 돌무더기를 쓰러뜨려 진법을 해소했다.

진한 피 향기가 물씬 풍겨왔다. 잔악하기로 두 번째라면 서러워할 악인궁의 두 수뇌였지만 전신 가득 화살이 꽂힌 환유성을 내려다보고는 눈살을 찌푸렸다.

"저 악종을 너무 편하게 죽였어."

악중잔은 낫 끝으로 환유성의 옆구리를 쿡쿡 찍었다. 싸늘한 시체가 되었는지 환유성은 미동도 하지 않았다.

"아쉽군, 놈의 팔다리를 내 손으로 베었어야 했는데."

"시체면 어때? 넌 한 번 원한을 품으면 무덤을 파고 관을 깨뜨려서라도 반드시 사지를 베어버리잖아?"

"클클, 그러지 뭐."

악중잔은 환유성의 목을 향해 낫을 휘둘렀다.

"네놈 목에 황금이 걸리지 않은 게 아쉽구나!"

쐐애액―!

그의 붉은 낫은 그대로 환유성의 목을 베어갔다. 죽은 자의 목을 벤다는 것은 두 번 죽이는 악랄한 행위다. 하지만 여태껏 사람을 곱게 죽인 적이 없는 악중잔으로서는 수없이 행해왔던 살업 중 하나였다.

순간, 모두가 죽은 것으로만 알았던 환유성의 몸이 퉁기듯 튀어 올랐다.

"엇?"

안심하고 낫을 휘두르던 악중잔은 심장이 덜컥 내려앉고 말았다.

번쩍!

아득한 섬광과 함께 싸늘한 검기가 그의 목을 베어왔다. 그는 자신의 목이 베어지는 상황을 보면서도 입만 딱 벌린 채 어쩔 줄을 몰라 했다.

"안 돼!"

악중요는 다급히 외치며 세 자루 비수를 날렸다. 악중뇌 역시 악중잔을 구하기 위해 혈황장을 내질렀다.

"아악!"

몸의 일부가 베어진 악중잔은 고통스런 비명을 지르며 한쪽으로 날아갔다. 낫을 쥔 그의 팔이 어깻죽지부터 댕강 잘라진 것이다. 그로서는 그나마 천만다행이었다. 악중요의 비수가 환유성의 검극을 돌려놓았고, 악중뇌의 장풍에 맞아 밀려나는 바람에 목이 베어지는 참상은 모면한 것이다.

환유성은 악중잔의 목을 베지 못한 것이 아쉬웠지만, 또 한 번 쾌검을 전개할 기회는 이미 잃고 말았다.

그는 절뚝거리며 악인별궁 안으로 뛰어들었다.

너무도 엄청난 부상으로 그의 기력은 이미 탈진되었다. 초인적인 정신력과 의지로 용케 정신을 잃지 않고 있었지만 이미 신체적 한계를 벗어난 상황이었다.

악중뇌는 벼락처럼 몸은 날렸다.

"들여보내서는 안 된다! 어서 막아!"

그는 혼신의 힘을 다한 신법으로 환유성을 쫓았지만, 환유성은 이미 악인별궁의 돌집 안으로 사라지고 말았다. 육중한 돌문이 덜컥 닫힌다.

악중뇌는 전신을 부들부들 떨었다. 그의 이마에서 구슬 같은 땀이 비 오듯 흘러내렸다.

"으으, 이럴 수가! 이를 어찌한단 말인가?"

악중요는 악중잔의 부상 부위를 천으로 감싸며 앙칼지게 외쳤다.

"뭐가 문제야? 돌문을 때려부수고 놈을 잡아 죽여야지!"

악중뇌는 돌문을 어루만지며 이를 악물었다. 그는 냉정을 되찾으며 고개를 저었다.

"그럴 수는 없다. 칠 년 동안 공들여 왔는데 여기서 포기할 수는 없 어."

"그러다 놈이 영물을 차지하면?"

"인형설삼(人形雪蔘)이 스스로 모습을 드러내지 않는 한 손에 넣는 건 불가능한 일이다. 문을 파괴하면 영물은 순식간에 달아난다."

악중요는 워낙 심한 부상으로 혼절한 악중잔을 부축해 안았다.

"그럼 어쩌자는 거야? 난 꼭 놈의 살을 저며야겠어!"

"대나무 진으로 입구를 봉쇄한 후 문을 열겠다. 어차피 놈은 과다한 출혈로 곧 죽게 될 테니까."

악중뇌는 궁수들에게 대나무를 베어올 것을 지시했다.

악중요는 평석 위에 악중잔을 내려놓고는 악인별궁의 돌집을 향해 다가섰다.

"뇌 오라버니가 막내를 치료해. 아무래도 내가 들어가 봐야겠어."

악중뇌가 정색하며 그녀를 막아섰다.

"기다려라. 죽망금쇄진을 설치한 후에야 문을 열 수 있다."

"지금 영물 따위가 문제야? 잔 동생의 복수를 해야 할 것 아냐? 놈이 곱게 죽게 되면 난 미치고 말 거라고!"

"요매, 악인궁의 앞날을 생각해라. 놈에 대한 앙갚음 때문에 악인천하를 포기할 셈이냐?"

악중뇌의 워낙 강경한 태도에 악중요는 씨근거리며 한 걸음 물러섰다.

"좋아. 하지만 일이 잘못되면 뇌 오라버니의 머리 껍질을 벗겨 버리겠어. 알았어?"

"잘못될 일은 없다. 가급적 놈의 숨통이 끊어지기 전에 끌어내겠다."

악중뇌는 수하들이 가져온 대나무를 돌집 문 주변으로 촘촘하게 꽂았다.

오로지 대나무로만 설치할 수 있는 죽망금쇄진이다. 이 진법은 사람을 가두기 위해 창안된 것이 아니다. 원귀나 정령의 침입을 막거나 봉쇄하는 데 사용되는 주술적인 진법이다.

죽망금쇄진을 거듭 확인한 후 완벽하다 확신한 악중뇌는 비로소 돌문 앞에 섰다. 그는 악중요에게 작은 약병을 하나 건넸다.

"만일 영물이 뛰쳐나오게 되면 만리추밀향을 던져라. 워낙 바람처럼 빨라 다시 잡기는 힘들겠지만 그래도 추격할 단서는 쥐어야 하니까."

악중요는 눈에 독기를 뿜으며 앙칼지게 외쳤다.

"알았으니까 어서 놈을 끌고 나오기나 해! 난 빨리 놈의 살을 저미고 싶단 말이야!"

5

돌집 내부는 커다란 천연 동굴로 이어져 있었다.

힘겹게 동굴 모퉁이를 돌아선 환유성은 맥없이 털썩 쓰러졌다. 그가 걸어온 길은 피로 물든 발자국으로 도배돼 있었다. 과다한 출혈로 인해 원기마저 소진된 그는 손끝 하나 까딱할 힘조차 상실했다.

그의 체온이 서서히 식어가고 있었다. 죽음의 그림자가 한 발자국 너머에서 그를 기다리고 있었다.

죽음.

그것은 대부분 그와 함께 있어왔다. 여태껏 타인의 죽음만을 봐왔지만 이제 그의 차례가 된 것이다. 그는 자신에게 다가서는 죽음을 직시하려 했지만 자꾸만 눈까풀이 무거워졌다.

'훗, 결국 나도 이렇게 죽는군.'

환유성은 스르르 눈을 감았다.

지나온 그의 생애가 주마등처럼 순식간에 뇌리를 스쳤다.

불행하게도 그에게는 죽음과 함께 간직할 절실한 추억거리 하나 없었다. 평생을 권태롭게 살아온 그였기에 그의 뇌리에 새겨진 사람의 형상조차 전혀 남아 있지 않았다.

아주 어렴풋하게 어머니의 임종이 망각의 늪 속에서 안개처럼 피어올랐다.

그의 나이 일곱 살 때였다. 산적들에게 겁탈당한 어머니는 그에게 토막 난 반검 한 자루만 건네고는 생을 마감했다. 어머니는 유언은 너무도 간단했다.

'…네 아버지의 것이다.'

환유성은 비로소 자신에게 아버지가 있다는 사실을 알게 되었다. 하지만 어머니는 아버지에 대해 한마디도 털어놓지 않았다. 아버지의 이름도 말하지 않았고 찾으라는 말조차 하지 않았다.

반검을 쥔 그의 손도 점차 감각을 상실해 갔다. 이제 죽음은 그의 코앞에 있었다.

이 순간, 환유성은 믿을 수 없이 달콤하고 신선한 향기에 정신이 번쩍 들었다.

"……?"

그윽한 향기를 폐부 깊숙이 들이키자 그의 전신에 박힌 화살에 의한 통증도 말끔히 사라졌다. 몇 번 더 향기를 맡자 그는 힘차게 뛰는 심장의 고동을 스스로도 느낄 수 있었다.

'대체 어떻게 이런 일이……?'

환유성은 두 손으로 바닥을 짚고 상체를 일으켰다. 상처의 고통만 가신 게 아니라 그의 체내에 신선한 기운이 빠른 속도로 채워지고 있었다.

"아!"

환유성은 눈앞에 드러난 놀라운 존재에 그만 입을 딱 벌리고 말았다.

눈이 부셨다. 분명 어린아이의 형상이었지만 눈만 있을 뿐 코와 입이 없었다. 전신에 서린 빛나는 후광 때문에 착각한 것이 아니었다. 맑고 푸른 기운이 감도는 두 눈도 눈망울만 있을 뿐 눈동자가 없었다. 어린아이는 알몸이었지만 남녀가 구분되지 않았다.

"넌… 누구냐?"

환유성은 홀린 듯 어린아이의 눈을 바라보며 물었다.

어린아이는 동공 없는 눈으로 그를 응시하다 손가락을 들어 그의 입술을 매만졌다. 상쾌하면서도 신비로운 향기는 어린아이의 몸에서 풍기는 체향이었다.

어린아이는 자신의 손가락을 그의 입술 사이로 밀어 넣었다. 달콤한 액체가 그의 식도를 타고 흐르며 순식간에 그의 전신으로 퍼져 나갔다.

환유성은 온몸이 둥실 떠오르는 황홀감에 젖고 말았다.

고갈된 단전에 진기가 응집되기 시작했다. 샘물처럼 고이기 시작한 진기는 뜨거운 열기를 발하며 전신 경맥을 따라 흘러갔다.

환유성은 자신도 모르게 가부좌를 틀고 운기조식에 들어갔다. 어린아이의 손가락을 통해 흘러 들어오는 달콤한 액체는 들이킬수록 그의 공력을 배가시켜 주었다. 삽시간에 기경팔맥을 관통한 진기는 단전으로 되돌아갔다.

단전으로 응집된 진기는 다시 들끓어 올랐다. 진기는 가슴의 전중혈을 지나 곧장 백회혈로 치달렸다.

환유성은 백회혈 부근에서 뭔가 터지는 기분을 느꼈다.

열화와 같은 진기는 그대로 명문혈을 관통하더니 회음혈을 거쳐 다시 단전으로 되돌아갔다. 일명 생사현관(生死玄關)으로 불리는 임독양맥이 타통된 것이다. 이는 무림인에게 있어 꿈과 같은 경지이다. 임독양맥이 타통되려면 최소 백 년 이상의 내공을 보유해야만 가능하기 때문이다.

환유성은 무아지경에 빠져들었다. 그는 바닥에서 한 자 이상 떠오른 상태에서 운기조식에 빠져들었다.

투두둑!

그의 전신을 꿰뚫은 수많은 화살들이 내공에 밀려 뽑혀져 버렸다. 화살촉이 뽑혀져 나간 피부의 상처도 이내 아물어갔다.

실로 믿을 수 없는 기사회생이었다. 아니, 절세적 기연이라 해야 옳았다. 죽음의 순간에서 살아나 생사현관까지 타통되었으니 이는 고금에 드문 기적이었다.

한편, 악중뇌는 조심스럽게 동굴 안으로 들어서고 있었다. 그는 손에 작은 대바구니를 들고 있었다. 주변을 살피는 그의 눈빛이 유난히 빛난다.

그가 막 동굴 모퉁이를 돌았을 때였다.

"허억!"

악중뇌는 석상처럼 굳어지며 입을 쩍 벌렸다.

전신에 오색 기운이 서린 환유성을 보게 된 것이다. 환유성의 몸을 감싸고 있는 다섯 가지 색깔은 너무도 아름다웠다.

"오, 오기조원(五氣朝元)?"

뿐만 아니었다. 환유성의 머리 위로 별빛 같은 세 개의 불꽃이 피어나고 있었다.

악중뇌는 입술을 덜덜 떨었다.

"틀림없다. 삼화취정(三花聚頂) 오기조원의 경지야!"

그는 떨리는 심장을 억누르며 비틀비틀 뒷걸음질을 쳤다.

문득, 그의 시선이 환유성 앞에 서서 손가락을 넣어주고 있는 어린아이에게 꽂혔다. 빛나는 후광에 덮인 어린아이는 동공 없는 눈망울로 악중뇌를 바라보았다.

악중뇌의 눈이 더할 수 없이 커졌다. 지옥에서 부처를 만난 듯 그는 황홀감에 젖었다.

"오오, 만년인형설삼(萬年人形雪蔘)!"

그러했다. 신비한 형상의 어린아이는 인간이 아닌 만년인형설삼의 화신체였다.

하늘과 땅의 기운을 만 년 이상 섭취한 설삼은 신령스러운 힘을 지니게 된다. 어린아이와 같은 형상으로 변신할 수도 있고, 스스로 움직일 수 있는 능력까지 갖는다. 한번 움직이면 빛살처럼 빨라 누구도 따라잡을 수 없다. 또한 세상에서 가장 뛰어난 영약이기에 반뿌리만 복용해도 죽은 자가 살아나며, 무림인이 복용하면 금강불괴지신을 이룰 수 있다.

악중뇌는 만년인형설삼이 환유성에게 자신의 신령스런 기운을 전해주는 광경을 보고는 통곡하지 않을 수 없었다.

'이럴 수가! 인간의 접근을 가장 꺼리는 영물이 스스로 자신의 기운을 저놈에게 전해주다니!'

그가 만년인형설삼을 손에 넣고자 얼마나 노력했던가.

천행으로 만년인형설삼의 자생지를 발견한 그는 행여 세상으로 소문이 날까 이곳을 귀곡으로 변화시켰다. 무수한 사람을 죽이고 다른 곳의 시체까지 계곡 곳곳에 내던져 외인의 접근을 막아왔다. 또한 별궁 둘레에 대나무를 심어 만년인형설삼이 달아나는 것을 봉쇄했던 것이다.

그러나 만년인형설삼이 숨어든 동굴은 워낙 넓고 벌집처럼 구멍이 많아 수년을 노력해도 잡을 수가 없었다. 결국 그는 어린아이를 유괴해 만년인형설삼을 유인하려는 계책까지 펼치게 했던 것이다.

악중뇌는 손에 쥔 대바구니를 불끈 쥐었다. 만년인형설삼을 잡을 수 있는 도구는 대바구니뿐이다.

'저 영물만 손에 넣을 수 있다면 난 천하제일인이 될 수 있다!'

그는 마른침을 꿀꺽 삼키며 서둘러 걸음을 옮겼다.

순간, 악중뇌를 응시하던 만년인형설삼의 동공 없는 눈에서 강렬한 빛이 뿜어졌다. 마치 먹장구름 사이를 비집고 쏟아지는 햇살처럼 눈이 부셨다.

"악!"

악중뇌는 피눈물을 주르륵 흘리며 두 눈을 손으로 가렸다. 너무도 강한 빛에 앞을 볼 수 없게 된 것이다. 소매로 피눈물을 닦고서야 겨우 시력을 회복했지만 눈알이 쓰리고 머리 속이 터질 것만 같았다.

"으으, 영물이 아니라 요물이구나!"

그가 탐욕에 젖어 다시 만년인형설삼을 향해 다가설 때였다.

허공에 떠서 운기조식을 하던 환유성의 몸이 서서히 내려앉았다. 그의 머리 위에서 감돌던 세 가닥 불꽃이 백회혈로 스며들어 간다.

'허억! 놈이 깨어난다!'

그는 일장을 내지르기 위해 번쩍 손을 쳐들었다가 일순 멈추었다.

'늦었다. 놈이 오기조원에 이르렀다면 호신강기가 펼쳐져 있을 것이다.'

악중뇌는 만년인형설삼의 화신체를 바라보며 몹시 아쉬운 표정이 되었다.

'아, 이것이 하늘의 뜻이란 말인가?'

그는 대바구니를 내동댕이치고는 냅다 동굴 밖으로 달려나갔다. 동굴 밖으로 나온 그는 그대로 협곡의 틈새를 향해 몸을 날렸다.

"놈이 살아 있다! 어서 피하지 않으면 몰살이다!"

악중요는 무슨 영문인가 싶었지만 악중뇌의 급박한 행동에 더 이상 망설일 겨를이 없었다. 그녀는 악중잔을 들쳐 업고는 악중뇌의 뒤를 따랐다.

"어서 협곡을 막은 돌더미와 통나무를 치워!"

환유성의 몸을 감싼 오색의 기운은 흰 연기로 화해 그의 콧속으로 스며들었다.

눈을 뜬 환유성은 전신 가득한 충만감에 사뿐히 뛰기만 해도 날아갈 것만 같았다. 손끝 발끝까지 퍼져 나간 진기는 그가 마음만 먹으면 호신강기로 변환시킬 수 있을 정도가 되었다.

만년인형설삼의 화신체는 두 손을 교차해 자신의 가슴에 대고 있었다.

"도와주세요."

환유성은 자신의 머리 속에서 들리는 음성에 눈을 커다랗게 떴다.

"지금 네가… 내게 말한 것이냐?"

화신체는 맑은 눈망울로 그를 응시하며 미미하게 고개를 끄덕였다.

"도와주세요."

환유성은 천천히 몸을 일으켰다.

"그래, 네가 날 구해줬으니 이제 널 도울 차례군. 난 신세 지는 걸 몹시 싫어하지."

그는 아직 영물의 존재가 무엇인지 모르고 있었다. 워낙 신비로운 존재라 궁금하기도 했지만 군이 캐묻고 싶지는 않았다.

화신체의 눈빛이 아주 부드러워졌다. 웃음을 띠고 있다는 생각이 들기도 했지만 화신체는 표정의 변화가 없어 그냥 느낌일 뿐이었다.

슈우우우!

화신체는 꼿꼿이 선 채 미끄러지더니 그대로 연기가 되어 사라졌다.

"거 신기한 녀석이군."

환유성은 희미한 미소를 짓고는 동굴 입구로 걸음을 옮겼다.

계곡의 분지 내는 기분 나쁘도록 조용했다. 지난밤 그의 손에 죽고, 자기들끼리 서로 죽이고 죽인 백여 구의 시체만 널브러져 있을 뿐이었다. 삼대악인과 이백여 악인궁도들은 눈을 씻고도 찾아볼 수가 없었다.

환유성은 분지 입구인 협곡으로 방향을 정했다. 한 걸음을 내디딜 때마다 그는 오 장씩 움직였다. 풀잎을 밟고 날아가는 상승경공인 초상비(草上飛)가 저절로 펼쳐졌다.

"이해할 수가 없군. 이 엄청난 내공은 어떻게 생긴 거지?"

그가 들어섰을 때 퇴로를 봉쇄한 돌무더기는 이미 한쪽으로 치워진 상태였다.

"왜 모두 달아난 걸까?"

환유성으로서는 운공조식 중에 일어난 상황이라 도저히 짐작할 수가 없었다. 비록 단신으로 악인궁의 삼대악인과 맞섰지만 악중잔의 팔 한쪽만 벤 것이 아쉬울 뿐이었다.

"이리 나와라. 널 가둔 놈들은 모두 사라졌다!"

환유성이 악인별궁을 향해 외치자 후광에 싸인 화신체가 빛살처럼 빠르게 날아왔다. 화신체는 환유성을 향해 가볍게 고개를 숙여 보이고는 이내 연기로 화해 버렸다.

사사삭!

풀숲으로 스며든 화신체는 삽시간에 형체를 감추었다.

환유성은 화신체가 남기고 간 상쾌한 향기를 폐부 가득 들이키며 중얼거렸다.

"삼대악인도 대단하군. 저렇게 빠른 녀석을 어떻게 가둘 수 있었지?"

귀곡을 나선 환유성은 길게 휘파람을 불었다.

말발굽 소리와 함께 소추가 달려왔다. 소추는 몹시 반가워하며 환유성의 몸에 목덜미를 비비며 혀로 핥아댔다.

말안장에 오른 환유성은 소추의 갈기를 어루만지며 한마디 던졌다.

"소추, 모처럼 술이나 한잔 마셔야겠다."

■ 제12장
그 아버지의 그 딸

1

중산왕부는 황도의 자금성에 비해 그 규모가 작을 뿐 황궁으로 불려도 손색이 없을 만큼 화려했다. 오 장 높이의 성곽은 견고한 화강석으로 둘러졌고, 하늘을 찌를 듯 솟아 있는 높은 누대와 전각이 하나의 거대한 건물의 숲을 방불케 했다.

중산왕부의 방비 또한 물샐틈없다. 중산왕이 거처하는 곤녕전에 이르려면 세 개의 문을 거쳐야 할 만큼 경비가 삼엄하다.

깊고 깊은 구중궁궐이 따로 없었다.

화옥군주 주화령의 처소인 화옥전(花玉殿)은 왕부와 담장 하나를 사이에 두고 위치해 있었다. 넓은 마당 좌우에 꾸며진 정원은 꽃으로 가득하고, 그 사이 화강판이 깔린 개인 연무장이 펼쳐져 있었다.

"차앗!"

무복 차림의 주화령은 목검을 손에 쥔 채 검법을 연마하는 중이었다. 발끝으로 바닥을 찍으며 연이어 치솟는 모습이 제비처럼 유연하다.

그녀는 연마장 곳곳에 세워진 짚단 인형을 향해 다양한 검초를 펼쳤다. 일검 일식이 전개될 때마다 짚단 인형에 부착된 표적이 여지없이 관통된다. 비록 목검에 의한 초식이었지만 그 위력은 사뭇 강렬했다.

몸을 동그랗게 말아 빙글 회전하며 내려선 주화령은 전면의 짚단 인형을 매섭게 쏘아보았다. 절세미인의 매서운 모습이 요염하게만 보인다.

'환유성, 이놈!'

그녀의 눈에 비친 짚단 인형이 환유성의 모습으로 바뀌었다. 그녀의 뇌리 속에 간직된 그에 대한 영상은 조각도로 새긴 듯 선명하다.

어찌 잊을 수 있겠는가.

한해야적의 소굴에서 굴욕적인 자세로 모용견과 교접을 한 자신의 수치스런 상황을 목격한 유일한 인물이다. 그가 살아 있는 한 그녀는 평생토록 당시의 치욕을 떠올려야 할 것이며 어느 한순간 화려한 명예가 송두리째 사라질 불안감에 몸을 떨어야 할 것이다.

'놈이 죽어야만 그 기억을 지울 수 있어!'

주화령은 입술을 질끈 깨물며 짚단 인형을 향해 일검을 내질렀다.

퍼억!

짚단 인형의 가슴 부위가 그녀의 목검에 여지없이 관통되었다. 그녀는 짚단 인형의 얼굴 부위를 보며 환유성의 고통스런 모습을 상상했다. 그녀의 입가에 싸늘한 미소가 어린다.

'이렇게 죽일 것이다. 네놈 심장에 이렇게 검을 꽂고 네놈이 죽어가는 모습을 보며 난 환희에 젖게 될 거야.'

비록 머리 속 상상이었지만 지독히도 자신을 경멸하고 무시해 온 그의 죽음을 그려내자 그녀의 가슴속에 맺힌 원한이 다소 진정되었다.

"좋은 수법이구나, 령아야."

갑작스레 들려오는 음성에 주화령은 화들짝 놀라며 현실로 돌아왔다.

머리에 옥관을 쓰고 화려한 금포를 걸친 초로의 노인은 바로 그녀의 부친 중산왕이었다. 그는 언제부터인가 연무장 한쪽에서 그녀의 연무를 지켜보고 있었던 것이다.

"아버님!"

주화령은 중산왕 앞으로 다가서며 한쪽 무릎을 꿇었다.

"납신 줄 모르고 소녀가 미처 예를 드리지 못했습니다."

"일어나거라."

중산왕은 주화령을 일으켜 세우고는 함께 연무장을 거닐었다.

"네가 여자 아이답지 않게 무예를 좋아하는 줄 알고 있었다만 이렇듯 무공에 대한 집착이 강한 줄은 미처 몰랐구나."

"세상에 나서보니 소녀가 그간 얼마나 우물 안 개구리로 살았는지 절실히 깨닫게 되었습니다. 소녀와 비무를 했던 무술 교관과 장군들이 일부로 져준 줄 모르고 소녀의 무공을 과신했던 것이지요. 만일 소녀가 진정한 실력을 알았더라면 한해야적에 의해 납치되는 치욕은 당하지 않았을 겁니다."

"쇠는 담금질을 해야 단단해지는 법이다. 늦게나마 네가 깨달았다니 네게는 크나큰 보탬이 될 게야."

중산왕은 담담히 미소를 짓고는 주화령을 응시했다.

"한데 네가 마지막으로 펼친 초식은 마치 한을 담고 있는 듯 살기등

등했다. 마치 어느 누군가를 죽이려는 것 같구나."

주화령은 일순 당황해하며 얼른 변명을 늘어놓았다.

"아, 아니옵니다, 아버님. 야적의 괴수를 이기지 못한 분함에 울분이 솟구쳤을 뿐입니다."

"이 아비가 보기에는 그렇지 않아. 단비사도 막충은 이미 죽었다. 너의 그 살심은 살아 있는 자를 죽이고 싶은 욕망으로 가득 차 있어."

"아버님……."

"이 아비는 이미 널 용서하지 않았더냐? 너의 원한은 곧 중산왕부의 원한이다. 이는 황실에 대한 불경이니 어찌 그냥 둘 수 있겠느냐?"

중산왕은 눈빛이 화살처럼 예리해졌다.

주화령은 가슴이 덜덜 떨려왔다. 그녀의 속내를 정확히 꿰뚫는 부친의 눈빛 앞에 마치 벌거벗은 기분이었다. 숨겨둔 울분이 설움이 되어 눈물로 흘러나왔다.

"흑, 아버님!"

그녀는 고개를 떨구며 손으로 얼굴을 가렸다.

중산왕은 가볍게 고개를 끄덕이고는 그녀의 목검을 손에 쥐었다. 그는 목검을 비스듬히 치켜들었다.

"령아야, 이 아비는 평생 한 가지 일만 빼고 모두 이루었다. 그러나 용이 승천하지 못하고서 어찌 용이라 불릴 수 있겠느냐?"

승천하지 못한 용(龍)!

참으로 많은 의미를 담고 있는 한마디다.

학식과 풍모, 기질 등 모든 면에서 제왕의 자질을 갖춘 그가 단지 장자가 아니라는 이유로 황제가 되지 못한 한을 의미하는 것인가. 만일 그런 심정을 내포하는 한마디라면 그것은 세상을 진동시킬 반역의 욕망이기도 했다.

주화령은 영특했기에 그 한마디를 듣는 순간 번갯불에 맞은 듯 전신을 부르르 떨었다.

"아, 아버님?"

중산왕은 천천히 한 걸음 내디뎠다.

그의 몸은 얼음판 위를 미끄러지듯 유연하게 오 장이나 나아갔다. 초상승 신법인 축지성촌이었다. 목검에서 찬란한 금빛 검기가 치솟는다. 다섯 자 길이의 검기였다.

"차앗!"

중산왕은 금포 자락을 휘날리며 빙글 두 바퀴를 회전했다.

츄츄츄―!

무려 서른여섯 개의 검기가 동시에 발출되었다. 극치에 달한 무학은 예술보다 아름답다. 중산왕이 허공을 향해 날린 금빛의 검기가 바로 그러했다. 부챗살처럼 방사 형태로 갈라진 검기는 연무장 둘레에 세워진 짚단 인형들을 동시에 가격했다.

퍼퍼퍽―!

열두 개의 짚단 인형이 순식간에 관통되었다. 인형의 관통 부위는 모두 일정했다. 미간 사이의 미심혈, 가슴 중간의 전중혈, 그리고 단전혈에 해당되었다. 만일 사람을 향해 펼쳐졌다면 열두 명이 동시에 절명했을 것이다.

"아아!"

주화령은 탄복과 경악을 금할 수 없었다. 그의 부친이 무공에 상당한 조예가 있다고만 알았을 뿐 이렇듯 절세적 고수인 줄은 꿈에도 생각지 못했던 것이다.

중산왕은 그녀에게 목검을 건넸다.

"네가 보기에는 어떠하냐?"

"아버님, 소녀 이토록 초절한 검법은 본 적이 없사옵니다. 천하의 누가 아버님과 맞설 수 있겠습니까?"

"그렇지가 않아. 무공으로 논한다면 이 아비는 능히 천하십대고수 안에 들 수 있을 것이다. 그러나 태양천주가 있는 한 천하제일은 불가능하다."

"태양천주 단목휘… 그가 천하제일인이라는 소문은 익히 들었습니다. 하지만 그가 정녕 천하최강의 고수인가요?"

중산왕은 잠시 노을로 물든 하늘을 응시하였다.

"세상에 영원한 것은 없다. 그의 불패신화도 언젠가는 깨지게 돼 있어."

"소녀도 한때는 무림의 하늘이라는 그자에 대해 도전하고 싶은 욕망을 꿈꿔온 적이 있었습니다."

"무공을 수련한 자라면 누구나 그런 생각을 갖게 되지. 하지만 그 욕망이 결코 불가능한 것만은 아니다."

주화령은 진주 알 같은 눈을 커다랗게 떴다.

"예에? 하면 방법이 있단 말씀이옵니까?"

중산왕은 뒷짐을 진 채 곤령전으로 향했다.

"네가 군주로서의 영화와 명예를 버릴 자신이 있으면 따라오너라."

"……"

주화령은 본능적으로 느낄 수 있었다. 자신의 운명이 커다란 갈래길 앞에 놓여 있다는 것을.

물론 그녀가 화옥전에 그냥 남아 있으면 여태까지의 삶을 유지할 수 있다. 언제든 향기로운 음식을 먹고, 질 좋은 비단으로 몸을 감싸고, 서역산 향유로 수욕을 즐길 수 있다.

'군주로서의 영화와 명예를 버려야 한다고?'

예전 같았으면 그녀는 불투명한 미래에 대한 도전을 놓고 몹시 주저했을 것이다. 아니, 포기했을지도 모른다. 그러나 한해야적의 소굴에서 인간 밑바닥까지 겪어온 그녀로서는 더 이상 잃을 것이 없었다.

그녀를 이렇듯 새로운 운명으로 몰아넣은 것은 물론 환유성이란 존재 때문이다.

'그래, 놈을 내 손으로 죽일 수 있다면 무엇을 망설이랴!'

2

중산왕부 지하 밀실의 존재를 아는 사람은 중산왕뿐이다.

지하 밀실의 건축에 관여했던 목수며 석공은 입막음을 위해 모두 살해되었다. 필요한 물품을 배치한 인부들 역시 나오는 순간 죽었다.

주화령은 지하 밀실의 비밀을 아는 두 번째 사람이 되었다.

지하 밀실은 아주 크고 넓었으며 환기와 채광 시설까지 완벽히 갖춰져 지하라는 생각이 전혀 들지 않을 정도였다. 밀실의 절반은 서가로 가득 채워져 있었다. 고대의 죽편서부터 양피지 책자와 곰팡내나는 서적들이 빼곡하게 꽂혀 있었다.

주화령은 지하 밀실의 침향목 탁자 앞에 앉아 주변을 살피며 감탄에 젖고 말았다.

'과연 아버님이시다. 왕부에 살고 있는 나조차 이런 곳이 있는 줄을 몰랐다니……'

밀실의 한쪽 면에는 다섯 개의 철문이 나란히 세워져 있었다. 오행의 색깔에 맞춰 흑백황청홍(黑白黃靑紅) 색이 칠해진 문이다.

검은색 문으로 들어갔던 중산왕이 손에 고색찬연한 나무 상자를 들고 나왔다. 그는 나무 상자를 탁자 위에 내려놓으며 마주 앉았다.

"목갑을 열기 전에 네가 죽이고 싶어하는 자에 대해 말해 보아라."

"예, 아버님. 그자는… 그자는……."

주화령이 선뜻 입을 열지 못하자 중산왕이 한마디 던졌다.

"환유성이란 자냐?"

그의 이름이 거론되자 주화령은 이를 악물며 씹어뱉듯이 대답했다.

"네, 아버님. 바로 그 악적이옵니다."

중산왕은 어느 정도 예상을 한 듯 고개를 끄덕였다.

"놈에 의해 네가 겁탈이라도 당한 것이냐?"

"흑, 그렇사옵니다. 모두들 놈을 소녀를 구한 영웅으로 알고 있지만… 놈은 영웅의 탈을 쓴 추악한 음적일 뿐입니다."

주화령은 이슬 같은 눈물을 흘리며 말을 이었다.

"지난번 말씀드린 대로 모용견이란 도적에 의해 겁간을 당할 순간에 그자가 소녀를 구해준 것은 사실입니다. 한데 그자는 소녀의 미색을 탐해 소녀를 유린하고 말았습니다. 소녀는 구출하러 온 자가 그런 짓을 저지를 줄은 꿈에도 생각지 못했지요. 너무도 어처구니없이 겁탈을 당해 혀를 깨물고 죽지도 못했습니다."

그녀는 또다시 거짓을 털어놓았지만 죄책감은 전혀 들지 않았다.

한갓 도적들에게 몸을 더럽혔다는 사실을 털어놓는다면 중산왕은 몹시 실망할 것이다. 하지만 환유성이란 자에 의해 겁탈을 당했다면 얘기는 달라진다. 중산왕은 충분히 그럴 수 있으리라 납득할 것이다. 결국 죄는 환유성이 모두 뒤집어쓰고 자신은 오히려 중산왕에게 측은하게 보일 수 있으리라.

"그자의 만행은 한 번뿐이 아니었습니다. 산하현까지 소녀를 데리고 오면서 수차례 소녀를 욕보였습니다. 흑, 부끄럽지만… 한 번 당하다 보니 거부할 수가 없었습니다."

얘기를 하면서 그녀는 마치 환유성에 의해 실제로 겁간을 당했다는 착각에 빠지게 되었다. 오히려 그런 상상이 그녀의 치욕스런 과거를 잊는 데 큰 보탬이 되었다.

중산왕은 지그시 눈을 감은 채 듣기만 했다. 주화령은 부친의 눈치를 살피며 계속 말도 안 되는 거짓말을 늘어놓았다.

"그자는 소녀를 취하는 대신 구출해 준 보답은 받지 않겠다 했습니다. 막충의 수급을 벤 황금만으로 충분하다 했지요. 그래야 자신이 황금에 얽매이지 않는다는 명성을 얻는다고 했습니다."

모든 정황으로 미루어 그녀의 거짓말은 완벽했다. 옆에서 지켜보지 않고서는 간파할 수 없을 만큼 앞뒤가 딱딱 맞았다.

중산왕은 스르르 눈을 뜨며 부드러운 표정으로 그녀를 위로했다.

"너의 고충을 이해하겠구나. 왕부와 황실의 명예를 위해 그자의 만행을 아비에게 고할 수 없었던 것이었겠지."

"흑흑. 아버님, 너무도 부끄럽사옵니다."

"아니다. 명예란 목숨보다 소중한 법이다. 만일 네가 개인적인 한을 풀고자 그를 고발했다면 중산왕부는 문을 닫아야 했을 것이야."

그는 금으로 만든 찻잔을 기울여 차를 따랐다. 차를 한 모금 마시며 입술을 적신 그는 담담히 미소를 지었다.

"지난번 자객을 보내 놈의 쾌검을 시험한 적이 있었지. 혈야삼살이 놈의 손에 죽었다. 만일 필살추혼(必殺追魂)까지 살수를 펼쳤다면 죽일 수도 있었겠지만… 지금 생각하니 죽이지 않은 것이 다행이구나. 반드시 네 손으로 놈을 죽여야 하니까 말이다."

"예, 아버님. 놈을 죽인 후 소녀 스스로 목숨을 끊어 왕부의 명예를 지키지 못한 죄를 씻겠습니다."

주화령이 애써 가련한 표정을 짓자 중산왕은 준엄한 표정으로 질책했다.

"령아야, 단지 복수를 위해 상승무공을 배우려 한다면 포기하거라."

"아버님?"

"아비가 널 이곳 잠룡부(潛龍府)로 들인 이유는 이 아비와 운명을 함께 하기 위해서다."

주화령은 재빨리 중산왕의 심기를 파악했다.

"운명이라 하시면… 승천하지 못한 용의 한을 말씀하시는 것이옵니까?"

"네가 그 의미를 정확히 이해하겠느냐?"

"물론입니다, 아버님. 소녀, 항상 그런 안타까움에 하늘을 원망한 적이 한두 번이 아니었습니다."

중산왕은 호탕하게 웃음을 터뜨렸다.

"하하핫, 내 아들을 두지 못해 실로 아쉬웠는데 이런 너를 대하니 열 자식 부럽지 않구나."

주화령은 모처럼 부친의 웃음소리를 들으며 가슴을 쓸어내렸다. 한 해야적의 소굴에서 당한 죄책감 따위는 잊어도 좋았다. 이제 그녀와 부친은 한 배를 탄 운명이 되었기 때문이다.

중산왕은 나무 상자 위에 손을 얹었다.

"이 목갑을 여는 순간 넌 화옥군주임을 잊어야 한다. 자칫 마성에 빠져 희대의 마녀가 될지도 모른다. 그래도 아비를 원망하지 않겠느냐?"

"물론입니다, 아버님."

"오냐, 아비는 너를 믿겠다."

중산왕은 나무 상자의 뚜껑을 열었다.

주화령은 상자 안에서 뿜어지는 은은한 한기와 붉은빛에 절로 몸서리가 쳐졌다. 마치 귀기(鬼氣) 어린 물건을 대하는 기분이었다.

그녀는 애써 동요하는 마음을 억누르고 상자 안을 들여다보았다. 상자 안에는 한 권의 낡은 고서가 들어 있었다. 양피지로 된 낡은 겉 표지에는 핏빛처럼 붉은 네 개의 전자체(篆字體) 글씨가 씌어져 있었다.

천마혈경(天魔血經)!

고서를 집어 든 주화령은 손끝에서 전해지는 음산한 기운에 부르르 몸서리를 쳤다.

"천마혈경? 대, 대체 이것이 무엇이기에 얼음장처럼 차갑습니까?"

중산왕은 탁자에서 몸을 일으켰다.

"그것은 백 년 전 무림을 일통한 천마제국의 국주인 천마대제(天魔大帝)란 자가 수련했던 비급이다. 글자 하나하나가 모두 사람의 피로 쓰여진 것이지."

"예에? 사람의 피라구요?"

주화령의 표정이 심하게 일그러졌다. 혐오감에 책을 집어 던지고 싶은 심정이었다. 하지만 마음과는 달리 어떤 기이한 흡인력에 그녀의 손은 천마혈경을 더욱 굳게 쥐고 말았다.

"천마대제는 천마혈경을 오 할만 터득했는데도 고금제일마로 불리게 되었다. 만일 무림삼천공이 벽력탄으로 그와 함께 폭사하지 않았다면 천마제국은 당세까지 천하를 지배하였을 것이다."

"아!"

주화령은 비로소 자신의 손에 얼마나 가공할 무공비급이 쥐어졌는지 실감하게 되었다.

"소녀가 이 천마혈경을 터득한다면 태양천주도 두렵지 않겠군요?"

"그것은 확신할 수 없다. 단목휘는 스스로 태양신공을 창안한 무신 같은 존재다. 아무리 강력한 절기라도 그 위력은 시전하는 자의 역량에 따라 달라지니까."

"아버님께서도 이 천마혈경을 수련하셨습니까?"

"아비가 그 비급을 황궁무고에서 찾아낸 것은 십 년 전이다. 새로운 무공을 터득하기에 너무 나이가 들었지. 게다가 천마혈경에는 워낙 강렬한 마성이 깃들어 있어 혈경을 수련하는 자는 마인이 될 수밖에 없다."

주화령은 다소 두려운 눈빛으로 천마혈경을 주시했다.

"하오면… 소녀도 마녀가 되는 건가요?"

"천마대제란 자는 본래 백도의 추앙받는 기재였는데 천마혈경을 얻어 수련하다 대마왕이 되었지. 물론 그자가 본래 천하를 제패할 야망을 품고 있었기에 마왕이 되었다는 얘기도 있다. 결국 네 의지에 달려 있다고 말하고 싶구나."

"아버님이 보시기에 소녀가 마녀로 변모하리라 판단하시나요?"

중산왕은 딸의 모습을 물끄러미 바라보다 의미심장한 미소를 지었다.

"어떤 답변을 원하느냐?"

"솔직하게 말씀해 주십시오."

"네 엄마가 널 잉태했을 때 하늘의 달이 조각나는 태몽을 꾸었다. 아비와 마찬가지로 너도 결코 선(善)하다 생각지 않는다."

주화령은 활짝 웃었다.

"호호호, 그러시다면 기꺼이 천마혈경을 수련하겠습니다. 굳이 마녀가 되지 않으려 괴로워하지 않아도 되니까요."

중산왕부의 지하 밀실 잠룡부!

승천하지 못한 용의 한을 풀려는 두 부녀는 실로 악마적인 모험에 운명을 걸고 있었다.

3

낙하(洛河)는 황하의 지류로 낙양성 내를 가로지르는 널찍한 하천이다.

하천의 물은 풍부했고 비교적 맑아 하천 제방을 따라 많은 객잔들이 세워져 있었다. 크고 작은 객잔들은 저마다 뛰어난 요리와 수려한 전망을 자랑하며 낙양을 오가는 대상들이나 나그네들을 끌어들였다.

환유성은 비교적 외진 객잔 이 층의 탁자 앞에 앉아 오랜만에 술을 즐기고 있었다.

모처럼 새 옷으로 갈아입어서 복장은 그런대로 봐줄 만했지만 제대로 씻지 않아 옷과 너무 비교가 되었다.

그가 드물게 옷을 사 입은 이유는 악인별궁에서의 혈전 때 너무 많은 피가 옷에 베어서였다. 빨아 말린다면 그런대로 입을 만했지만 그는 생전 빨래라고는 해본 적이 없는 사람이다.

독한 죽엽청을 거푸 들이키자 뱃속까지 짜르르해졌다.

그는 비로소 돼지고기 튀김을 한 점 집어 우물거렸다. 창을 통해 보이는 낙하는 나른함을 느끼게 할 만큼 유유했다. 아직 가을 해가 지기도 전이건만 벌써부터 놀잇배를 띄워놓은 취객들이 악사와 기녀를 대동한 채 뱃놀이를 즐기고 있었다.

누군가 이백의 시를 읊조리면 심술궂은 시인이 이하(李賀)의 귀기어린 시로 분위기를 헝클어 놓았다.

…….
삶은 애처로워 창자 곧추서는데
차가운 비 타고 찾아오는
어여쁜 혼아!
가을의 무덤 속, 나는 죽어
포조(鮑照)의 시를 외고
피도 한스러워 천 년을 푸르리라!

이토록 유유하고 한가한 정경은 환유성에게 있어 아주 새로웠다. 억세고 거친 요동 땅에서는 이렇듯 풍취 넘치는 광경을 본 적이 없었다. 중원 한족들의 여유로움이 물씬 풍겨나는 낙하의 분위기였다.

'땅이 넓으니 살아가는 모습이 극과 극이군.'

그는 잔에 죽엽청을 가득 따랐다.

낙하의 본류가 만나는 낙양성 외곽의 황하 일대는 지난여름의 물난리 때문에 숱한 사람들이 굶주리고 있었다. 가재도구와 집기를 모두 잃은 양민들은 그저 나라에서 내려줄 구휼미만 기다리며 하루하루를 풀과 나무뿌리로 연명하고 있었다. 불과 이십여 리를 사이에 두고 사람들의 삶이 이토록 다른 것이다.

객잔으로 몇몇 무사들이 들어서 음식을 먹었지만 환유성은 전혀 개의치 않았다. 태양천주가 천주령을 내려 그에 대한 체포령을 철회했다는 것을 귓전으로 들어 알았기 때문이다. 탕마검수들을 부상시키고 백마성주의 딸을 데려간 그의 행위에 대해 전혀 문제 삼지 않겠다는 뜻밖의 천주령이 천하에 공표된 것이다.

환유성은 태양천을 두려워하지 않는 유일한 사람이지만 쓸데없는 번거로움을 피하게 되었다는 데 비교적 홀가분한 기분이 되었다.

'사람들의 말에 의하면 아주 파격적인 포고령이라 했는데… 태양천주란 사람은 둘 중 하나겠군. 군자 아니면 소인배.'

현상범들의 수급을 담는 가죽 주머니는 비어 있었다. 현상금을 내줄 문파들과 적이 되었다는 사실에 환마의 수급을 버린 것이다. 무려 황금 백 냥짜리 목이었지만 그는 전혀 아까워하지 않았다.

그에게 중요한 것은 현상금이 아니라 현상범들의 수급을 베는 일이기 때문이다.

이때, 대나무 낚싯대를 걸머멘 늙은 어부가 망설임 끝에 객잔 안으로 들어섰다.

"대인, 물고기 몇 마리를 드릴 테니 만두라도 몇 쪽 먹게 해주십시오."

여기저기 헤진 옷차림은 걸인과 다름없었다. 아마도 황하 강변의 수재민인 듯싶었다. 객잔 주인은 잔뜩 이맛살을 찌푸리다 워낙 처량한 보이는 노인이 딱한 듯 이 층으로 올려다보냈다.

"장사에 방해가 되지 않게 구석진 곳에 가 계시오."

다리까지 절뚝이는 노인은 겨우 안도의 숨을 쉬며 이 층 구석으로 가 앉았다.

환유성은 거의 피골이 상접한 노인을 힐끔 보다 창밖의 낙하로 시선을 돌렸다. 굳이 노인에게 부담을 주기 싫어서였다.

주인은 술 한 병을 손에 쥐었고, 점소이가 소반에 약간의 음식을 갖고 올라왔다.

"잡고기는 쓸 데가 없지만 그래도 잉어 한 마리는 음식 재료로 쓸 만하더군."

주인은 자신의 자비로움을 과시하듯 찌끼술 한 사발을 노인 앞에 내려놓았다.

"어서 먹고 가시게."

점소이는 만두 한 접시와 누군가 먹다 만 오리 구이를 내려놓고는 신경질적으로 고기 망태를 탁자에 내던졌다.

"쳇, 은자 부스러기 하나 받지 못할 일은 시키지도 마슈."

"아이구, 송구스럽습니다요."

노인은 연신 허리를 굽신거리며 몸둘 바를 몰라 했다.

주인과 점소이가 계단을 내려가자 노인은 찌끼술로 입을 축이고는 만두 하나를 우걱우걱 씹어먹었다. 그리고는 주변의 눈치를 살피며 남은 만두와 거의 뼈만 남은 오리 구이를 망태 안에 넣었다.

"헐헐, 그나마 손주 놈들 오늘 하루는 포식하게 되었어."

노인은 형편없는 음식에도 몹시 만족한 표정이었다.

환유성은 젓가락을 내려놓고는 자리에서 일어섰다.

노인은 환유성이 남긴 음식을 보고는 군침을 꿀꺽 삼켰다. 거의 손도 대지 않은 음식이 너무도 아까웠다.

노인은 몸을 일으키며 환유성에게 정중히 청했다.

"대인, 괜찮다면 소인이 남은 음식을 가져가겠습니다요."

환유성은 건성으로 고개를 끄덕였다.

"그러시오."

"아이구, 고맙습니다요. 정말 고맙습니다요."

노인은 환유성 앞에 놓인 요리 접시를 보고는 눈을 번쩍 떴다. 향기로운 고기 튀김이 고스란히 남아 있었던 것이다.

"고맙습니다요, 대인. 정말 고맙습니다."

노인은 백배사례를 하고는 망태 속에서 기름종이를 꺼내 환유성이 앉았던 탁자로 다가갔다. 그는 향기로운 고기 튀김을 조심스레 기름종이에 싸며 너무도 행복한 표정을 지었다.

환유성은 품속에서 은표 다발을 꺼내 노인의 망태 속에 얼른 넣어주었다. 은자 몇 조각만 남긴 채 그가 지닌 은표 모두를 준 것이다. 족히 황금 칠백 냥도 넘을 거액이었다.

객잔을 나선 환유성은 안장에 오르며 소추의 목덜미를 다독였다.

"소추, 넌 어떠냐? 난 중원이 별로 마음에 들지 않아."

4

낙양성 태수는 엄청난 금액의 은표를 앞에 놓고 입을 다물지 못했다. 그는 돌 계단 아래 포박돼 있는 노인을 향해 엄히 캐물었다.

"네 이놈! 대체 어디서 이런 거액을 도둑질한 것이냐?"

"태수 어른, 억울하오이다. 소인은 평생토록 남에게 터럭만큼의 해도 끼치지 않고 살아온 놈입니다요."

"닥쳐라! 네가 도둑질을 하지 않고서 어떻게 황금 칠백 냥이나 되는 거금을 지닐 수 있단 말이냐?"

"하늘에 두고 맹세하외다. 손주들 줄 음식이 든 망태를 열어보니 들어 있었소이다. 소인이 은표가 뭔지 알겠습니까요? 주변 사람들이 얘기를 해줘서 겨우 알았습죠. 소인은 하늘이 내리신 은총이라 생각하고 함께 물난리를 당한 사람들을 위해 쓰고자 시전을 찾아갔던 것입니다요."

늙은 어부는 힘껏 조여진 포박의 아픔을 이기지 못하고 서러운 눈물을 뿌렸다.

"그만한 거액이면 우리 헐벗고 굶주린 낙수현 양민들 수천 명이 입고 먹을 수 있다 들었습니다요. 절대 도둑질을 한 것이 아니니 제발 돌려주십시오."

태수는 손바닥으로 탁자를 치며 호령했다.

"늙은 놈이 감히 어디서 거짓을 늘어놓느냐? 놈이 토설할 때까지 매우 쳐라!"

"예이, 태수 어른!"

육각방망이를 든 군병 둘이 나서며 늙은 어부를 형틀에 묶었다. 늙은 어부는 피눈물을 흘리며 애원했다.

"아이구, 태수 어른! 소인은 억울하옵니다! 분명 고귀한 부호께서 소인도 모르게 넣어주신 것이 분명합니다요."

"듣기 싫다. 대체 어느 미친놈이 황금 칠백 냥이나 되는 은표를 적선한단 말이냐?"

태수는 늙은 어부의 하소연을 일축하며 신경질적으로 외쳤다.

"뭣들 하느냐, 어서 쳐라!"

군병들은 가벼운 매질에도 뼈가 부러질 늙은 어부를 내려다보며 쓴입맛을 다셨다. 하지만 상전의 지시인지라 어쩔 수가 없었다. 두 개의 육각방망이가 높이 올라갔다.

픽— 픽—!

그때 난데없이 날아든 실낱같은 지공에 방망이가 수수깡처럼 분질러졌다.

"웬 놈이냐?"

"태수님을 보호해라!"

호위 무장과 군병들이 급히 태수 주변을 에워쌌다. 돌 계단 좌우로 늘어서 있던 낙양성 관리들은 기겁을 하며 청사 뒤편으로 달아났다.

단하로 내려선 두 사람은 상제를 모시는 금동옥녀(金童玉女)가 아닌가 싶을 만큼 수려한 용모의 일남일녀였다.

청년은 붉은 수실이 달린 한 자루 보검을 허리에 찼는데 희디흰 백삼이 그의 용모를 더욱 돋보여 준다. 바로 천하제일공자로 불리는 태양신룡 강무영이었다.

강무영은 단상의 태수를 향해 정중히 포권의 예를 올렸다.

"감히 태수의 국문(鞠問)을 방해한 죄를 용서하십시오."

태수는 눈을 가늘게 뜨며 강무영을 쏘아보았다.

"그대는 무림인 같은데 어찌 황법을 집행하는 엄중한 자리에 끼어드는 것인가?"

"소생은 강무영이라 하오이다. 소생의 사부님은 태양천주이십니다."

"뭐… 뭣이라?"

태수는 기겁을 하며 벌떡 일어섰다. 그는 태수의 체면도 마다한 채 급히 돌 계단을 뛰어내려 왔다. 그는 강무영과 마주 포권을 하며 한껏 예를 갖추었다.

"허허, 진작 태양천주 단목휘 공의 제자임을 말씀해 주시지 그러셨소? 어서 오르시지요."

낙양 태수가 한갓 무림인을 우대할 수밖에 없는 이유는 태양천주라는 높은 명성 때문이었다. 단목휘는 무림계의 천하제일인이며 동시에 앞서 금상황과 의형제를 맺은 지고한 신분이다.

십오 년 전, 금상황은 북방의 견융족에 의해 성도인 북경이 포위당하는 위기를 맞게 되었다.

견융족은 대막과 관외의 무림고수까지 동원하였기에 황군들로서는 역부족이었다. 게다가 워낙 신속한 기습이라 변방의 군병들이 회군하기에는 시일이 너무 촉박했다.

이런 국란(國亂)을 해소시켜 준 사람이 바로 단목휘였다.

그는 가히 한 나라를 상대할 만한 절세고수였다. 그의 태양신공에 대막과 관외의 절정급 고수들이 모두 나가동그라졌다. 뒤이어 중산왕부의 군병들과 의병들까지 가세하자 견융의 국왕은 퇴각할 수밖에 없었다.

너무도 큰 은혜를 입은 금상황은 친히 단목휘를 접견해 호국무공(護

國武公)이란 작위를 내리고 형제의 연까지 맺었다. 비록 의형제이지만 금상황의 아우이니 단목휘는 군왕에 버금가는 권위를 지니게 되었다.

낙양성의 태수로서는 감히 쳐다볼 수도 없는 고귀한 신분이기에 그의 제자인 강무영이라도 감히 박대할 수 없는 것이다.

강무영은 옆의 여인을 소개했다.

"이분 소저는 문성(文聖) 쌍뇌천기자의 제자이신 만박옥혜(萬博玉慧) 되시오."

낙양 태수는 비로소 녹의여인을 바라보았다.

허리까지 찰랑거리는 긴 모발의 여인은 하나의 백옥 조각상을 보는 듯 아름다웠다. 유난히 빛나는 눈에 슬기가 넘쳐흘렀고, 입가에 맺힌 보조개가 잔잔한 미소로 인해 더욱 깊이 패었다. 여인은 손에 흰 깃으로 만든 백우선을 쥐고 있었다.

낙양 태수는 마치 하늘에서 내려온 선녀를 대한 듯 넋이 빠졌다.

"문성의 제자라 했소?"

"그렇습니다. 소녀 벽소군(碧小君)이라 합니다."

음성 또한 맑고 시원해 듣는 사람으로 하여금 상쾌함에 젖게 만든다.

"오, 벽 소저이셨구려. 문성이시라면 유림에서도 선인으로 추앙받는 대학자가 아니신가. 오늘 아주 귀한 분들께서 누추한 곳을 찾아주셨소 그려. 허허."

쌍뇌천기자는 천하제일의 두뇌를 지닌 대석학이자 현자였다.

백 년 전 천마대제가 그를 천마제국의 총상으로 초빙하려 했지만 끝내 뜻을 이루지 못했다. 세수 이 갑자를 훨씬 넘긴 쌍뇌천기자는 그야말로 무림의 살아 있는 역사이자 만학의 스승이다.

그의 진전을 이은 벽소군은 당세 무림의 사화(四花) 중 으뜸으로 불리는 재녀다. 그녀는 남해 보타 성니의 절기까지 전수받아 문무에 있어 최고의 경지에 이르렀다.

물론 아직 그녀와 무공을 겨뤄본 사람은 없었다. 웬만한 악인들은 그녀와 몇 마디를 나누게 되면 칼을 버리고 참회를 눈물을 터뜨린다. 개중에 인성을 상실한 극악한 자들이 덤벼들기도 했지만 그녀는 진법으로 가둬 제압해 왔던 것이다.

벽소군은 안쓰런 눈빛으로 늙은 어부를 내려다보았다.

"태수, 먼저 여기 노인을 풀어주시지요."

"벽 소저, 이 늙은이는 도적질을 한 용의자요."

"아닙니다. 황금 칠백 냥이라면 낙양의 대부호만이 가질 수 있는 거액이지요. 그런 거액을 강탈당했다는 보고는 받으셨나요?"

낙양 태수는 일순 당황하며 고개를 저었다.

"아, 아직 그런 보고는 받은 적 없소."

"은표에는 발급자의 인장이 새겨져 있으니 그것을 조사해 보면 출처를 알 수 있을 겁니다."

벽소군은 손수 늙은 어부의 포승을 풀어주며 형틀에서 일으켜 세웠다. 태수의 국문을 중단시키는 무례한 행동이었지만 낙양 태수는 감히 제지할 엄두도 내지 못했다.

"알겠소. 그리하리다."

낙양 태수는 서둘러 돌 계단을 올라 탁자에 올려져 있는 은표를 살펴보았다.

벽소군은 늙은 어부의 상처에 금창약을 발라주며 한마디 던졌다.

"소녀의 짐작이 틀림없다면 은표는 아마 중산왕부에서 발행한 것일 겁니다."

낙양 태수는 눈을 커다랗게 뜬 채 은표와 벽소군을 번갈아 보았다.

"트, 틀림없소. 중산왕 전하께서 발급하신 은표가 확실하오. 대체 어떻게 아셨소?"

강무영은 흐뭇한 미소를 지으며 고개를 끄덕이고 있었다. 그는 벽소군의 지혜를 철석같이 믿고 있었기에 지켜보기만 했다.

벽소군은 늙은 어부에게 물었다.

"노인장, 어제 좀 특별한 사람을 만난 기억이 없나요?"

"소인은 어제 낙하변에 위치한 위래객잔에 간 적이 있습죠. 힘들게 잡은 물고기를 음식과 바꾸려고 말입죠. 다행히 마음씨 좋은 주인을 만나 만두와 오리 구이를 얻어 집으로 가져오게 되었습니다요. 한데 망태를 열어보니 은표가 들어 있지 뭡니까?"

돌 계단을 내려온 낙양 태수가 끼어들었다.

"하면 객잔의 주인이 몰래 망태에 은표를 넣어주었단 말인가?"

벽소군이 잔잔한 미소를 머금으며 고개를 저었다.

"객잔이 주인이 그런 거금을 지닐 리가 없지요. 더군다나 중산왕부에서 발급한 은표는 세상에 흔치 않습니다."

"허, 것참……."

낙양 태수는 이해가 가지 않는 듯 연신 고개를 갸웃거렸다.

벽소군은 늙은 어부의 손을 감싸 쥐며 차분하게 물었다.

"객잔에서 누구를 만난 기억이 없나요?"

늙은 어부는 벽소군의 손에서 전해지는 부드러운 기운에 놀란 가슴을 가라앉힐 수 있었다.

"아, 그리고 보니 그 젊은 대인이 생각납니다요. 거의 손도 대지 않은 음식을 소인이 청하자 가져가라 했습죠. 정말 고마우신 분이었소이다."

벽소군의 갈색 눈망울이 별빛처럼 반짝거렸다.

"아마도 등에 검을 메고 조금은 권태로워 보이는 표정의 청년이었을 겁니다."

"오, 맞습니다. 아가씨께서는 어떻게 그토록 상세히 아십니까요? 특별히 인상에 남지 않는 사람이라 잘 기억이 나지 않았는데 아가씨 덕분에 확실히 기억할 수 있었습니다요."

늙은 어부는 나름대로 자신의 생각을 말했다.

"소인이 그분의 음식을 챙기는 동안 은표를 넣어주셨을 가능성이 있습니다요. 그분 외에는 집에 오기까지 다른 사람을 만난 적이 없었습니다요."

벽소군은 생긋 미소를 지으며 강무영에게로 시선을 돌렸다.

"어때요? 내 추리가 맞죠?"

그녀의 미소에 낙양 태수를 비롯한 문무 관리들은 넋을 잃고 말았다. 꽃이 수줍어 고개를 숙이고 달이 빛을 잃을 만큼 매력적인 미소였다.

강무영이 낙양 태수에게 말했다.

"소생은 사부님의 명을 받들어 환유성이라는 검사를 만나기 위해 예까지 오게 되었습니다. 은표는 그 사람이 노인에게 적선한 것이 확실한 것 같습니다."

"환유성? 아, 바로 화옥군주를 구출했다는 그 영웅을 말함이오?"

낙양 태수는 다소 놀란 표정을 짓다 고개를 절레절레 저었다.

"듣기에 환유성이란 사람은 현상범 추적자라 들었는데, 목숨을 걸고 번 은자를 그리 쉽게 내주다니 이해가 가지 않소."

벽소군은 백우선을 하나씩 접으며 말을 받았다.

"소녀가 직접 만나지 못해 그 이유는 정확히 말씀드릴 수가 없군요. 하지만 그에게 중요한 것은 은자가 아니라 현상범을 추적한다는 그 자체입니다. 아주 특이한 인물이라 할 수 있죠. 얼마 전 낙양 부호들의 자제들을 납치범들 손에서 구해줬지만 그는 한 푼의 대가도 원하지 않았다 들었습니다. 그런 그의 성품을 감안한다면 노인에게 황금 칠백 냥을 적선한 것은 놀라운 일도 아니지요."

5

늙은 어부가 석방된 것은 당연한 일이다.

낙양 태수는 자신의 경솔한 문초가 미안했던지 낙하현 수재민들에게 쌀과 보리 오백 석을 내주고, 상인들을 소집해 수재민들을 위한 물품을 긴급 지원토록 지시했다. 황금 칠백 냥은 상당한 금액이었기에 물자의 조달은 쉽게 이루어졌다.

강무영과 벽소군은 각자 말을 타고 관도를 따라 달리고 있었다.

"벽 소저, 이제 어디로 가야 동방의 별을 만날 수 있겠소?"

"그의 이동은 빠르지 않으니 낙양성 백 리 안에서 찾을 수 있을 거예요."

"나야 사부님의 명에 따라 그를 태양천으로 초대하려는 것이지만 벽 소저한테 너무 신세를 지는 것 같소."

"그런 말씀 마세요. 사실 회계산을 떠나올 때 사부님께서 세 가지 점괘를 뽑아주셨어요. 두 가지는 이미 강 공자에게 말씀드렸지요. 세 번째 점괘를 듣고 이해가 되지 않았는데 이제야 조금은 알 것 같아요."

"쌍뇌천기자 어른의 점괘는 하나하나가 천하의 운명과 직결된다 들 었소. 그 세 번째 점괘는 대체 뭐였소?"

벽소군은 노을지는 하늘가를 올려다보았다.

"빛은 땅에 묻혀 있고 어둠은 하늘에 있으니 푸른빛이 들판으로 날 아든다. 용을 낚는다면 비를 얻을 것이나 승천을 못한 한이 천지를 진 동하리라."

강무영의 긴 검미가 가볍게 꿈틀거렸다.

"워낙 현기 어린 말씀이라 이해할 수가 없지만 불길함이 가득한 것 같소."

"소녀도 같은 생각이에요. 한 가지 다행한 것은 푸른빛이 들판으로 날아든다는 글귀에 있지요. 푸른색은 동쪽 방위를 말함이고 들판은 중 원을 의미하는 거죠. 구원의 손길이 동방에서 온다는 뜻이라 생각돼 요."

강무영의 검미가 불끈 치켜 올려졌다.

"하면 환유성이란 자가 천명을 받은 사람이란 말이오?"

"무림사 이래 이토록 태평성대를 누린 적이 없지요. 하지만 사부님 의 우려대로 빛이 강하면 어둠도 짙은 법입니다."

벽소군의 볼에 보조개가 살짝 새겨진다.

"하필 사부님이 천기를 짚은 순간에 동방의 영웅이 탄생했으니 간과 할 수는 없는 일입니다. 꼭 한 번 그를 만나보고 싶어요."

강무영의 표정에 다소 그늘진 기운이 스쳐 지나갔다.

그가 누구인가. 무림의 절대자를 사부로 둔 천하제일공자이다. 향후 천하무림의 주인으로 내정된 그로서는 쌍뇌천기자의 현기 어린 예지를 받아들이기 어려웠다. 하지만 그는 자신의 심기를 쉽게 드러낼 만큼 경솔한 사람은 아니었다.

"천명을 타고난 인물이 나타났다니 반가운 일이오."

벽소군은 지혜로운 여인답게 그의 심사를 헤아릴 수 있었다. 그녀는 가벼운 눈웃음을 치며 그를 위로했다.

"소녀의 우매한 판단이니 깊이 생각지 마세요. 태양천은 지지 않는 태양이고, 강 공자는 그러한 태양천의 소천주가 아니십니까? 오히려 소녀는 그를 만나 실망하지 않을까 걱정이 되는군요."

제13장

반갑지 않은 만남

1

멀리 황하가 내려다보인다. 중원의 젖줄로 불리는 거대한 강은 누런 토사를 한껏 머금은 채 유유히 흘러가고 있었다. 넓은 강폭은 천 장에 달해 마치 바다를 대하는 느낌이었다.

환유성이 바다를 처음 대하는 건 현상범을 추적하기 위해 요동 반도의 땅 끝에 이르렀을 때였다. 중원인들이 동해로 부르는 검푸른 바다가 눈앞에 펼쳐져 있었다. 평소 드넓은 요동 벌판과 험준한 산세만 접한 환유성에게 있어 탁 트인 바다는 전혀 새로운 세계였던 것이다.

"중원이 넓기는 넓구나."

환유성은 소추를 다독여 멀리 내려다보이는 포구 쪽으로 방향을 잡았다. 그가 좁은 산길을 따라 언덕을 넘어가려 할 때였다.

창— 차앙—!

병장기가 부딪치는 날카로운 금속성이 그의 고막을 자극했다. 터지는 폭음은 강렬했고, 남녀의 기합성이 메아리쳐 울린다. 상당한 내가 고수들의 싸움이 벌어진 듯싶었다.

무림인들은 크든 작든 싸움에 관여하기를 좋아한다. 악인이 협사를 핍박하는 싸움이면 정의감에 소매를 걷어붙이고 달려들어 돕는 게 당연시된 일이다. 또한 여럿이 한 사람을 공격하는 부당한 싸움이면 약자를 돕는 게 인지상정이다.

하지만 환유성은 그러한 무림의 관례에는 무관심했다. 누가 죽든 말든 관심 밖이었다. 물론 현상금이 걸린 자들의 싸움이라면 얘기가 달라지지만.

산중에서 벌어지던 싸움은 계속 옮겨지고 있었다. 폭음과 금속성이 더욱 가깝게 들려왔다.

"죽어라, 악적!"

앙칼진 여인의 외침이 낯설지 않았다. 목에 가래가 끓는 듯한 탁한 음성이 뒤를 이었다.

"크홋, 요동의 촌년치고는 제법이군. 내 네년을 짓이겨 만두 속으로 삼겠다!"

수림 일부가 터져 오르며 두 남녀가 허공으로 솟구쳤다.

폭이 넓은 광신검을 휘두르는 여인은 사내처럼 건장한 체격의 소유자였다. 다소 억센 기질이 엿보였지만 상당한 미모를 지니고 있었다. 바로 표풍선자 금류향이었다.

금류향은 나뭇잎을 밟고 유연하게 몸을 움직이며 광신검을 연속적으로 휘둘렀다.

"사뢰양단절!"

그녀의 검법은 예전과 달리 상당한 경지에 올라 있었다. 화려하게 피어오르는 검화가 적어도 일 갑자 이상의 내가고수임을 짐작케 해주었다.

　그녀와 맞서 싸우는 인물은 새끼줄로 이마를 질끈 동여맨 중년거한이었다. 고슴도치수염이 텁수룩한 중년거한은 피로 얼룩진 단삼 차림이었다. 짐승을 잡을 때 쓰는 대두도와 옷차림으로 미루어 백정으로 보였다.

　차차창—!

　중년거한은 대두도를 휘둘러 금류향의 검초를 막아내고는 솥뚜껑처럼 커다란 손을 내뻗었다.

　"와선광풍!"

　세찬 장력이 소용돌이를 형성하며 금류향의 옆구리로 파고들었다.

　아직 성취도가 미흡하지만 웬만한 내공이 없으면 펼칠 수 없다는 와선강기(渦旋罡氣)였다. 와선강기는 직선으로 뻗는 것이 아니라 꽈배기처럼 와류 현상을 일으키기에 지극히 강맹했다. 과거 백마성주였던 불립마제의 절기 중 하나로 한 번 펼쳐지면 주변 십 장은 초토화가 된다.

　금류향은 전신을 짓누르는 잠력을 감당치 못하고 급히 몸을 말아 뒤로 회전했다. 표풍선자라는 별호답게 그녀의 신법은 아주 날렸기에 가까스로 와선강기의 사정권에서 벗어날 수 있었다.

　콰앙—!

　엄청난 폭음과 함께 바닥에 다섯 자 깊이의 구덩이가 패이며 자욱한 흙먼지가 피어올랐다.

　중년거한은 회심의 일격이 실패로 돌아가자 이를 부득 갈았다.

　"쥐새끼 같은 년, 내 목이 탐난다면 피하지 말고 어서 덤벼라!"

　금류향은 이마에 송골송골 맺힌 땀을 닦았다.

'역시 금살명부에 오른 악적답게 막강하군. 태양신룡의 도움으로 기경팔맥이 타통되었지만 쉽지 않은 상대야.'

중년거한은 대두도를 비스듬히 쳐들었다.

"그렇지 않아도 백정질이나 하며 숨어 사는 데 신물이 나던 차에 내 정체를 잘도 벗겨주었구나. 네년을 짓이긴 후 도마(刀魔)가 아직 세상에 살아 있음을 피로써 보여주겠다."

그는 백마성 백대마두 중 하나인 도마였다.

백마성이 와해된 이후 태양천의 추적을 피해 천한 백정 부락으로 숨어들었던 것이다. 사람을 베던 칼로 십수 년간 개, 돼지만 잡아왔으니 그의 울분은 이루 말할 수 없을 정도였다.

그는 대두도를 혀로 핥았다.

"내 혈흠도가 모처럼 사람의 피 맛을 보게 되겠군."

금류향은 양손으로 광신검을 잔뜩 움켜쥐었다.

"흥, 내 검도 현상범 놈들의 피 맛을 본 지 오래다."

"뒈져라!"

도마는 바닥을 박차고 치솟으며 대두도를 힘차게 내리찍었다. 그의 절기 중 가장 위력적인 혈류폭 도법이었다. 십 장 높이의 거목도 일도에 쪼개는 공포스런 도법 중 하나다.

차아앙—!

광신검을 휘둘러 겨우 막아낸 금류향은 두 팔이 마비되는 충격을 받았다. 내상을 당했는지 뜨거운 기운이 목구멍을 타고 솟아올랐다. 그녀가 비틀 물러서자 기세 오른 도마는 연속적으로 혈류구살폭(血流九殺暴)을 전개했다.

금류향은 겨우겨우 광신검으로 막아냈지만 도마의 폭풍 같은 도법을 감당치 못하고 계속 뒤로 밀렸다. 이를 악물었지만 입술 새로 비지고 나오는 피가 그녀의 턱을 타고 목덜미로 흐른다.

'젠장, 이렇게 죽는단 말인가?'

도마는 기세등등하게 솟구치며 혈류구살폭의 후삼식을 펼쳐 냈다.

"카하하, 찢어 죽이리라!"

뒤로 물러선 금류향은 눈앞이 아득해졌다. 미리 역부족을 깨닫고 도주했었어야 옳았다. 그녀는 날랜 신법에 일가견이 있었지만 내상으로 인해 이제는 쉽지 않았다. 이때였다.

딸랑딸랑!

말 방울 소리와 함께 은빛의 준마가 소로를 따라 느릿느릿 걸어왔다. 권태로운 표정의 청년을 태운 말 역시 권태로워 보인다.

"아, 유성!"

금류향은 지옥에서 부처를 만난 듯 반가웠다. 그녀는 혼신의 힘을 다해 광신검으로 후려치고는 뒤로 물러섰다.

둘이 갈라진 사이로 환유성을 태운 소추가 겁없이 끼어들었다.

도마는 아무런 거리낌 없이 둘 사이의 접전으로 끼어드는 상대의 존재에 일순 경각심을 느끼며 도초를 거둬들였다.

"유성, 나야!"

금류향은 눈물까지 글썽이며 환유성을 향해 다가섰다. 환유성은 힐끔 그녀를 보고는 건성으로 고개를 끄덕일 뿐이었다.

"음, 그래."

요동에서 함께 떠나 이 개월 만에 만났지만 재회의 반가움 따위는 전혀 없는 눈치였다. 오히려 귀찮아하는 기색이 역력했다.

도마는 나름대로 생각을 굴렸다.

'크홋, 연놈이 한통속인 것이 분명하다만 날 두려워해 피하려는 것이군.'

그렇다면 두려워할 일이 없었다. 그는 자신이 크나큰 오판을 한 것도 모른 체 환유성을 막아섰다.

"비겁한 놈, 보아하니 둘이 친분이 있는 것 같은데 모른 체한단 말이냐? 하지만 날 본 이상 살려둘 수가 없지."

환유성은 그를 내려다보며 한마디 던졌다.

"비켜."

"크크, 비키라고? 감히 천하가 두려워하는 혈류인도(血流人屠) 도마에게 비키란 말을 하다니 정말 단단히 미친놈이구나!"

환유성의 검미가 살짝 치켜 올려졌다.

"도마? 하면 백마성의 마두냐?"

금류향은 빠르게 눈알을 굴리다 소리쳤다.

"맞아, 유성! 바로 백마성의 마두지. 목에 황금 백 냥이 걸린 금살명부의 현상범이야. 내가 찾아냈으니 반씩 나누는 거야, 알았지?"

환유성은 천천히 소추의 등에서 내려섰다.

도마는 둘의 하는 양을 보다 어처구니가 없었다. 자신의 존재를 전혀 무시하는 환유성의 태도에 부아가 치밀었다.

"네놈도… 현상범 추적자냐?"

"그래."

"크홋, 잘됐군. 그동안 날 찾아온 더러운 추적자 놈들을 모두 짓이겨 만두 속으로 삼았는데 오늘 연놈을 한데 엮어 한솥에 삶아야겠다."

환유성 옆에 선 금류향은 가소롭다는 듯 웃음을 터뜨렸다.

"호호호, 미친놈! 넌 지금 저승사자를 눈앞에 두고 있어. 이 사람이 누구인 줄 알아?"

그녀는 환유성의 어깨에 볼을 비비며 상큼한 미소를 지었다.

"동방의 별로 불리는 반검무적 환유성이야."

도마는 벼락을 맞은 듯 부르르 떨었다. 그는 입술을 파르르 떨며 환유성을 직시했다.

"네, 네놈이 반검무적이라고? 얼마 전 환마 아우의 목을 베었다는 그놈이냐?"

금류향이 대신 말을 받았다.

"뿐인 줄 알아? 천잔방의 괴수인 단비사도 역시 유성의 검에 목이 베어졌지. 누구든 유성의 쾌검을 당할 순 없어."

도마는 바싹 긴장하며 환유성을 쓸어보았다.

눈까풀을 반쯤 내리깐 채 권태로운 모습으로 서 있는 환유성의 존재는 아무리 눈을 씻고 살펴도 절세고수의 면모로는 보이지 않았다. 그저 평범한 검수로 보일 뿐이었다.

도마는 과거 백마성 내에서도 서열 이십위권에 안에 드는 초절정급 마두였다. 구대마왕에는 못 미치지만 불립마제로부터 와선강기를 전수받은 이후 그의 무공은 가히 마왕급에 오른 상태였다.

'소문대로라면 놈의 절기는 쾌검뿐이다. 단비사도 역시 기습에 의해 살해되었음이 분명해.'

그는 나름대로 머리를 굴리고는 대두도를 바싹 거머쥐었다.

"요동의 촌놈, 내 네놈의 목을 베어 환마 아우의 복수를 해주겠다!"

금류향은 뒤로 물러서며 조심스레 한마디 던졌다.

"조심해, 유성. 악적은 도법 외에도 와선강기라는 무서운 마공을……."

"됐어!"

환유성은 그녀의 우려를 일축하고는 느릿느릿 다가섰다. 금류향은 그를 사납게 쏘아보며 씨근거렸다.

'나쁜 자식, 기껏 생각해서 말해 줬더니.'

도마는 바닥을 차고 치솟으며 대두도를 힘껏 내던졌다.

"혈류섬폭!"

상당한 진기가 실린 대두도는 불꽃을 발하며 환유성을 향해 날아들었다. 도를 날려 자유자재로 조종하는 어도술(御刀術)에는 못 미쳐도 혼신의 힘을 다한 그의 탄도술은 실로 위력적이었다.

환유성은 날아드는 도를 보면서도 전혀 피할 기미가 없었다. 오히려 날아드는 도를 향해 걸음을 옮겨갔다.

"아앗! 유성!"

금류향은 질겁하며 비명을 질렀다.

대두도는 그대로 환유성의 몸을 관통했다. 가슴을 꿰뚫은 대두도는 계속 날아가 수림의 거목을 십여 그루나 박살 내고는 나무 기둥에 꽂혔다.

도마와 금류향은 도저히 믿을 수 없는 현상에 입을 쩍 벌리고 말았다.

인간의 몸으로 어떻게 칼에 관통되고도 피 한 방울 흘리지 않을 수 있단 말인가. 그것은 유령 같은 존재나 가능한 일이었다.

물론 초상승신법인 이형환위(移形換位)를 펼친다면 그럴 수 있었다. 그러나 순간적으로 형체를 감추었다 다시 드러내는 이형환위 신법을 펼칠 수 있는 절세고수는 천하에서 열도 되지 않는다.

"이, 이놈이 사술을?"

도마는 그렇게 생각할 수밖에 없었다. 그는 놀란 가슴을 가라앉히며 극한의 공력으로 와선강기를 펼쳐 냈다.

콰르르릉!

은은한 뇌성과 함께 그의 몸 주변으로 소용돌이가 형성되었다. 그의 와선강기가 방향을 잡고 뻗어 나갈 순간이었다.

번쩍!

도마는 눈앞이 아찔해졌다. 생전 이토록 강렬한 섬광은 처음이었다. 그의 눈앞에 보이는 건 모두가 빛이었다. 차디찬 섬광은 이내 걷혔다.

도마의 목 둘레로 가는 혈선이 그어졌다. 가는 핏줄기가 점점 짙어지더니 폭발하듯 핏물이 터져 나왔다. 이어 도마의 수급이 퉁겨져 올랐다. 그는 자신이 어떻게 죽었는지도 모른 채 목이 달아난 것이다.

어느새 검을 거둔 환유성은 예전처럼 뒷짐을 진 채 주변을 거닐었다. 수급에서 흘러나오는 피가 마르기를 기다리는 것이다.

"와아, 대단해! 정말 최고야!"

금류향은 어린아이처럼 팔짝팔짝 뛰며 좋아했다. 그녀는 환유성의 등을 와락 끌어안았다.

"너, 어떻게 된 거야? 쾌검이 더 빨라졌어! 옆에서 지켜보던 나조차 언제 검이 뽑히고 거둬들여졌는지 못 봤단 말이야."

환유성은 별반 내색을 하지 않았지만 스스로도 자신의 쾌검초에 놀라고 있었다.

만년인형설삼의 영기를 복용한 후 그의 내공은 가히 입신의 경지에 오른 상태였다. 너무도 갑작스레 증진된 공력이라 그조차 그 위력을 가늠할 수 없을 정도다. 확실한 건 그가 마음만 먹는다면 오 장 이내의 그 어떤 것도 베어버릴 수 있다는 자신감이었다.

또 한 가지, 그의 심안 역시 최고조에 달했다.

도마가 내던진 대두도가 그의 가슴을 관통한 것처럼 보인 것은 착각이었다.

그는 대두도가 가슴을 관통하기 직전 상체를 움직여 피했고, 칼이 지나치는 순간 다시 본래의 자세를 회복했다. 그 움직임이 너무 빨라 칼에 관통당하고도 멀쩡한 것처럼 보인 것이다.

금류향은 그의 넓은 등에 얼굴을 비볐다.

"나도 사실 내공이 아주 높아졌어. 천하제일공자를 만나 기경팔맥이 타통되는 행운을 얻게 되었지. 하지만 넌 나보다 더 엄청난 기연을 만난 것 같아."

환유성은 짜증스런 표정을 지으며 그녀를 밀어냈다.

"물러서."

금류향은 암팡진 눈빛으로 그를 쏘아보았다.

"인간아, 어떻게 이럴 수 있어? 그동안 내가 얼마나 널 찾아 헤맸는데? 함께 요동을 떠나왔는데 헌신짝처럼 날 저버릴 수 있는 거야?"

환유성은 여전히 뒷짐을 진 채 수급 주위를 거닐며 무덤덤하게 대꾸했다.

"네가 내 마누라라도 되냐?"

"그, 그건 아니지만 우린 깊은 관계까지 가졌잖아? 그럼 넌 날 일시적 기분으로 상대했단 말이야?"

"원한 건 너지 내가 아니야."

"나쁜 놈, 모래처럼 삭막한 놈! 네놈 가슴을 갈라 심장을 보고 싶어!"

금류향은 눈물까지 글썽이며 앙칼지게 외쳤다.

"여긴 요동이 아니라 중원이야. 이 넓은 중원 땅에 그나마 친분이 있는 사람은 우리 둘뿐이라고! 유성, 우리 두 사람이 함께 의지하고 살아야 하는 거 아냐?"

"둘이 아니야. 영호찬도 중원으로 들어왔으니 셋이지."

"뭐야? 장백투호, 그자도 중원으로 넘어왔다고?"

"그래. 그러니 영호찬이나 만나 함께 현상범을 추적해. 날 귀찮게 하지 말고."

환유성은 몸을 굽혀 도마의 수급을 쥐어갔다.

"안 돼!"

금류향은 잽싸게 몸을 날려 도마의 수급을 가로챘다. 그녀는 오 장 밖으로 물러서며 상큼한 미소를 지었다.

"내 몫으로 절반은 줘야 돼. 사실 이 도마의 행적을 찾는 데 얼마나 힘들었는 줄 알아? 도마는 십수 년간 백정질을 하며 신분을 위장했기에 나 아니었으면 절대 못 찾았을 거야."

"그건 중요치 않아. 놈의 목을 벤 사람이 임자야."

"호호, 맞아. 더 중요한 건 누구든 수급을 가져가면 현상금을 탈 수 있다는 거지."

환유성은 더 이상 드잡이질을 하고 싶지 않았다. 그는 소추의 등으로 훌쩍 올라앉았다.

"그럼 너 가져."

그녀는 그가 너무 쉽게 포기하자 오히려 기분이 상했다. 그녀는 제비처럼 도약하며 환유성의 등 뒤로 내려앉았다.

"알았어. 내가 사과할게."

그녀는 수급을 가죽 주머니에 담고는 그의 허리를 꼭 끌어안았다.

"내가 양보할 테니 사륙제로 나누자고."

"……."

"치이, 소문에 의하면 넌 단비사도의 목을 베어 황금 천 냥이나 받았다면서? 그런 부호가 됐는데 이 정도도 양보 못해?"

"나 돈 없어. 모두 잃어버렸어."

금류향은 비명에 가까운 탄식을 터뜨렸다.

"말도 안 돼! 어떻게 그런 거금을 잃어버렸다는 거야?"

"나도 몰라."

"아, 내가 미쳐. 내가 옆에서 관리해 주었어야 했는데."

금류향은 환유성의 등을 가볍게 다독이다 묘한 미소를 지었다. 그녀의 손이 환유성의 사타구니 사이로 슬며시 파고들었다.

"유성… 우리 오랜만에 만났는데 회포는… 풀어야지?"

"귀찮아."

"귀찮기는. 지난번처럼만 하면 돼. 넌 가만히 있어도 내가 다 알아서 할 테니까."

그녀의 하얀 손이 대담하게 그의 바지춤 속을 헤집었다.

"치워!"

환유성이 거칠게 밀치자 금류향은 말안장에서 나가동그라졌다. 그녀는 공중제비를 돌며 가까스로 바닥을 딛고 내려섰다.

이히힝―!

소추는 주인의 심사를 파악한 듯 길게 울음을 터뜨리며 냅다 달려갔다. 한혈보마답게 소추는 삽시간에 멀어졌다.

금류향은 신법을 펼쳐 그의 뒤를 따르며 악에 받쳐 소리쳤다.

"이 골통아, 거기 섰지 못해!"

2

태양천의 하남 지부는 낙양에 위치해 있었다. 지부장 뇌동철편(雷動 鐵鞭) 장각(張閣)은 채찍의 명수였다. 그의 철 채찍에 맞아 쓰러진 악도 들은 수백에 달했다.

"이것이 정말 도마의 수급이란 말이오?"

금류향을 접견한 그는 믿을 수 없다는 눈빛으로 그녀를 직시했다. 금류향은 잔뜩 인상을 찡그렸다.

"이봐요. 지금 날 의심하는 건가요?"

"그건 아니오. 감히 태양천을 상대로 사기를 친 현상범 추적자는 아 직 없었소."

"이 악적의 목은 반검무적이 벴어요. 그럼 믿겠어요?"

장각은 나직이 탄성을 터뜨렸다.

"오, 환유성 대협의 솜씨라면 의심하지 않겠소."

그는 도마의 수급을 나무 상자에 담으며 총관에게 명해 현상금을 준 비시켰다.

"그렇지 않아도 소천주께서 환 대협을 만나기 위해 직접 낙양까지 찾아오셨소. 대체 어디 계시오?"

금류향은 태양신룡이 근처에 있다는 말에 공연히 가슴에 설레었다. 그의 수려한 풍모가 눈앞에 어른거린다.

"나도 소천주와는 안면이 있는 사람이에요. 그분 여기 있나요?"

"멀지 않은 곳에 계실 거요. 환 대협이 계신 곳을 말씀해 주신다면 전서구를 통해 소식을 전할 수 있소."

"황하변 나루터 근처의 객잔을 뒤지면 어딘가 있을 거예요. 나도 어서 현상금을 갖고 그를 찾아봐야 돼요."

"알겠소. 소천주께 통보해 드리리다."

황금 백 냥의 거금을 손에 쥔 금류향은 하남 지부를 나서며 다소 망설였다. 그녀가 현상범을 추적해 오면서 이렇듯 엄청난 현상금을 손에 쥐어보기는 처음이었다.

'그냥 나 혼자 먹고 튈까?'

그러다 그녀는 고개를 저으며 황하의 나루터로 향했다.

'바보 같은 생각이야. 유성을 따라다니면 앞으로도 황금 수백 냥은 챙길 수 있을 텐데 이까짓 것에 현혹돼서는 안 되지.'

3

낙수현은 커다란 나루터를 갖춘 마을이었다. 황하를 사이에 두고 호북을 오가는 뱃길은 대부분 낙수현에서 시작된다. 낙양으로 유입되고 반출되는 물동량이 워낙 풍부하기 때문이다. 하기에 낙수현의 객잔들은 늘 붐볐다.

환유성은 제법 규모가 큰 열락객잔의 이 층 구석의 탁자에 자리하고 있었다. 소규모 객잔들은 보따리 상인들로 가득 차 빈 탁자를 찾을 수 없었다.

그는 술잔을 내리며 잠시 생각에 잠겼다.

황하를 건너면 호북성에 이른다. 호북과 호남을 아우르는 동정호를 찾아가면 태양천에 당도할 수 있다. 그곳에 가면 천하제일인 단목휘를 만나 인간 한계를 넘어서 검선의 경지에 이르렀다는 그의 검법과 맞설 수 있다.

환유성은 빈 잔에 술을 채우며 아주 드물게 갈등을 느꼈다.

대체 왜 목숨을 걸고 천하제일검과 맞서야 한단 말인가. 그가 명예를 추구한다면 단목휘를 격파하고 천하제일검의 명성을 얻기 위함이랄 수 있다. 하지만 그는 천하제일검으로 추앙받는 것조차 번거롭게 여길 사람이다.

그렇다면 절대패검 사공인과의 약속 때문에?

그도 아니다. 마검노인은 태양천주와의 섣부른 비무를 오히려 우려했다. 환유성이 자신과 같은 패배자가 되는 것을 원치 않았던 것이다.

절세고수들의 비무는 지극히 위험한 대결이다. 목숨을 잃는 것은 차라리 깨끗하다. 패배의 충격이 더 고통스럽기 때문이다.

당세 무림에서 단목휘의 존재는 하늘이다. 단목휘에 대한 도전은 곧 하늘에 대한 도전이기도 하다.

무(武)를 추구하는 자들은 누구라도 그를 이겨보고 싶어한다. 하지만 무공이 고강해질수록 단목휘의 존재가 더욱 높아져 보인다. 그것은 마치 높은 산에 올라서야 비로소 하늘이 더 높다는 것을 깨달을 수 있기 때문이다.

환유성은 아주 천천히 술잔을 들이켰다.

그의 쾌검은 지극히 빨라졌다. 그가 원하는 곳 어디라도 벨 수 있을 만큼 마음먹은 대로 검을 날릴 수 있다. 무흔쾌섬을 창안한 절대패검

조차 자신의 쾌검식이 이토록 빠르리라고는 생각지 못할 것이다.

하지만 환유성은 자신 스스로의 한계를 잘 알고 있었다. 예전에는 도저히 도달할 수 없는 경지에 이르렀지만 아직 검도의 극점은 아니라는 것을 확신하고 있었다.

'무엇이 부족한지 모르지만 내 쾌검은 아직 완벽하지 않다. 마검노인의 말대로 사중악의 괴수들을 모두 벨 때쯤에야 내 스스로 만족할 수 있는 것일까?'

그의 미간에 깊은 주름이 새겨졌다. 평생 고민이라고 해본 적이 없는 그이기에 한 가지 문제를 놓고 갈등하다 보니 머리가 지끈지끈 아파왔다.

'미리 판단할 필요 없어. 내가 원해도 그가 회피한다면 비무는 이루어질 수 없으니까.'

그가 술병을 들어 다시 잔에 술을 따를 때였다. 금류향이 이 층으로 올라서며 앙칼지게 소리쳤다.

"이 무심한 인간아, 좀 기다려 주면 어디가 덧나? 내가 꼭 발바닥이 부르트도록 널 찾아다녀야겠어?"

그녀는 소란을 피우며 환유성 앞에 마주 앉았다. 주변 탁자의 몇몇 무사들이 눈살을 찌푸리며 그녀를 주시하자 금류향은 가소롭다는 듯 그들을 쓸어보았다.

"왜 눈깔들이 모두 해태야? 한판 떠보자는 거야 뭐야?"

그녀가 탁자를 내려치자 객잔 내에 싸늘한 냉기가 흘렀다. 몇몇 무사들이 모욕을 참지 못하고 일어서려 했지만 워낙 등등한 그녀의 기도에 눌려 고개를 돌려 버렸다.

"새끼들, 니들 목에 은자가 걸렸으면 벌써 댕강 잘라 버렸을 거야."

그녀의 말투에 무사들은 비로소 그녀가 현상범 추적자임을 깨닫고는 등골이 오싹해졌다. 은자를 탐해 사람의 목을 베는 전문가들과 싸워 이로울 것이 없기 때문이다.

금류향은 탁자 위에 황금 열 냥을 탁 내놓으며 점소이에게 주문했다.

"이런 쓰레기 같은 음식 싹 치우고 제대로 한상 차려와. 술은 울금향으로 세 병. 알았어?"

"예예, 아가씨."

점소이는 황금을 보고는 침을 꿀꺽 삼키며 연신 허리를 굽신거렸다. 잘하면 그에게도 부스러기 하나 떨어질 수 있다는 생각에 이마가 바닥에 닿았다.

금류향은 환유성 앞에 금덩이가 든 주머니를 밀어주었다.

"황금 오십 냥이야. 술값은 네가 냈다고 생각해."

환유성은 이렇다 말도 없이 황금을 챙겨 넣었다. 그에 반응에 다소 안도한 금류향은 품속에서 작은 두루마리를 꺼내 들었다.

"유성, 목에 황금을 달고 다니는 놈들은 내가 다 기록해 두었어. 몇 놈은 이미 행방까지 알아놓았지. 안내는 내가 할 테니 목은 네가 베. 우린 그야말로 환상의 추적자가 되는 거야."

"……."

"뭐, 네가 쉽게 수락하지는 않을 줄 알았어. 널 귀찮게 하지는 않을 테니 그냥 같이 다니기만 하면 돼."

금류향은 매혹적인 추파를 흘렸다.

"서로가 외로울 때는 밤을 같이 보낼 수도 있고 말이야."

점소이가 울금향과 안주를 가져오자 금류향은 얼른 한 잔 가득 따라 환유성에게 권했다.

"자, 마셔. 네가 정 싫으면 내일 각자의 길을 가면 되니까."

환유성에 대해 그녀만큼 아는 여인은 없었다. 그는 억지로 묶어둘 수 없는 사내다. 그를 사로잡는 방법은 그에게 번거로움을 주지 않을 만큼 거리를 두고 맴도는 것이 유일한 길이다.

환유성은 울금향을 비우고는 그 향기를 음미했다.

"흐음, 좋군."

그가 검 다음으로 관심을 갖는 것은 술이다. 물론 어느 술이든 마다 하지 않지만 울금향과 같은 진귀한 술에 호감을 느끼는 것은 본능이었 다.

금류향은 모처럼 환유성과 뜨거운 밤을 보낼 생각에 벌써부터 몸이 달아올랐는지 석 잔 술에 벌겋게 상기되었다.

"유성… 우리 방으로 자리를 옮길까?"

"됐어. 취했으면 먼저 자."

"치이!"

금류향은 비위가 상해 눈을 흘기며 술잔을 움켜쥐었다.

이때, 주루 입구가 소란해지며 여기저기서 불안스런 음성이 흘러나 왔다.

"아, 아니, 저들은 파문삼절 아닌가?"

"아이구, 대충 일어서야겠군."

"그래, 공연히 불똥 튀기기 전에 어서 나가자고."

주인이 몸소 문밖까지 나가 모셔온 세 사람은 중원 최고의 현상범 추적자로 불리는 파문삼절이었다. 한번 자리를 정하면 아낌없이 황금 을 뿌리며 향락을 즐기는 자들이라 객잔 주인들로서는 그야말로 봉이었다.

삽시간에 이 층 객잔 대부분이 비워지며 커다란 원탁이 놓였다.

파문삼절이 원탁 주변에 자리를 정하자 점소이들은 파문삼절의 발까지 씻겨주며 부산을 떨었다. 원탁에 차례로 올려지는 요리는 하나같이 진귀한 팔진미들이었다.

귀검 도장이 잉어탕을 먹으며 입을 열었다.

"소문 들었지? 이번에는 도마란 놈이 목에 베어졌다네. 이러다 우리가 설자리가 없어지겠어."

탁류 화상은 삶은 개 다리를 우걱우걱 뜯으며 욕설을 퍼부었다.

"호로새끼들, 요동에나 처박혀 있지 왜 중원으로 들어와 우리와 밥그릇 싸움을 하는 거야?"

탐화걸개는 손가락에 묻은 양념을 쪽쪽 빨며 말을 받았다.

"이러다 우리가 손가락이나 빨면서 사는 거 아냐? 기원에서 몸단장하고 날 기다리는 계집들이 얼마나 많은데?"

"아무래도 대책이 필요해. 놈들을 잡아다 혼쭐을 내서 돌려보내야겠어."

귀검 도장이 심각한 표정을 짓자 탁류 화상이 개 갈비를 양손으로 집어 들며 게슴츠레한 웃음을 흘렸다.

"크홋, 뭘 돌려보내? 그냥 목을 베어버리자고."

"장백투호나 표풍선자라는 연놈들은 그다지 신경 쓸 것 없지만 반검무적이라는 놈이 문제야. 단비사도를 죽이고 화옥군주를 구한 이후 중원의 영웅으로 떠올라 쉽게 건드릴 수가 없어."

환유성과 대작하고 있던 금류향은 자신들의 별호가 거론되자 잔뜩 아미를 찌푸리며 귀를 기울였다.

탐화걸개는 갓 구워 나온 웅장(熊掌:곰 발바닥) 요리를 한입 베어 우물거렸다.

"대체 놈의 심중을 모르겠어. 그렇게 잘 나가는 놈이 왜 갑자기 태양천의 탕마추적대를 격파하고 불립마제의 딸년을 구한 거지?"

"낸들 알겠어? 덕분에 그 어린 계집의 목을 베어 황금 오백 냥을 챙길 수 있었는데 하필 적염마왕이 나타날 게 뭔가?"

"태양천의 처분도 영 불만이야. 마왕의 딸년을 구한 죄를 물어 놈의 목에도 현상금을 걸었어야 하는 거 아닌가? 그랬으면 우리 파문삼절이 이렇게 고민할 일도 없었는데 말이야."

금류향은 더 이상 참지 못하고 탁자를 내려치며 벌떡 일어섰다.

"이런 찢어 죽일 놈들!"

파문삼절은 힐끔 금류향 쪽을 응시했지만 설마 자신들을 향한 욕설이라고는 꿈에도 생각지 않았다. 탐화걸개는 그녀의 육감적인 뒷모습을 쓸어내리며 입술을 빨았다.

"기집애, 거 엉덩이 펑퍼짐한 게 잠자리에서 힘 좀 쓰겠어."

금류향은 너무도 황당해 오히려 헛웃음을 흘리고 말았다. 그녀는 뚜벅뚜벅 파문삼절 쪽으로 다가서더니 냅다 원탁을 걷어찼다.

와장창―!

음식 접시가 사방으로 흩어지고 깨지며 이 층 객잔은 삽시간에 아수라장이 되고 말았다.

파문삼절은 어처구니가 없는 듯 멍하니 금류향을 응시했다. 그들 셋이 천하를 주유하면서 이런 수모를 당해보기도 처음이었다.

"무량수불……."

귀검 도장은 같잖게 도호를 중얼거리며 몸을 일으켰다.

"계집아, 네가 미쳐도 단단히 미쳤구나?"

탁류 화상은 손에 쥔 개 갈비를 게걸스럽게 뜯으며 비아냥거렸다.

"아미타불… 그래도 미친년치고는 너무 예쁘구나. 오늘 밤 이 부처님을 잘 모시면 목숨만은 살려주겠다."

탐화걸개가 슬쩍 손을 뻗어 금류향의 완맥을 쥐어갔다.

"땡초야, 이번은 내가 먼저다."

금류향의 눈꼬리가 확 치켜 올라갔다.

"이런 인간 같지 않은 놈들이 어디서 수작이야!"

그녀는 탐화걸개의 금나수법을 피하며 냅다 일장을 내질렀다.

"엇?"

탐화걸개는 깜짝 놀라 개방의 절학인 항룡장으로 맞섰다.

퍼엉—!

요란한 폭음과 함께 객잔의 창문이 박살 나고 지붕이 들썩거렸다. 둘은 나직한 신음을 토하며 주르륵 뒤로 물러섰다. 객잔 일 층의 취객들은 아우성을 치며 서둘러 객잔을 빠져나갔다.

탐화걸개는 술이 확 깨는 기분이었다.

"네년은 대체 누구냐? 내 항룡장을 받아내다니 제법이구나."

금류향은 일장의 격돌로 인해 피가 끓어올랐다.

'으윽, 과연 소문대로 파문삼절의 무공은 독보적이군.'

하지만 그녀는 환유성을 철석같이 믿고 있었기에 그다지 두려움은 없었다.

그녀가 아는 한 환유성의 쾌검에 의해 죽은 단비사도 막충은 파문삼절보다 뛰어난 무공의 소유자였다. 하기에 삼절이 아니라 삼십절이라도 환유성을 감당치 못하리라 확신한 것이다.

"흥, 난 요동에서 온 표풍선자 금류향이다. 네놈들이 아둔해 찾지 못하는 중원의 악적들 몇 놈을 벤 것이 그렇게도 고까우냐?"

파문삼절이 표정이 묘하게 굳어졌다. 그들의 눈가에 은은한 살기가 피어올랐다. 그렇지 않아도 눈엣가시처럼 생각되던 상대가 스스로 시비를 걸어왔으니 눈물겹도록 반가운 일이었다.

"무량수불… 계집아, 네가 감히 우리들의 식탁을 뒤집었으니 죽어도 할 말은 없을 것이다. 이곳은 번잡스러우니 밖으로 나가자."

"그러지 뭐."

금류향은 몸을 돌렸다.

"유성, 나가서 함께……?"

환유성이 앉았던 자리는 어느새 비어 있었다. 금류향은 당황하지 않을 수 없었다.

"이… 무심한 놈, 대체 언제 사라진 거야?"

탐화걸개는 타구봉을 소매로 문지르며 키득거렸다.

"크크큭, 유성이라면 반검무적 환유성을 말하는 것이냐? 아마도 우리 삼절이 두려워 꽁무니를 뺐나보구나."

"아미타불… 그렇게 비열한 놈이 동방의 별이라니 정말 한심하도다."

금류향은 잔뜩 씨근거리며 파문삼절을 쏘아보았다.

"유성이 누군데 니들 따위를 두려워하겠냐? 니들 때문에 애써 찾은 유성을 놓치게 됐잖아!"

그녀는 창문을 통해 몸을 날렸다.

"이번 시비는 다음에 가리자!"

그녀는 표풍신법을 펼쳐 한줄기 바람처럼 객잔을 빠져나갔다.

파문삼절은 서로를 바라보며 음산한 웃음을 흘렸다.

"무량수불… 들었나? 계집이 다음에 시비를 가리자네."

"아미타불… 우리 삼절의 식탁을 뒤집은 계집을 어찌 그냥 놔둘 수 있겠나?"

"암, 그렇고말고. 계집을 징계하지 못하면 우리 삼절은 얼굴을 들고 다닐 수 없을 거야."

그들은 제각기 절정의 신법을 펼쳐 금류향의 뒤를 쫓았다.

목에 황금이 걸린 현상범을 쫓는 것 이상으로 그들은 희열을 느끼고 있었다.

타 지역에서 흘러 들어온 현상범 추적자들을 잡아 죽이는 것이 이번이 처음은 아니었다. 간간이 있어왔던 은밀한 살인은 그들에게 있어 은자를 손에 쥐는 것보다 더한 쾌감을 느끼게 해주었던 것이다.

■ 제14장

빛나지 않는 별

1

"이 비겁한 자식아, 어떻게 이럴 수 있는 거야?"

금류향은 황하변을 따라 이동하는 환유성의 뒤를 좇으며 앙칼지게
외쳤다.

"파문삼절 따위가 두려워 달아난단 말이냐? 그리고도 네가 반검무
적이야?"

그녀는 관도 주변의 나무를 좌우로 박차며 환유성의 뒤로 바싹 다가
섰다.

환유성은 그녀가 염장을 지져 대는데도 고개 한 번 돌리지 않았다.
쓸데없는 시비에 말려들지 않으려는 그로서는 정말이지 귀찮기만 한
일이었다.

금류향은 광신검을 빼 들고는 냅다 그의 등판을 찔러갔다.

"넌 밸도 없어? 놈들이 그렇게 씹어대는데도 어떻게 듣고만 있을 수

있어?'

날카로운 파공성과 함께 그녀의 검은 환유성의 등판에 바싹 닿았다. 그대로 한 자만 더 뻗는다면 환유성을 등판서부터 심장까지 꿰뚫을 급박한 순간이었다.

"앗!"

놀란 쪽은 오히려 금류향이었다. 그녀는 급히 진기를 거둬들이며 몸을 옆으로 틀었다. 광신검은 환유성의 어깨를 살짝 스쳐 지나갔다. 진기는 뻗어내는 것보다 거둬들이는 것이 훨씬 힘들다.

금류향은 환유성을 막아선 채 연신 가쁜 숨을 몰아쉬었다.

"유성, 너… 너 정말 죽고 싶어? 왜 막지 않은 거야?"

"넌 절대 날 못 죽여."

"그런 소리 마. 내가 중도에 검극을 돌리지 않았다면 넌 이미 죽었어!"

"류향, 귀찮게 하지 말라고 했지? 이래서 내가 너와 같이 다니기 싫은 거야."

금류향은 답답하다는 듯 펄쩍 뛰었다.

"나라고 일부로 시비를 일으켰겠어? 놈들의 하는 수작을 너도 들었잖아? 우리가 요동 출신이라도 얼마나 우습게 보는데? 한 번쯤 본때를 보여주지 않는다면 우린 다시 요동으로 쫓겨가야 한단 말이야."

환유성은 천천히 고개를 돌려 뒤로 돌아보았다.

"중원이 뭐 대수냐? 중원이 아니더라도 갈 곳은 많아. 서장, 대막, 남만에 가도 목에 은자가 걸린 놈들은 수두룩해."

어느새 그들을 추격해 온 파문삼절이 삼재 방향으로 흩어지며 내려섰다.

"잘 생각했다. 목숨이 아깝다면 다시는 중원에 발을 들여놓을 생각은 마라."

귀검 도장은 장검을 뽑아 들고는 상대의 기를 꺾으려는 듯 화려한 검화를 일으켰다.

탁류 화상도 양손 가득 공력을 운집했다.

"아미타불⋯ 반검무적은 스스로의 역량이 부족함을 알고 물러섰으니 용서해 주겠다. 하지만 계집은 안 돼."

탐화걸개는 타구봉을 빙글빙글 돌리며 금류향의 육감적인 몸을 훑어 내렸다.

"히힛, 맞아. 계집은 감히 우리 삼절의 식탁을 뒤엎었어. 우리를 위해 사흘 밤낮을 봉사해야 한다. 연후 노예 상인에게 팔아버려야지."

"좋은 생각이군. 계집이 워낙 싱싱하니 은자 수백 냥은 받을 수 있을 거야."

"만일 반항한다면⋯ 죽여줄 수밖에."

파문삼절은 사냥감을 궁지에 몰아넣은 듯 희희낙락한 표정들이었다.

금류향은 소추의 고삐를 바싹 쥐었다. 환유성을 달아나지 못하게 하려는 의도였다. 그녀는 파문삼절을 쓸어보며 냉소를 쳤다.

"흥, 더러운 놈들. 날 죽이려면 환유성의 허락이 필요해. 감히 반검무적과 대결할 용의가 있느냐?"

그녀는 어떻게든 환유성을 엮어 싸움판으로 끌어들이려 했다. 환유성은 파문삼절을 향해 권태롭게 한마디 던졌다.

"밥값은 내가 보상할 테니 그만두자."

"미친놈. 우리가 고작 밥값 때문에 너희를 쫓아온 줄 아느냐?"

귀검 도장의 눈빛에 강렬한 살의가 뿜어진다.

"요동의 촌 연놈들이 중원에 와서 설쳐 대는 것이 못마땅하단 말이다."

탁류 화상이 한 걸음 다가서며 말을 이었다.

"아미타불… 조금 더 솔직하게 말하면 네놈을 죽여 우리 파문삼절이 최고의 현상범 추적자임을 입증하려는 것이지."

"환가야, 어서 말에서 내려 목을 길게 빼라."

탐화걸개가 가볍게 타구봉을 휘두르자 오 장 밖의 거목이 통째로 박살 났다.

환유성은 잠시 그들을 둘러보다 소추의 등에서 내려섰다. 말로써 해결될 일이 아니라면 번거롭게 실강이를 할 필요가 없기 때문이다.

금류향은 내심 쾌재를 부르며 은근히 말했다.

"유성, 죽이지는 말고 대충 팔다리나 한 짝씩 베어버려."

환유성이 몇 걸음 나서자 파문삼절은 그를 가운데 두고 에워쌌다. 그의 쾌검에 대한 위력은 익히 들었기에 그들의 표정은 사뭇 신중했다.

순식간에 주변의 분위기가 냉각되었다. 한껏 팽배된 긴장감에 숨소리조차 들려오지 않는다.

한데, 언제부터인지 이들의 대치를 지켜보는 두 사람이 있었다. 선남선녀처럼 수려한 용모를 자랑하는 남녀는 바로 강무영과 벽소군이었다. 그들은 낙양 지부에서 보내진 전서구의 통지를 받고 한달음에 달려온 것이다.

강무영은 검미를 꿈틀거리며 벽소군에게 전음을 보냈다.

"벽 소저, 아무래도 내가 나서야겠소."

벽소군은 몹시 흥미로운 눈빛으로 장내를 응시하며 전음으로 말을 받았다.

"그냥 관망하시는 것이 좋겠어요."

"파문삼절은 명문정파의 제자들답게 고강한 무공을 지닌 자들이오. 특히 저들의 파문삼재진은 적수가 없다는 정평이 날 만큼 위력적이오. 이건 정당한 싸움이 아니오."

"강 공자는 환유성이란 사람이 패할까 우려하는 건가요?"

벽소군은 강무영의 소맷자락을 가볍게 쥐었다.

"파문삼절은 이미 추악한 죄를 짓고 파문을 당한 자들이에요. 현상범 추적자로 명성을 떨치고 있지만 그들이 어디 협심과 정의를 위해 한 일이겠어요? 그들이 죽어도 슬퍼할 사람은 아무도 없어요."

"하면 벽 소저는 반검무적이 파문삼절을 물리칠 것이라 확신하는 거요?"

벽소군은 슬기로운 갈색 눈망울을 반짝이며 묘한 미소를 지었다.

"소녀도 확신할 수 없어요. 하지만 천하제일쾌검으로까지 부각되는 그의 쾌검식을 견식할 수 있는 좋은 기회임에는 분명해요."

"……"

강무영은 그녀를 바라보다 고개를 끄덕였다. 그 역시 동방의 별로 불리는 환유성의 쾌검에 대해 상당한 관심을 갖고 있었다.

천잔방의 괴수 중 하나인 단비사도의 목을 벤 쾌검의 위력은 과연 어느 정도일까. 소문이 과장된 것은 아닐까. 또 다른 풍문처럼 환유성이 불시의 기습으로 단비사도의 목을 벤 것일 수도 있는 일이다.

눈까풀을 반쯤 내리깔고 양손을 늘어뜨린 채 서 있는 환유성의 모습은 전혀 싸움을 앞에 둔 사람처럼 보이지 않았다. 파문삼절은 그를 에워싸고 있었지만 자신들이 압도하고 있다는 생각은 전혀 들지 않았다.

상대는 무채색에 가까웠다.

귀검 도장은 마른침을 꿀꺽 삼켰다.

'으음, 상상 외로 강한 놈이군. 불립마제의 딸년을 구출해 간 적염마왕보다 강한 놈일 수 있어.'

탁류 화상은 소림의 절학인 무상신공으로 몸을 보호하며 극한의 공력을 끌어올렸다.

'이런 강적은 처음이다. 왜 놈에게는 어떤 기도도 느껴지지 않는 거지?'

탐화걸개의 이마에 땀방울까지 송골송골 돋는다.

'놈의 절기는 쾌검뿐. 승부는 단 일 초에 끝난다!'

파문삼절은 서로에게 눈짓을 보내며 포위망을 유지한 채 환유성의 주변을 맴돌았다.

사사삭!

풀잎 위를 미끄러지는 초상비 신법을 능숙하게 구사하는 그들의 몸놀림이 더 빨라졌다. 십여 년간 손발을 맞춰온 파문삼재진은 그들의 독보적인 절학이 되었다. 그들은 포위망을 형성한 채 은밀한 전음을 교환했다.

"귀검이 전면을 맡고 탐화가 배후를 공격해. 내가 놈의 머리를 치겠다."

전방과 후방, 그리고 상방으로 일시에 공세를 펼치자는 데 그들은 생각을 일치했다.

한쪽에서 이를 지켜보던 금류향은 등골이 오싹해졌다. 만일 그녀가 혼자 파문삼절과 대적했다면 진작에 쓰러졌을 것이다.

'아, 과연 유성이 당해낼 수 있을까? 공연히 시비를 일으켰어.'

그녀는 가슴을 졸이며 자신의 행동을 후회했지만 이미 돌이킬 수 없는 상황이었다.

귀검 도장은 절정의 태극혜검을 전개했다.

"상천진해(上天眞解)!"

다섯 자 길이의 검기가 푸른 그림자를 일으키며 동시에 환유성의 육대사혈로 날아들었다. 검형 하나하나마다 깃든 위력은 지극히 강력했다. 탐화걸개는 혼신의 공력을 타구봉에 집중한 채 환유성의 명문혈을 노려왔다. 봉과 몸이 하나가 된 봉신일체의 공격이었다.

"복호항마장!"

탁류 화상은 두 발을 하늘로 향한 채 거꾸로 떨어져 내리며 소림의 절학을 펼쳐 냈다. 산악이 붕괴되듯 엄청난 장공이 환유성의 전신을 짓눌러 왔다.

'아!'

벽소군은 내심 탄식 어린 한숨을 내쉬었다. 파문삼절의 협공은 완벽해 빈틈이 전혀 없어 보였다. 그녀의 뛰어난 지혜로도 삼 인의 협공을 동시에 막아낼 방법을 찾아낼 수 없었다.

장내를 주시하고 있던 강무영은 눈을 가늘게 떴다.

'강력한 호신강기로 막아낼 도리밖에 없겠군. 하지만 그런 상승내공을 지니고 있지는 않을 텐데.'

환유성이 처음으로 움직임을 보였다. 그의 손이 어깨의 반검을 움켜쥐는 순간 눈부신 섬광과 함께 세 줄기 검광이 동시에 흩어져 날았다.

번쩍!

일초삼식의 쾌검!

귀검 도장은 상대를 고꾸라뜨리기 직전 자신의 안면을 향해 쏘아지는 섬광에 기겁하며 검초를 거둬들이고 수세로 전환했다. 탐화걸개 역시 심장으로 파고드는 섬광에 놀라 타구봉을 휘둘러 막아야 했다. 탁류 화상은 자신의 장공 사이를 헤집고 치솟는 섬광에 심장이 덜컥 내려앉고 말았다.

퍼퍼펑—!

요란한 폭음에 이어 파문삼절의 비명이 뒤를 이었다.

"크윽!"

"헉!"

"아아악!"

퉁겨져 나간 파문삼절은 피투성이가 된 채 나뒹굴었다.

귀검 도장의 얼굴은 완전히 뭉개졌다. 박살 난 장검의 검편이 그의 얼굴에 다닥다닥 박힌 것이다. 탐화걸개의 타구봉은 팔과 함께 베어져 펄떡펄떡 뛰었다. 탁류 화상의 부상이 가장 심했는데 몸통을 관통당한 그는 너무도 극심한 고통에 혼절하고 말았다.

환유성은 어느새 검을 거둔 채 돌아섰다. 세 절정고수를 동시에 상대했지만 그는 숨소리 하나 변하지 않았다.

"오, 맙소사!"

금류향은 넋을 잃고 말았다.

그의 쾌검식을 숱하게 보아왔던 그녀였지만 그의 쾌검이 이토록 빨라졌을 줄은 상상도 못했던 것이다. 얼마 전 도마의 목을 벨 때보다 두 배는 빨라 보였다.

벽소군의 입가에 꽃처럼 환한 미소가 피어올랐다.

'아, 사부님이 예견하신 인물이 분명해. 중원을 위해 동방에서 날아온 별이 틀림없어!'

강무영 역시 놀라움에 젖어 있었다.

'단비사도가 그의 쾌검에 죽은 것은 당연하다!'

금류향은 광신검을 뽑아 들고 파문삼절에게로 다가섰다.

"흥, 추악한 놈들. 이제야 하늘 높은 줄 알겠느냐?"

그녀는 탐화걸개 앞에 서며 광신검을 쳐들었다.

"네놈들 목을 베면 은자는 못 얻어도 나도 동방이 꽃이라는 명성은 얻게 될 것이다."

그녀의 광신검이 탐화걸개의 목으로 날아들었다. 탐화걸개는 수치도 잊은 채 뇌려타곤 수법으로 바닥을 데굴데굴 굴러 간신히 피해냈다.

퍼엉—!

그가 있던 자리에 깊숙한 검흔이 새겨졌다.

"천한 년, 감히 날 죽이겠다는 것이냐?"

탐화걸개는 잘려 나간 오른팔 부위를 지혈하며 비틀비틀 일어섰다. 귀검 도장은 안면에 너무도 심한 부상을 당해 제대로 서지도 못했다.

금류향은 광신검을 바닥에 질질 끌며 다가섰다.

"호호, 어때? 이래도 요동의 촌것이라 지껄이겠느냐?"

이때, 두 남녀가 바람처럼 장내로 내려섰다. 강무영은 금류향을 향해 정중히 포권을 쥐어 보였다.

"금 소저, 그만 용서해 주시구려. 굳이 죽일 가치도 없는 자들이오."

"어마, 강 공자?"

금류향은 눈을 커다랗게 뜨며 활짝 미소를 지었다.

"여기는 어쩐 일이에요?"

"금 소저가 낙양 지부를 찾는 바람에 소재를 파악할 수 있었소."

강무영은 파문삼절을 향해 턱짓을 보냈다.

"어서들 가시오."

탐화걸개와 귀검 도장은 겨우 목숨을 건졌다는 사실에 연신 고개를 조아렸다.

"고맙소, 태양신룡."

"태양천의 자비로움을 잊지 않겠소."

그들이 서둘러 달아나려 하자 벽소군이 맑은 음성으로 꾸짖었다.

"이봐요, 십 년을 함께 지낸 동료를 내버려 둘 생각인가요?"

두 사람은 비로소 혼절해 있는 탁류 화상을 떠올리며 발걸음을 돌렸다. 탐화걸개가 탁류 화상을 들쳐 업었다.

강무영은 그들이 안됐던지 벽소군에게 부탁을 했다.

"부상이 심한 것 같으니 벽 소저께서 힘을 써주시오."

"공자, 이런 자들을 위해 영단을 낭비하란 말이에요?"

"파문삼절은 그래도 과거 명문정파의 제자들 아니오? 게다가 어떤 이유에서든 금살명부의 악도들을 상당수 제거한 공도 있소."

탐화걸개와 귀검 도장은 강무영의 후덕함에 눈물이 나올 만큼 감격했다.

"크으, 소천주. 고맙소."

"향후도 악도들의 수급을 베어 태양천의 은혜에 보답하겠소."

벽소군은 품속에서 옥병을 꺼내 세 알의 환약을 건네주었다.

"당신들은 정말 운이 좋군요. 이 천기신단(天機神丹)을 복용하면 내외상을 치유하고 공력도 제법 증진될 거예요."

탐화걸개와 귀검 도장은 입이 딱 벌어졌다.

"처, 천기신단?"

"하면 아가씨가 바로 문성의 제자이신 만박옥혜 벽소군 소저시란 말이오?"

벽소군은 옥병의 마개를 막아 품속에 갈무리했다.

"그래요. 난 강 공자만큼 자비롭지 못하니 어서 떠나세요."

탐화걸개와 귀검 도장은 덜덜 떨리는 손으로 천기신단을 복용했다. 나머지 한 알은 아깝지만 탁류 화상에게 먹여주었다.

그들은 금류향을 쏘아보며 이를 바드득 갈았다.

"요동의 천한 년, 어디 두고 보자."

그들은 환유성을 찾으려 주변을 둘러보았지만 그는 이미 소추를 타고 황하변을 따라 멀어지고 있었다.

탐화걸개가 분노에 젖어 외쳤다.

"환가야, 청산이 변치 않는 한 땔감 걱정은 없는 법이다! 반드시 복수하고야 말겠다!"

파문삼절이 사라지자 금류향은 강무영의 손을 덥석 쥐며 반가움을 표했다.

"강 공자, 이렇게 다시 만날 줄 알았어요."

강무영은 벽소군을 의식하고는 슬며시 손을 뺐다.

"하하, 세상은 넓고도 좁구려. 소생도 반갑기만 하오."

벽소군이 강무영 옆으로 서며 화사한 미소를 지었다.

"금류향 여협 되시죠? 강 공자로부터 얘기 많이 들었어요."

금류향은 벽소군의 빼어난 자색을 대하는 순간 손톱으로 할퀴고 싶은 질투심에 젖었다.

'뭐 이렇게 예쁜 계집이 다 있어?'

그녀는 눈앞에 강무영이 있다는 사실에 감정을 억제하며 퉁명스레 말을 받았다.

"중원의 꽃이라는 만박옥혜를 만나다니 영광이군요."

벽소군은 강변 저편으로 사라지고 있는 환유성 쪽으로 시선을 돌렸다.

"금 여협의 친구는 항상 저런가요?"

"친구는 무슨 친구? 그냥 요동에서 함께 현상범을 추적했던 사이일 뿐이에요."

금류향은 차갑게 일축하고는 강무영의 소매를 이끌었다.

"유성을 찾았다면서요? 가요, 내가 소개하죠."

2

황하가 내려다보이는 언덕에 세워진 객잔은 훌륭한 전망을 지니고 있었다. 수평선 너머로 지는 석양이 주황빛 노을을 자아낸다. 이때의 황하는 탁한 빛이 아니라 황금의 물결로 흘러간다.

객잔의 삼 층은 전망을 최대한 고려해 지붕을 제외하고는 사방 벽이 너무 터져 있었다. 아마도 귀한 손님만을 맞이하는 자리인 듯 주변 취객들의 방해를 받지 않도록 원탁이 하나만 놓여 있었다.

간단한 수인사를 마친 네 사람은 원탁을 사이에 두고 둘러앉았다.

"호호, 중원과 동방의 별이 마주 앉다니 이건 강호의 얘깃거리가 되겠어."

금류향은 어색한 분위기를 지우려는 듯 한껏 밝은 음성으로 입을 열었다.

"강 공자, 이 친구 표정이 원래 저러니 신경 쓰지 말고 대하세요."

강무영이 찻잔을 내리며 입을 열었다.

"강호의 소문대로 특별한 분임을 알겠소. 사실 본의 아니게 파문삼절과의 대결을 훔쳐보게 되었소. 먼저 이 점을 사과드리겠소."

환유성이 무덤덤하게 대꾸했다.

"알고 있었소."

"아, 그러셨구려."

강무영이 멋쩍은 표정을 짓자 벽소군이 천천히 백우선을 저으며 말머리를 꺼냈다.

"환 공자의 절세적 쾌검은 과연 명불허전이더군요. 파문삼절은 하나같이 절정급 고수죠. 특히 그들의 파문삼재진은 적수가 없을 만큼 위력적인데 단 일 초로 격파했으니 환 공자의 명성이 한층 더 높아질 겁니다."

"날 만나려는 용건만 말하시오."

환유성이 워낙 냉담하게 말을 받자 벽소군은 잠시 떨떠름한 표정이 되었다.

그녀가 이렇듯 무시를 당해보기는 처음이었다. 흉포한 마두들도 그녀의 절세적인 미모에 매료되지 않았던가. 하지만 그녀는 쉽게 백우선 저으며 한껏 매력적인 미소를 머금었다.

"소녀는 환 공자의 명성을 흠모해 한번 만나고자 했을 따름입니다."

환유성은 강무영에게로 시선을 돌렸다.

"소천주도 마찬가지요?"

"소생은 사부님을 명을 받들어 환 대협을 태양천으로 초빙하고자 이렇듯 찾아온 것이오. 사부님께서는 진심으로 환 대협의 방문을 고대하고 계시오."

"지난번 탕마추적대의 손에서 불립마제의 딸을 구출한 일을 추궁하려는 의도요?"

"그 일은 이미 해결되지 않았소? 사부님께서는 전혀 염두에 두지 않으시니 잊으셔도 좋소."

환유성은 안주도 없이 독한 울금향을 단숨에 들이켰다.

"생각없소."

"뭐, 뭐요?"

일언지하에 거절당한 강무영은 어처구니가 없는 듯 멍하니 환유성을 바라보았다. 상대가 태양천주의 초빙을 일언지하에 거절할 줄은 꿈에도 생각지 못했던 것이다.

금류향이 팔꿈치로 환유성을 툭 쳤다.

"미쳤어? 태양천주께서 친견을 원했다면 이는 어마어마한 영광이야. 이런 기회가 아니면 우리 같은 현상범 추적자들이 어떻게 태양천주를 알현하겠냐? 어서 수락해!"

좌중의 분위기를 살피던 벽소군이 부드럽게 미소 지으며 권유했다.

"환 대협, 금 소저의 말씀대로 이는 대단한 영광입니다. 태양천주께서 친히 소천주를 보내 초대했다는 것만으로 환 대협은 이미 태양천의 귀빈이 된 겁니다. 화급을 다투는 일이 아니면 태양천주를 찾아뵙는 게 도리입니다."

환유성은 강무영을 직시하며 물었다.

"태양천주가 원하면 꼭 만나야 하는 것이오?"

강무영은 사부가 초청한 손님임을 감안해 최대한 공손한 태도를 취했다.

"물론 그렇지는 않소. 사부님께서도 굳이 원치 않는다면 강요하지 말라 하셨소."

"그렇다면 당장 방문하지 않아도 된단 말이군."

"태양천을 방문하는 데 어떤 문제라도 있으시오?"

"그렇소."

보다 못한 금류향이 인상을 긁으며 끼어들었다.

"문제는 무슨 문제가 있다는 거야? 유성, 너 왜 이렇게 뻣뻣해? 가진 건 반 토막 검, 배운 건 쾌검식 하나뿐인데, 명성 좀 얻었다고 너무 오만하게 구는 거 아냐? 무림의 지존께서 좀 보자 하면 '네' 하고 당장 달려갈 일이지, 네가 무슨 대단한 존재라고 퉁겨?"

아주 시원스런 일침이었다. 강무영은 고맙다는 뜻으로 금류향을 향해 가볍게 고개를 끄덕여 보였다.

벽소군은 환유성의 반응을 유심히 살폈다.

환유성은 금류향의 독설을 한 바가지나 듣고도 별반 표정 변화가 없었다.

"가고 안 가고는 내 자유야. 물론 언젠가 한 번은 만나야 돼. 그것도 내가 결정해. 난 내가 원할 때만 움직여. 그게 내 살아온 방식이지."

강무영은 아주 난감한 표정을 지었다. 이렇듯 모호한 답변이나 받자고 그가 몸소 나선 것이 아니었다. 사부의 영을 제대로 수행하지 못한 그로서는 너무도 부끄러운 일이었다.

태양천주가 어떤 위치인가. 무림첩만 돌려도 천하일천문파를 소집할 수 있는 무림의 지존이며 하늘이 아닌가. 그러한 태양천주의 정중한 초청을 거부할 수 있는 사람이 천하에 몇이나 될 것인가.

강무영은 도움을 청하려는 듯 벽소군에게 시선을 돌렸다.

벽소군은 흉악한 마두도 세 치 혀로 굴복시킬 만큼 지혜로운 여인이었지만 이런 부류의 사람에게는 마땅한 대안이 없었다.

'정말 특별한 사람이군. 부귀와 공명을 초월한 기인들을 여럿 봐왔지만 이 사람은 아예 관심조차 두지 않아.'

그녀는 잠시 생각을 굴리다 화제를 돌렸다.

"참, 낙하현 수재민들을 위해 거액을 적선하신 너그러움에 정말 감격했습니다. 웬만한 부호도 황금 칠백 냥의 거금을 쾌척하기는 어렵지요."

금류향이 시답지 않은 표정으로 코웃음을 쳤다.

"흥, 무슨 소리인지 모르겠네. 이 인간이 얼마나 노랑이인데 남을 위해 황금을 적선하겠어요? 그동안 내가 이 인간한테 뜯긴 은자만 해도 천 냥은 넘을 겁니다."

벽소군은 확신에 찬 어조로 말했다.

"중산왕부에서 발행한 은표로 환 대협의 것임을 입증할 수 있어요."

금류향은 환유성의 소매를 와락 쥐었다.

"너, 잃어버렸다면서? 정말 수재민들을 위해 적선한 거야?"

"잃어버렸다고 했지? 두 번 말하게 하지 마."

"쳇, 그럼 그렇지. 너같이 무정한 인간이 어떻게 남을 돕겠어?"

원탁 위로 요리 접시들이 내려지는 바람에 화제가 잠시 끊겼다.

즐겨 먹는 사람은 금류향뿐이었다. 환유성은 술 석 잔에 안주 삼아 한 점 집어먹을 뿐이다. 강무영은 사부의 영을 제대로 수행하지 못했다는 낙담에 음식이 제대로 넘어가지 않았고, 벽소군은 몸매를 관리하기 위함인지 워낙 적게 먹었다.

벽소군이 갈색 눈망울을 반짝이며 물었다.

"환 대협은 어떻게 절세적 쾌검을 수련하게 되었죠?"

"그냥 배웠소."

"소녀가 알기로 요동을 떠나오기 전에는 이렇듯 빠른 쾌검은 아니었어요. 한해를 건너오면서 갑자기 절세적 쾌검으로 변모했지요. 소문에 의하면 한해야적의 소굴에 뛰어들어 화옥군주를 구출한 것도 어떤 칼갈이 노인을 구하기 위해서였다 하더군요. 혹시 그 노인에게 사사를 받은 것은 아닌가요?"

과연 쌍뇌천기자의 제자답게 그녀는 환유성에 대해 놀랍도록 상세히 알고 있었다.

환유성은 순순히 고개를 끄덕였다.

"그렇소."

"어떤 고인인지 말씀해 주실 수 있어요?"

"말할 수 없소."

"세상에는 숱한 기인이사들이 존재하죠. 자신의 신분을 밝히기를 꺼려하는 분들도 많고요. 환 대협, 만일 소녀가 그분이 누군인지 알아맞힌다면 태양천을 방문해 주시겠어요?"

"……?"

환유성은 술잔을 입으로 가져가려다 벽소군을 직시했다. 진주처럼 반짝이는 그녀의 눈망울에는 도전적인 빛이 엿보였다.

금류향은 향소육을 우물거리며 둘을 번갈아 보다 재미있다는 듯 손뼉을 쳤다.

"좋아, 흥미로운 내기인걸? 유성, 밑져야 본전이니 한번 해봐. 대신 벽 여협도 뭔가는 걸어야지."

벽소군이 백우선을 하나씩 접으며 잔잔한 미소를 머금었다.

"소녀가 틀린다면 환 대협의 요구를 한 가지 들어드리겠어요."

금류향은 벽소군을 향해 코웃음을 쳤다.

"이봐요. 당신이 똑똑하다는 건 세상이 인정하지만 만약 다르면 어쩌려고 그래요? 이 목석 같은 친구도 명색이 사내예요. 벽 여협의 몸을 원할 수도 있다구요."

"소녀를 원한다면 드려야지요."

너무도 차분한 응수에 금류향은 입을 딱 벌리고 말았다. 당황한 쪽은 강무영이었다.

"그, 그런 말씀 마시오, 벽 소저. 환 대협께서는 절대 그럴 분이 아니오. 그리고 이번 일의 성사는 소생에게 달려 있으니 벽 소저는 절대 무리하지 마시오."

"심려하지 마세요, 강 공자. 소녀는 자신이 있어요."

환유성은 빈 술잔을 내려놓았다.

"마검노인의 정체는 나와 그 사람만 알고 있소. 벽 소저가 마검노인의 진정한 신분을 밝혀도 내가 부정하면 당신이 패하게 돼 있소."

"소녀는 환 대협이 절대 거짓말을 하지 않으리라 믿어요."

환유성은 짜증스런 표정을 지으며 몸을 일으켰다.

"멍청한 계집도 문제지만 너무 똑똑한 체하는 여자도 문제군."

그는 인사도 하지 않은 채 계단으로 향했다. 금류향이 벌떡 일어서며 소리쳤다.

"야, 너 또 어디로 튈려고?"

"먹기나 해, 오늘은 여기서 잘 테니까."

환유성이 사라지자 금류향은 다시 자리에 앉으며 두 남녀를 안심시켰다.

"사기는 치지 않는 인간이니 믿어도 돼요."

그녀는 강무영의 잔에 가득 술을 따라주었다.

"너무 심려 말아요, 내일까지 내가 유성을 설득해 볼 테니까."

"고맙소, 금 소저."

강무영은 금류향과 함께 건배를 나누었다.

벽소군은 난간에 선 채 골똘히 생각에 잠겼다. 주변은 어느새 어둠이 깃들어 황하의 흐르는 물소리만 들려온다. 백우선을 말아 쥔 그녀는 별 한 점 보이지 않는 밤하늘을 올려다보았다.

'반검무적… 동방의 별 환유성! 분명 별이지만 빛이 나지 않는 별이야. 차라리 한순간 태양처럼 빛을 발하다 재가 되는 혜성이라도 되었으면!'

3

네 사람은 네 개의 방을 빌려 한 명씩 투숙했다.

환유성이 먼저 복도 끝 쪽의 방을 정하자 옆방은 금류향, 그 옆방은 벽소군이 묵었고, 강무영은 복도를 사이에 두고 환유성의 맞은편 방을 썼다.

혼례도 올리지 않은 남녀가 같은 방을 쓸 수는 없는 일이다. 금류향은 수욕을 한다며 먼저 자신의 방으로 들어가 문을 걸어 닫았다.

벽소군은 강무영이 묵을 방에서 차를 마시며 고민스런 대화를 나누었다.

"역시 무공만 높다고 세상의 빛이 될 수 있는 건 아닌가 봐요."

벽소군이 시무룩한 표정을 짓자 강무영이 그녀를 위로했다.

"사람의 내면을 안다는 것은 쉽지 않은 일이오. 환유성처럼 자신의 심기를 드러내지 않는 사람이라면 더욱 그렇소. 어찌 보면 지독히도 오만불손한 사람처럼 보이지만 다행히도 심성은 선한 것 같소."

"강 공자는 워낙 호인이시라 타인의 좋은 면만을 생각하시는군요. 금 소저의 말마따나 그는 남을 위해 거액을 적선할 만한 사람도 못 돼요. 그의 말대로 분실한 것이 맞을지도 몰라요."

"그렇지는 않을 거요. 그런 일로 타인의 주목을 받는 것이 싫어서 인정하지 않았다고 생각하시오."

벽소군은 차를 한 잔 더 따라 마셨다.

"그렇다면 그의 선행은 미담이 될 수 없어요. 황하의 수재민들을 가엾이 여겨서가 아니라 거액의 은표를 갖고 다니는 것이 귀찮아 줬다고 볼 수 있으니까요."

"어쨌거나 그로 인해 수많은 난민들이 혜택을 입었지 않소?"

강무영은 비교적 환유성을 이해하려는 쪽이었다. 벽소군은 이해할 수 없다는 표정으로 그를 빤히 주시했다.

"강 공자는 반검무적에게 그런 수모를 당하고도 그를 두둔하십니까?"

"솔직히 나도 그가 사부님의 초대를 거부했을 때 황당하기도 하고 내심 분노가 치밀었소. 사부님께서 원치 않으면 강요하지 말라는 말씀만 하지 않았다면 일전을 불사했을 것이오. 하지만 그의 입장에서 생각하니 어느 정도 이해가 되었소."

"어떤 면에서요?"

강무영은 담담히 미소를 지었다.

"그는 부귀영화나 명성에는 전혀 무관심한 사람이오. 소문에 의하면 중산왕 전하를 대하고도 절을 올리지 않았다 하였소. 그러한 사람에게 과연 태양천이 얼마나 큰 비중이 되겠소? 그의 말대로 그는 자신이 원하는 일만 하는 사람이오. 다행히 그도 태양천을 방문할 생각은 있는 것 같소. 난 사실 그대로 사부님께 말씀드릴 생각이오."

벽소군은 자리에서 일어나 천천히 백우선을 저으며 왔다 갔다 걸음을 옮겼다.

"소녀가 내일 그의 마음을 돌려볼까요?"

"그만두시오. 그는 남에게 강요당하는 일은 절대 하지 않을 사람이오."

강무영은 몸을 일으켜 정중히 포권을 취했다.

"그간 소생 때문에 고생이 많으셨소. 덕분에 환유성을 만나 사부님의 뜻을 전했으니 내 할 도리는 다한 것 같소. 소저는 건너가 편히 쉬시오."

벽소군은 의미심장한 미소를 머금었다.

"마치 축객령(逐客令)처럼 들려 섭섭하군요."

"아, 오해 마시오, 벽 소저. 밤도 깊어 소저께서 너무 피곤하실까 봐……."

강무영이 크게 당황해하자 벽소군 상아빛 치아를 드러내며 환히 웃었다.

"호호, 농담이에요."

"괜찮으시다면 차를 한 잔 더 대접해 드리겠소."

"좋아요."

벽소군은 명랑한 표정으로 응대하며 자리에 앉았다.

"비연(飛燕)은 잘 지내죠? 만나본 지 꽤나 지난 것 같아요."

"비연 사매는 한 기인의 문하에 들어가 열심히 무공 연마 중에 있소."

"그래요? 천하제일인을 아버지로 둔 비연은 복도 많군요."

"혹시 누구의 문하에 들어갔는지 짐작할 수 있겠소?"

강무영이 넌지시 묻자 벽소군은 잠시 생각을 굴리더니 생긋 미소를 지었다.

"호호, 알겠어요. 태양천주의 절기는 태양신공에 바탕을 두기에 여인으로서는 수련하기가 부적합하죠. 하지만 명색이 무림의 공주이니 아무한테나 맡길 수는 없겠죠. 여협 중에서 소녀의 사부님이신 보타성니를 능가할 분은 과거 무림지화(武林之花)로 불리었던 그분밖에 없을 겁니다."

"하하, 정확히 맞추었소. 비연은 삼 년 전 월영궁(月影宮)으로 입문했소."

"비연의 어머님께서도 허락하신 일인가요?"

"무슨 말씀이오?"

"태양천주께서 한때 월영서시와 긴밀한 관계였다는 건 세상이 다 아는 사실이잖아요?"

강무영은 움찔하며 손을 내저었다.

"이미 지나간 과거 일이오. 천후(天后)께서는 월영서시와 친자매처럼 다정하게 지내시기에 비연 사매를 맡기게 된 것이오."

벽소군은 별반 중요치 않은 대화를 잠시 더 나누다가 자리에서 일어섰다. 강무영은 문밖까지 나와 배웅했다.

그녀는 금류향의 방문을 지나치며 슬쩍 귀를 기울였다. 이미 수욕을 마쳤는지 물 끼얹는 소리는 들려오지 않았다. 하긴 혼자서 울금향을 두 병이나 비웠으니 잔뜩 취해 벌써 잠이 들었을 것이다.

후두둑!

창밖으로 때늦은 가을비가 쏟아진다. 굵은 빗방울이 제법 내릴 분위기다.

대나무 수조의 물은 다소 식었지만 그런대로 씻을 만했다. 옷을 벗고 수조로 들어간 벽소군은 편안히 기대 미지근한 물의 기운을 온몸으로 느꼈다.

'세상은 너무 불공평해.'

창문을 때리는 빗방울 때문인지 그녀는 왠지 모를 쓸쓸한 기분에 사로잡혔다.

그녀가 강무영을 안 지는 오 년도 넘었다.

태양천주는 연중 한두 번은 천기동부(天機洞府)에 강무영을 보내 천하정세를 묻고 쌍뇌천기자의 현기 어린 답문을 받아가곤 했다. 쌍뇌천기자 문하에서 학식과 천문지리를 공부하던 그녀가 강무영을 자주 접하게 된 건 그때부터였다.

채 꽃망울이 피기 전에 그녀는 그의 수려한 풍모와 군자와 같은 품성에 매료되고 말았다. 하기는 천하의 여협 중 태양신룡을 흠모하지 않는 여인은 없을 것이다. 강무영 역시 그녀의 학식과 지혜를 존중해 가까이 지냈다.

그러나 둘의 관계는 그것이 한계였다.

강무영은 이미 태양천주의 유일한 혈육인 단목비연과 정혼한 사이였다. 태양천을 계승할 강무영으로서 사부의 딸과 혼례를 올리는 것이 당연한 일일 것이다.

'비연은 모든 것을 다 갖추었어. 천하제일의 가문과 강남일미라는 명성, 이제 월영궁의 후광까지 입었으니 세상에 부러울 게 없지.'

그녀는 강무영의 준수한 풍모를 되새기다 고개를 저었다.

'미련을 갖지 말자. 내가 내세울 수 있는 건 쌍뇌천기자의 문하라는 것뿐. 그냥 친구로 지내는 것에 만족해야 돼.'

손으로 물을 끼얹던 그녀는 문득 권태로운 모습의 환유성을 떠올렸다.

'어찌 보면 그도 나와 같은 부류야. 절세적 쾌검으로 천하를 진동시켰지만 가문도 불분명하고 사문도 없기에 지금 이상은 될 수 없어.'

수조에서 일어선 그녀는 긴 천을 몸에 둘렀다. 물 묻은 몸에 찰싹 달라붙어서인지 그녀의 늘씬한 몸매가 그대로 내비쳐 보였다.

'응?'

그녀는 미약한 문소리를 듣고는 청력을 높였다. 금류향의 방문이 열렸다 닫힌 것을 감지한 것이다.

벽소군은 내심 실소를 지었다.

'변방의 여인이란 그저…….'

한편, 금류향은 속살이 훤히 비치는 잠옷 차림을 하고 환유성의 방으로 들어섰다. 그녀는 환유성이 방문을 걸어 잠그지 않는다는 습관을 알기에 손쉽게 들어설 수 있었다.

'빗소리 때문에 눈치 채지 못했을 거야.'

그녀는 도둑고양이처럼 살금살금 환유성이 잠들어 있는 침상으로 향했다. 그녀는 얇은 이불을 들추고 얼른 침상 속으로 몸을 눕혔다.

'욱!'

쉰 듯한 땀 냄새와 악취에 그녀는 속이 뒤집혔다. 그러나 처음도 아니었기에 그녀는 용케 참아낼 수 있었다. 그녀는 손을 뻗어 환유성의 가슴을 어루만졌다.

"유성, 자?"

환유성은 입맛을 쩝 다시며 등을 돌려 누웠다. 금류향은 그의 허리를 감싸며 바싹 달라붙었다. 그녀는 그의 등에 볼을 기대며 콧소리를 냈다.

"얼마나 보고 싶었는 줄 알아? 설마 나없는 동안 중원의 계집과 놀아난 건 아니지?"

그녀는 서둘러 그의 단의를 벗기고는 자신의 잠옷을 벗어 던졌다. 울금향의 취기 때문인지 그녀는 벌써부터 몸이 달아올랐다.

그와는 두 번 정사를 가졌던 터라 별반 부끄러움은 느껴지지 않았다. 그녀는 자신의 온몸을 그의 몸에 비벼대며 짜릿한 쾌감에 젖었다.

환유성은 두 눈을 다 뜨기도 귀찮은 듯 한쪽 눈만 반쯤 떴다.

"너, 강무영이란 자를 좋아하는 것 같던데 이래도 되는 거야?"

"쉬잇!"

금류향은 손가락을 그의 입술에 댔다. 그녀는 그의 귀에 대고 나직이 소곤거렸다.

"중원제일의 공자가 쉽게 넘어오겠어? 그때까지는 괜찮아."

그녀의 뜨거운 입술이 그의 볼을 타고 입술을 덮었다. 질 좋은 향유로 수욕을 해서인지 달콤한 향기가 물씬 풍겨진다.

환유성은 무슨 생각에서인지 그녀를 안고는 빙글 몸을 돌렸다. 그의 굳센 팔에 안겨진 그녀는 황홀한 미소를 지었다. 그의 적극적인 태도가 그녀를 더 자극한 것이다.

환유성은 그녀를 내려다보며 무덤덤하게 중얼거렸다.

"오늘은 좀 즐겨볼까?"

금류향은 잠시 자신의 귀를 의심했다. 그러나 그의 강렬한 힘을 느끼는 순간 그의 말을 현실로 받아들이게 되었다.

"흐윽!"

그녀는 자신도 모르게 신음성을 토했다.

쏴아아!

가을비답지 않은 세찬 폭우가 그녀의 신음성을 묻어버렸다. 그러나 그녀의 쾌감 어린 신음성을 완전히 씻을 수는 없었다. 방 하나를 건너서 누워 있던 벽소군은 금류향의 고조된 신음성에 가볍게 입술을 깨물었다.

'추잡한 것들! 함께 투숙해 있는 것을 뻔히 알면서 어떻게 이럴 수 있는 거야?'

아직 청백지신인 그녀는 스스로 부끄러움에 젖어 얼굴을 붉게 물들였다. 애써 듣지 않으려 했지만 금류향의 숨넘어가는 신음성은 천둥처럼 그녀의 고막을 자극했다.

그녀는 두 손으로 귀를 막았다.

'정말 실망이야. 마치 삶을 달관한 것처럼 행동하는 환유성이란 자도 결국 이 정도란 말인가.'

귀를 막았는데도 금류향의 자극적인 신음성은 환청처럼 그녀의 귓속으로 파고들었다. 그녀는 마치 자신이 일부로 엿듣는다 싶어 베개에 고개를 처박았다.

한 식경을 훨씬 넘겨서야 금류향의 신음성은 잦아들었다.

벽소군은 겨우 안도의 한숨을 내쉬며 몸을 바로 눕혔다. 비록 눈으로 목격한 것은 아니지만 난생처음 남녀 간의 정사를 귀로 들은 그녀는 아주 묘한 감정에 젖게 되었다. 심장이 두근거리며 혈관의 피가 급속도로 빨리 돌았다. 한 번도 느껴보지 못한 쾌감에 몸이 자꾸 뒤틀렸다.

'앗! 내가?'

그녀는 자신의 몸을 애무하는 손에 깜짝 놀라 몸을 일으켜 앉았다. 그녀는 자신의 두 손을 바라보며 덜덜 떨었다.

'이, 이것이 심마(心魔)의 현상이란 말인가. 내가… 내가 어떻게 이럴 수가?'

그녀는 급히 가부좌를 틀고 앉아 운공조식에 들어갔다. 진기가 일주천하자 그녀의 혈관을 간질이던 짜릿한 흥분이 차분하게 가라앉았다. 혼란스러웠던 머리 속도 말끔히 정돈되었다.

순간, 그녀는 빗소리 속에서 또다시 들려오는 신음성에 입을 딱 벌리고 말았다.

금류향은 미치도록 흥분한 듯 주변의 이목도 아랑곳하지 않은 채 뭐라 쉴 새 없이 중얼거렸다. 살과 살이 부딪치는 음향까지 들려왔다.

이제 잠을 자기는 다 틀린 일이었다.

벽소군은 진기를 끌어올려 귀를 막았다. 좀전처럼 심마에 빠져들지 않고자 그녀는 운공조식에 몰입했다. 어차피 뜬눈으로 밤을 지새워야 한다면 차라리 내공을 수련하는 편이 더 나았다.

부슬부슬.

밤새 내리던 비도 새벽이 되자 점차 잦아들었다.

운공조식에서 깨어난 벽소군은 그만 넋을 잃고 말았다. 금류향의 신음성이 여전히 들려왔기 때문이다.

'말도 안 돼! 사람이 어떻게 이럴 수가?'

그녀는 얼굴이 화끈거려 견딜 수가 없었다. 당장이라도 둘이 지독한 정사를 벌이고 있는 방문을 박차고 들어가고 싶은 심정이었다. 그러다 문득 그녀는 금류향의 신음성이 지난밤과는 다소 차이가 있다는 사실에 화들짝 놀랐다.

서둘러 옷을 걸쳐 입은 그녀는 방을 나서 강무영이 묵고 있는 방문을 두드렸다.

"강 공자, 강 공자!"

문 뒤에서 강무영이 나직한 음성이 흘러나왔다.

"다른 사람의 이목도 있으니 조용히 해결합시다."

문이 열리며 옷을 갖춰 입은 강무영이 나섰다. 초절정의 공력을 지닌 그의 청력은 벽소군보다 한 수 위였다. 그 역시 수상한 낌새를 진작에 눈치 채고 있었던 것이다.

"내가 먼저 들어가겠소."

강무영은 만약의 사태를 대비해 진기를 끌어올리고는 환유성이 묵고 있는 방문을 열었다.

"엇!"

그는 나직한 비명을 토하며 급히 돌아섰다. 눈 주위가 다소 상기된 그는 벽소군에게 정중히 청했다.

"아무래도 벽 소저가 해결해 주셔야겠소."

방으로 들어선 벽소군마저 얼굴이 화끈 달아오르고 말았다.

금류향은 전라의 몸으로 천장에 거꾸로 매달려 있었던 것이다. 두 손은 등 뒤로 결박됐고, 두 발목이 천으로 동여매진 상태였다. 입에도 천으로 재갈이 물렸는데 그녀는 연신 고통스런 신음성을 발하고 있었다.

벽소군은 침상 쪽으로 시선을 돌렸다. 침상은 어수선하게 흩어져 있었고 환유성의 모습은 그림자도 보이지 않았다. 벌써 떠난 것이다.

벽소군은 자신의 착각에 심한 수치심을 느꼈다.

쌍뇌천기자의 진전을 이어받아 천하에서 가장 지혜로운 여인으로 불리는 그녀가 아니었던가. 하지만 방 하나를 사이에 두고 일어난 사건을 그녀는 정사의 신음성으로만 여긴 것이다.

'바보같이!'

4

금류향은 주먹을 불끈 쥐며 이를 바득바득 갈았다.

"그 새끼, 내가 반드시 죽여 버리고야 말겠어!"

그녀는 너무도 분한 듯 탁자가 부서져라 내려치며 통곡을 했다.

"흑흑, 어떻게 내게 이럴 수 있어! 어떻게!"

강무영은 창가에 선 채 드세게 흐르는 황하만 바라보고 있었다.

지금 그로서는 위로의 말 한마디도 건넬 수가 없었다. 물론 그녀를 탕음색마로부터 구할 때 언뜻 그녀의 알몸을 본 적은 있었다. 하지만 잠시 전 그는 너무도 적나라하게 그녀의 나신을 보고 말았다. 더군다나 그녀가 거꾸로 매어진 상태라 그의 시선은 정확히 그녀의 은밀한 부위에 꽂히고 만 것이다.

금류향이 비록 처녀가 아니더라도 그런 모습을 보였다는 건 여인으로서는 씻을 수 없는 모욕이며 수치였다.

벽소군은 그녀에게 뜨거운 차를 따라주며 위로했다.

"진정해요, 금 여협. 이만하길 다행이에요."

"나쁜 새끼, 작두로 조각조각 썰어버릴 놈! 그런 변태는 벼락이나 맞아 죽을 거야!"

금류향의 얼굴에 서릿발 같은 살기가 감돌았다.

벽소군은 탁자를 사이에 두고 그녀와 마주 앉았다.

"그는 언제 떠났죠?"

금류향은 마시려던 찻잔을 탁 내려놓으며 사납게 쏘아붙였다.

"당신들, 대체 뭐 하고 이제야 나타나는 거야? 밤새 고통스럽게 신음성을 냈으면 당장 달려와서 구해줬어야 했잖아?"

"금 여협, 소녀는 단지……."

벽소군은 얼굴을 붉히며 차마 말을 잇지 못했다. 강무영 역시 떨떠름한 표정이 되어 하릴없이 황만 바라볼 뿐이었다.

금류향은 벽소군에게만 화풀이를 해댔다.

"흥, 만박옥혜라고? 그렇게 똑똑한 여자가 그것도 몰라? 사람이 뱀도 아닌데 어떻게 밤새도록 그 짓을 할 수 있냔 말이야!"

워낙 직설적인 표현에 벽소군은 몸 둘 바를 몰랐다. 보다 못한 강무영이 몸을 돌리며 한마디 던졌다.

"소생의 불찰이 더 크니 벽 소저를 너무 나무라지 마시오. 난 반검무적이 왜 오랜 동료인 금 소저에게 그런 몹쓸 짓을 하고 떠났는지 도통 영문을 모르겠소."

"이유야 간단하죠. 우리 셋이 강제로 그 인간을 태양천으로 끌고 갈까 봐 날 욕보인 거죠. 이런 와중에 당신들이 그를 쫓아가기나 하겠어요?"

금류향은 여전히 분이 풀리지 않는 듯 씨근거리며 떠들어댔다.

"어쩐지 그 인간이 어젯밤 너무 다정하게 굴더라니까. 뭐, 오늘은 좀 즐겨볼까? 그 새끼가 그런 말 할 때부터 알아봤어야 했어!"

거침없이 쏘아대는 말에 벽소군은 울상이 되었다.

"그만 하세요, 금 여협. 정말 민망해서 못 듣겠어요."

금류향은 비로소 자신이 너무 막말을 해댔다 싶어 어조를 누그러뜨렸다.

"미안해요, 만박옥혜. 내 워낙 배운 바 없고 거칠게 살다 보니 이런 꼴을 다 보였군요."

"환유성이란 사람 정말 특이하군요. 대체 어떤 사람이죠?"

벽소군이 넌지시 묻자 금류향은 입술을 삐죽이다 씹어뱉듯이 말했다.

"그 인간 내막은 나도 잘 몰라요. 장백산 비류수(費流水)인가 하는 곳에서 요동으로 굴러왔죠. 지닌 건 반 토막 난 검 한 자루뿐이었어요. 타고난 천성 때문인지 게으르고 권태롭지만 검에 대해서만큼은 아주 집념이 강했죠. 검노란 자에게 은자를 주고 검술을 배웠는데 거의 독학이나 다름없었어요. 현상범을 쫓다 우연히 만나 함께 중원으로 오게 되었는데 그 죽일 놈이 번번이 날 골탕먹였어요. 그게 전부예요."

금류향은 홧김에 뜨거운 차를 단숨에 들이키고는 속이 타는지 가슴을 탁탁 두드렸다.

벽소군이 강무영을 향해 물었다.

"반검무적을 쫓아갈 생각이세요?"

"그럴 이유가 없소. 언제고 태양천을 찾아온다 했으니 사부님께 그렇게 전하겠소."

강무영은 금류향을 향해 포권을 지어 보였다.

"금 소저, 유감스럽지만 두 분 사이의 일에는 소생이 끼어들 수 없구려. 도움을 드리지 못해 죄송하오."

"아니에요. 오히려 내가 부끄럽군요."

금류향은 그를 직시하며 눈물을 글썽거렸다.

"사실 중원에 와서 강 공자를 만난 이후 정말 좋아하게 되었어요. 물론 따르는 여협들이 많겠지만 나도 사귀고 싶었어요. 하지만 두 번씩이나 알몸을 보였으니 내 스스로 수치스러워 강 공자를 마주 대할 수 없군요."

그녀는 그의 손을 꽉 쥐었다.

"보답도 못하고 떠나는군요. 다시는 못 만날 거예요."

"금 소저……."

"어떻게든 그 인간 목만 베면 요동으로 돌아갈 거예요. 중원에 와서 너무 실망이 컸어요."

금류향은 길게 한숨을 쉬며 방을 나섰다. 벽소군이 급히 그녀를 쫓아왔다.

"류향 언니, 너무 낙심하지 말아요."

"언니?"

"그래요. 앞으로는 언니로 모실게요. 난 언니의 쾌활하면서도 직설적인 성격이 부러워요. 중원에서는 언니와 같은 여협은 찾을 수가 없어요."

금류향은 물끄러미 그녀를 바라보다 피식 실소를 지었다.

"그래, 나이로도 내가 위인 것 같으니 언니가 돼주지. 소군, 넌 똑똑하니 그 자식이 어디로 갔는지 짐작할 수 있겠지?"

"배를 타고 강을 건너지는 않았을 겁니다. 반검무적은 태양천을 두려워하지는 않아도 무슨 이유에서인지 기피하고 있어요. 그가 유독 검에 대해서만 집념을 갖고 있다면 태양천주와 대결할 생각을 갖고 있는지도 모르죠. 소매의 판단으로 그는 황하를 거슬러 올라갈 것 같아요. 이미 온 길을 되돌아갈 사람은 아니니까요."

금류향은 벽소군의 연약한 손을 쥐며 힘있게 고개를 끄덕였다.

"너, 정말 마음에 든다. 귀여운 동생 때문이라도 중원에서 좀 더 지내볼까?"

"그렇게 하세요. 혹시 반검무적을 만나면 소매가 진법으로 가둬 언니를 대신해 혼내주겠어요."

"소군 동생, 내 노파심에서 하는 말인데 절대 그런 놈을 가까이 해서는 안 돼. 그 인간 그래도 묘한 매력이 있거든."

금류향은 벽소군의 어깨를 툭 치고는 이내 복도 저편으로 달려갔다.

강무영은 아쉬운 눈빛을 지으며 나직이 중얼거렸다.

"정말이지 사내 부럽지 않은 호걸이군. 내 저렇듯 쾌활한 여인은 처음이오."

벽소군은 그와 어깨를 나란히 하며 화사한 미소를 지었다.

"혹시 사부님께서 예지한 동방의 푸른 별이 언니가 아닌지 모르겠어요."

제15장

수수께끼의 파천공자(破天公子)

1

황하의 지류인 위하 주변으로 넓게 펼쳐진 성시 곳곳에는 수천 년 고도(古都)의 향기가 물씬 풍겨 나온다. 중원의 사대고도 중 하나인 장안(長安)이 있어 그러하다.

주나라 시절에는 호경으로 불리었고, 진시황제 시절에는 함양, 수나와 당나라 때 국도가 되어 장안으로 불리게 된 이후 장안은 대륙의 중심지가 되었다. 서역으로 뻗는 비단길이 이곳 장안에서 시작돼 옥문관으로 이어진다. 남방의 금릉과 더불어 천하 양대 교역 성시가 바로 장안이다.

태양천의 섬서성 지부도 장안에 세워져 있다.

섬서 지부의 높은 담장 옆은 항상 북새통을 이룬다. 현상범들의 인상착의와 특징을 기록한 수배 전단들이 가득히 걸려 있기 때문이다. 전단은 금살명부와 은살명부로 구분돼 있는데, 대다수 사람들은 은살명부의 현상범들이 기재된 방문 앞에서 현상범들에 대한 정보를 수집한다.

환유성은 섬서 지부를 지나다 방문 앞에 섰다.

은살명부의 현상범들이 기재된 방문 앞은 번잡스러워 자연스럽게 금살명부의 현상범들이 기재된 방문을 택했다. 그가 소추의 등에 앉은 채로 금살명부의 현상범들을 두루 살피자 주변 사람들이 수군거렸다.

"저자도 현상범 추적자인가?"

"생김새가 우리 한족과 조금은 다른 것 같은데 어디서 굴러온 놈이야."

"겁도 없이 금살명부에 오른 자들을 추적하겠다는 건가?"

은살명부의 현상범들만 사냥해 온 추적자들은 다소 아니꼽다는 눈빛으로 환유성을 훑어 내렸다.

이때, 요란한 말발굽 소리와 함께 한 무리의 인마가 들이닥쳤다.

"어이쿠, 흑서추적대다!"

"어서 피하자. 공연히 목이 베일라."

방문이 기재된 명단을 베끼고 있던 현상범 추적자들은 기겁을 하며 사방으로 흩어졌다.

가죽 조끼를 덧대 입은 무리들은 방문 앞에 멈춰 서더니 일제히 내려섰다.

우두머리로 보이는 인물은 온갖 장신구로 화려하게 치장한 자였다. 거무튀튀한 얼굴빛이 다소 역겨웠고 생김새 또한 쥐를 닮았다. 등에 멘 쇠갈쿠리로 미루어 철구(鐵鉤)를 병기로 삼는 자임을 알 수 있었다.

"어서 전단을 거둬와라!"

졸개들은 방문에 부착된 수배 전단을 마구 걷어들였다. 현상범들을 자신이 독차지하겠다는 의도였다.

흑면인은 전단을 손에 가득 쥐고 탐욕스런 웃음을 흘렸다.

"흐흐, 이놈들만 죄다 베면 돈주머니가 두둑해지겠군."

그는 한쪽에서 지나가는 행인 하나를 가리켰다.

"저놈을 잡아라!"

졸개 둘이 잽싸게 행인을 좌우에서 결박하고는 턱을 받쳐 올렸다. 흑면인은 수배 전단을 척척 넘기며 행인의 인상착의와 비교했다.

"빌어먹을 놈, 뭔가 비슷한 용모라도 가졌어야 목을 베지?"

행인은 오줌까지 질질 갈기며 통사정을 했다.

"사, 살려주십시오, 나으리."

흑면인은 쥐처럼 튀어나온 입술을 쪽 빨았다.

"목에 은자가 걸려 있지 않은 놈들은 내 앞에서 얼씬거리지도 마라. 알겠느냐?"

"예예, 나으리. 고맙습니다요."

겨우 풀려난 행인은 사색이 되어 급히 달아났다.

졸개 하나가 금살명부 수배 전단이 걸린 방문 앞에 있는 환유성을 가리켰다.

"대형, 저기 수상쩍은 놈이 있습니다."

흑면인은 수배 전단을 살피다 눈을 가늘게 떴다.

"당장 끌고 와!"

졸개 하나가 다가서며 환유성의 허리띠를 잡고 홱 끌어 내렸다.

"이놈, 너 현상범이지?"

졸개 둘이 더 달라붙어 환유성의 팔을 좌우에서 조이고는 흑면인 앞으로 끌고 왔다. 환유성은 별반 저항도 하지 않고 순순히 그들의 지시를 따랐다.

흑면인은 환유성의 얼굴을 살피며 수배 전단을 몇 장 넘겼다.

"이놈은 아니고, 이놈도 아닌 것 같고……."

유사한 인상착의를 찾지 못하자 흑면인은 거만스레 턱을 치켜 올렸다.

"놓아줘!"

졸개들이 결박을 풀자 환유성은 천천히 돌아서며 옷소매를 툭툭 털었다. 이를 본 흑면인의 표정이 보기 싫게 일그러졌다.

"저 새끼 다시 잡아와!"

졸개들은 다시 좌우에서 환유성을 부여잡고는 흑면인 앞으로 끌고 갔다. 흑면인은 환유성을 쏘아보고는 비릿한 웃음을 흘렸다.

"네놈이 제법 간덩이가 크구나. 네 목숨을 살려줬으면 고맙다는 인사는 해야지?"

"……."

"너, 내가 누군지 모르나 보구나?"

흑면인은 팔짱을 끼고는 졸개들에게 오만스레 외쳤다.

"내가 누군지 가르쳐 줘라!"

졸개들은 일제히 칼을 쳐들며 소리 높이 외쳤다.

"한번 나서면 장안이 진동하니 장안명동(長安鳴動)이요!"

"현상범들이 숨은 곳을 귀신같이 찾아내니 은살귀서(銀殺鬼鼠)외다!"

흑면인은 섬서성에서 제법 명성을 떨치고 있는 현상범 추적자 은살귀서였다.

사부인 천사신군(天邪神劍)의 후광을 믿고 장안 일대를 누비고 다녔다. 심성은 포악하지만 워낙 음흉해 태양천 앞에서는 꾸벅 죽는다. 이미 죽은 악도들의 무덤을 파헤쳐 목을 베어와 현상금을 타낸 적이 있을 만큼 추악한 인물이기도 하다.

은살귀서는 환유성의 면전에 대고 역겨운 입 냄새를 풀풀 뿜어냈다.

"내가 누구라고?"

"쥐새끼라고 말하더군."

환유성은 건조한 음성으로 한마디 던지고는 천천히 돌아섰다.

"컥!"

은살귀서를 비롯해 졸개들은 그만 입을 딱 벌린 채 할 말을 잃고 말았다. 누가 감히 은살귀서 앞에서 쥐새끼라고 말할 수 있단 말인가. 타고난 생김새가 쥐를 닮아 어려서부터 놀림을 받아온 은살귀서에게 가장 혐오스런 욕이 바로 쥐새끼였다.

"으아아아!"

은살귀서는 양 주먹을 불끈 쥔 채 부들부들 떨었다. 얼마나 격분했는지 게거품이 입가로 부글부글 흘러내렸다.

"이 찢어 죽일 놈!"

은살귀서는 철구를 뽑아 쥐고는 득달같이 달려들었다.

"죽어라!"

순간, 한줄기 검광과 함께 우렁찬 외침이 날아들었다.

"멈춰라, 이놈!"

차앙—!

은살귀서의 철구는 한 자루 장검에 막혀 환유성의 머리 위에서 우뚝 멈추었다. 은살귀서는 자신의 철구를 저지한 인물을 보고는 기겁을 하며 물러섰다.

"아이구, 형님이 아니십니까?"

청삼 차림의 중년인은 굵은 송충이눈썹을 꿈틀거리며 준엄하게 꾸짖었다.

"누가 네 형님이란 말이냐? 감히 태양천의 지부 앞에서 사람을 죽이려 한단 말이냐?"

은살귀서를 따르던 졸개들은 급히 포권하며 고개를 조아렸다.

"철심냉협을 뵈옵니다!"

중년인의 청삼 가슴 부위에는 '천(天)'이란 글자가 수놓아져 있었다. 바로 태양천의 섬서 지부장 철심냉협(鐵心冷俠) 문빙이었다. 그 뒤로는 섬서 지부의 무사들이 도열해 있었다.

은살귀서는 철구를 거두고는 역겨우리만치 설설 기었다.

"헤헤, 형님. 저놈이 감히 소제를 쥐새끼라 욕하니 어찌 참을 수 있겠습니까? 그냥 혼 좀 내주려고 했을 뿐입니다."

"귀서 이놈, 수배 전단은 모든 사람들이 봐야 하니 거둬가지 말라 일렀거늘 또 챙겨 넣었느냐?"

"헤헤, 거둬가기는요. 그냥 자세히 좀 살펴보려고……."

그는 졸개들을 시켜 수배 전단을 다시 방문에 붙이게 했다.

"헤헤, 형님. 소제가 이번에는 열 놈쯤 목을 베어와 섬서 지부를 빛나게 하겠습니다."

은살귀서는 급히 말에 오르더니 환유성을 쏘아보았다.

"네 이놈, 정말 재수 좋은 줄 알아라. 철심냉협 형님만 아니었으면 네놈의 팔다리를 싹둑 베어버렸을 것이다!"

그는 졸개들을 데리고 횡하니 사라졌다.

환유성은 아무런 일도 없었던 듯 소추의 등에 올랐다. 그러자 섬서 지부의 무장 하나가 그를 질책했다.

"이보게, 지부장께 감사의 말씀이라도 올려야 하는 게 예의가 아닌가?"

환유성은 고삐를 쥐고는 그대로 무장 옆을 지나쳐 갔다.

"내가 왜 그래야 하오?"

그가 멀어지자 무장이 문빙 옆에 서며 불평을 털어놓았다.

"정말 무례한 놈입니다. 공연히 구해주신 것 같습니다."

문빙은 눈을 가늘게 뜨며 고개를 저었다.

"아무래도 내가 공연히 나선 것 같군."

"예에?"

"머리 위로 병기가 떨어지는데도 꿈쩍하지 않을 사람이라면 두 가지 부류밖에 없다. 하나는 무공을 전혀 모르는 백면서생이고, 다른 하나는 은살귀서의 무공 따위로는 범접할 수 없는 절정급 고수지."

태양천의 지부장들은 웬만한 방파의 수령들을 능가하는 무공과 권위를 지닌 초일류급 고수들이기에 안목이 뛰어날 수밖에 없다.

"낙양 지부장이 보낸 전서구의 통문에도 반검무적이라는 영웅이 낙양을 지나쳤다 했다. 그가 찾아오면 극진히 대접하라 했는데… 혹시 반검무적 환 대협이 아닌가 싶군."

무장이 단호하게 반박했다.

"그럴 리가 있겠습니까? 그 오만한 자가 반검무적이었다면 은살귀서의 목은 이미 베어졌을 겁니다."

문빙은 그도 그렇다 싶어 고개를 끄덕였다.

"하기는."

그는 휘하 무장들에게 지시했다.

"소공녀께서 수련을 끝내고 월영궁을 떠나 태양천으로 돌아오신다 하니 주변을 각별히 경계하라. 문상께서 사중악의 잔당들이 소공녀를 기습할 수도 있다는 엄중한 지침까지 보내셨다. 섬서 땅을 지나시는 동안 터럭만큼의 불편함도 끼쳐서는 안 된다. 알겠느냐?"

2

사천성 촉산 일대는 하늘을 꿰뚫을 듯 치솟은 첨봉들이 손가락처럼 치솟아 있다. 구름을 뚫고 솟은 봉우리들은 나는 새도 오르지 못할 만큼 높다. 산이 높은 만큼 골도 깊어 천길 만길의 벼랑은 그 깊이를 헤아릴 수 없다.

도끼로 찍어낸 듯한 천단애(天斷崖) 위로 네 사람이 내려섰다.

천단애로 오르는 길은 지극히 험준해 날랜 사냥꾼이나 약초꾼도 감히 범접키 어려운 곳이다. 이 한 가지만 보아도 천단애에 내려선 자들의 무공 수위를 짐작케 한다.

네 사람은 하나같이 독특한 인상을 지녔는데, 바로 악인궁 오대악인 중 넷이었다. 악중뇌가 주름진 머리통을 긁적이며 입을 열었다.

"대형, 솔직히 구미가 당기는 일이지만 함정일 수도 있소."

악중악(惡中惡)은 눈알이 보이지 않을 만큼 가는 실눈의 소유자였다. 입이 거의 귀밑까지 찢어져 있어 마치 제사상에 올려진 돼지머리를 연상케 했다. 워낙 우스꽝스런 모습이라 처음 대한 상대는 전혀 경계심을 갖지 않는다.

그러나 그는 악인궁의 일천 악인을 호령해 온 절대악인이었다. 호감스런 미소에 방심을 하다 그의 손에 죽어간 강호정협들이 수백 명도 더 되었다.

　악중악은 안개 저편을 응시하고 있었지만 워낙 눈이 가늘어 졸고 있는지 보고 있는지 분간할 수가 없었다.

　"둘째야, 난 네 판단을 믿겠다."

　얼굴이 온통 흉터로 가득한 악중잔은 허리춤에 꽂은 낫의 손잡이를 가볍게 쥐어 보였다.

　"나도 마찬가지요. 명색이 사도제일뇌인 둘째 형님인데 실수가 있겠소?"

　악중요는 펑퍼짐한 엉덩이를 씰룩거리며 벼랑가를 거닐었다.

　"그래, 어느 놈이 감히 우리 사대악인을 농락하겠어? 설사 함정이라 해도 우리 넷이 힘을 합치면 염라대왕도 막지 못해."

　그녀는 천하의 요녀답게 속살을 거의 드러내고 있었다. 아슬아슬한 속옷에 망사의를 걸쳐서인지 그 농염함은 지독했다. 게다가 요대로 허리를 꽉 졸라매서인지 풍만한 젖가슴과 둔부가 더욱 부풀어 보였다.

　악중뇌는 운무로 자욱한 건너편을 바라보았다. 워낙 짙은 운무라 오 장 앞도 채 꿰뚫어 볼 수 없었다.

　"그자의 서찰에 의하면 천단애에서 십 장을 건너뛰면 이를 수 있다 하였소. 하지만 놈의 말이 거짓이라면 우린 그냥 추락해 죽게 될 것이오."

　악중악은 짧은 목을 꿈적여 고개를 끄덕였다.

　"그래, 둘째야. 난 네 판단을 믿는다 하지 않았냐? 네가 먼저 몸을 날려라."

참으로 매정한 지시였다. 이십여 년간 생사고락을 함께해 온 그들이었지만 악중악의 심성은 여전히 악독했다.

악중뇌가 주저하자 악중잔이 퉁명스레 말했다.

"역시 셋째 형님이 계셨어야 해. 이런 일에 전혀 주저하지 않을 분이지."

오대악인 중 셋째가 악중살(惡中殺)이다. 그의 무공 수위는 오대악인 중 으뜸이며 가장 잔혹한 손속의 소유자다. 과거 혈야회의 회주인 필살추혼과 더불어 강호이대살수로 불리는 자다.

악중요가 옆에서 염장을 지른다.

"그래, 둘째 오라버니. 죽기밖에 더 하겠어? 늘 태양천을 괴멸시킬 수 있다면 목숨도 아깝지 않다고 했잖아?"

"하지만 내 경공이 시원치 않아서……."

악중뇌가 계속 주저하자 악중악이 느닷없이 악중요의 허리띠를 거머쥐었다.

"생각해 보니 네가 가장 가볍군."

그는 악중요을 냅다 운무 속으로 내던졌다.

"요, 네가 먼저 가봐라!"

"아아악!"

악중요는 마다할 겨를도 없이 운무 속으로 날아갔다. 그녀는 허우적거리다 퍼뜩 정신을 차리고는 물결을 차고 치솟는 제비처럼 날렵하게 몸을 날렸다. 몸을 되돌리기에는 너무 늦은 이상 앞으로 전진할 수밖에 없었던 것이다. 그녀는 이내 운무 속으로 사라졌다.

악중악은 예의 진한 미소를 머금은 채 중얼거렸다.

"요가 떨어져 죽는다면 우린 돌아간다."

악중뇌는 쓴 입맛을 다셨다. 그가 아무리 독한 마음을 먹어도 악중악을 따라잡기는 불가능하다 생각한 것이다.

악중잔이 천천히 고개를 끄덕였다.

"엄살 많은 요 누님의 비명 소리가 들리지 않는 것으로 봐서 무사히 도착한 것 같소."

과연 운무 저편에서 악중요의 앙칼진 외침이 들려왔다.

"악중악, 이 나쁜 놈아! 하마터면 죽을 뻔했잖아!"

악중악의 비대한 몸이 둥실 떠올랐다.

"저년이 몹쓸 것을 많이 처먹었나 보군. 그동안 간이 너무 부었어."

그가 운무 속으로 뛰어들자 악중잔과 악중뇌가 뒤를 이었다.

운무 저편에는 참으로 놀라운 비경이 숨겨져 있었다.

바닥은 초록 융단을 깔아놓은 듯 풀밭이 펼쳐져 있고, 세상에는 드문 황금빛 소나무가 군락을 이루고 있었다. 또한 이름 모를 꽃들이 다투듯 모습을 드러냈고, 바위산 앞의 연못에서는 분수처럼 물줄기가 치솟아올랐다.

그야말로 세상과 단절된 선경이었다.

악중뇌는 주변을 쓸어보며 감탄을 금치 못했다.

"내 천하 곳곳을 둘러봤지만 이런 비경은 처음이오."

악중악의 실눈 속에서 살기 어린 광채가 번득였다.

"여러 놈들이 있군."

다른 셋이 급히 경각심을 높이며 주변을 두루 살폈다.

드르륵!

바퀴 달린 의자가 굴러오고 있었다. 의자에 앉아 있는 인물은 끔찍하게도 두 팔과 두 다리마저 잘려 몸통만 남은 노인이었다. 두 눈은 퀭하니 들어갔는데 눈빛은 마치 번갯불처럼 강렬했다.

의자를 밀고 있는 인물은 호호백발의 노파로 외팔이였다. 옆의 노인은 입술이 뭉턱 떨어져 나가 누런 이빨이 그대로 내비쳐 보였다. 악인궁의 사대악인도 살벌한 인상의 소유자들이었지만 이들 셋에 비하면 그래도 양호한 편이었다.

몸통만 남은 노인이 얼음장처럼 차가운 어조로 말을 건넸다.

"악중악, 자네도 왔군."

악중악은 정중히 포권을 취했다.

"천잔방주께서 몸소 오신 줄 몰랐소. 혈혈파파, 단순마검, 자네들도 용케 살아 있었군."

그러했다. 사대악인을 압도하는 불구자들은 바로 천잔방의 일곱 수괴 중 셋이었다. 태양천과의 격돌에서 셋이 죽고 환유성에 의해 단비사도가 죽는 바람에 이들 셋만 남은 것이다.

사지가 잘린 채 몸뚱이만 남은 인물이 천잔방주인 천잔투광(天殘透光)이다. 비록 사지가 절단됐지만 천하에서 그와 맞설 수 있는 사람은 손가락에 꼽을 정도다. 그의 두 눈에서 뿜어지는 투살천광(透殺穿光)은 강호일절로 불린다.

외팔이노파가 혈혈파파(血血婆婆)이며, 입술이 뭉턱 잘려 나간 노인이 단순마검(斷脣魔劍)이다.

천잔투광은 악중악의 뒤편으로 시선을 돌렸다.

"태양천에 의해 패배한 사중악(四重惡) 중 삼대집단이 이렇게 한자리에 모이기도 처음이군."

사대악인이 고개를 돌리자 언제 내려섰는지 두 명이 턱하니 버티고 있었다.

둘 다 건장한 체격으로 핏빛 도포를 걸치고 있었다. 한 명은 붉은 깃발을 쥐었고, 다른 한 명은 검은빛 동발을 허리춤에 차고 있었다.

악중뇌는 내심 경악하지 않을 수 없었다.

'이럴 수가! 백마성의 마왕 중 폭풍마왕과 벽력마왕이 아닌가?'

백마성 역시 태양천에 의해 괴멸당하며 구마왕 중 넷이 죽고 다섯만 남은 상태다. 붉은 깃발을 쥔 자가 폭풍마왕(暴風魔王)이며 허리춤에 동발을 찬 자가 벽력마왕(霹靂魔王)이다.

참으로 경천동지할 회합이었다. 단 한 명만 무림에 나서도 세상이 놀랄 수뇌들이 무려 아홉 명이나 한자리에 모인 것이다.

폭풍마왕이 깃발을 쳐들어 바닥에 쿵 하고 찍었다.

"악중뇌, 그래도 자네의 대가리가 가장 똑똑하니 대체 어찌 된 영문인지 설명해 보게."

악중뇌는 품속에서 핏빛처럼 붉은 혈첩을 꺼내 들었다.

"귀하들도 이 초청장을 받았소?"

단순마검과 벽력마왕이 똑같은 혈첩를 꺼내 보였다. 악중뇌가 가볍게 고개를 끄덕였다.

"아마 같은 내용이 적혀 있을 것이오. '그대들은 태양천을 격파하고 단목휘의 목을 베고 싶지 않은가?' 라는 내용이오."

"맞아. 보낸 자는 자칭 파천공자(破天公子)라는 서명을 남겼네."

단순마검이 웅대하자 가장 과격한 성격의 벽력마왕이 우레와 같은 음성으로 외쳤다.

"대체 어느 놈이냐? 우리를 초대했으면 당장 상판대기를 내밀어야 할 것 아니냐?"

음성에 진기를 실어 외친 것도 아니건만 워낙 우렁찬 음성에 천잔삼

괴와 사대악인은 잔뜩 인상을 찡그렸다. 고막이 터진 듯 귓속이 응응거렸다.

그러자 벼랑 아래서 느끼한 웃음소리가 들려왔다.

"호호홍, 아쉬운 대로 모두 모이셨구려."

옷에 꽃을 수놓은 화복 차림의 청년이 마치 구름을 밟고 치솟듯 올라왔다. 그가 잔디 위로 내려서자 두 명의 복면인이 뒤를 따라 내려섰다. 청년은 뒷짐을 진 채 무릎 하나 굽히지 않고 잔디 위를 미끄러져 왔다.

뒤를 따르는 복면인들은 껑충껑충 도약을 하며 날아오는데 한 번 도약할 때마다 십 장을 움직였다.

악중뇌는 바싹 긴장했다.

'절세고수다. 대체 정체가 뭐지?

화복의 청년은 여인처럼 미끈한 용모의 소유자였다. 그린 듯한 눈썹과 얄팍한 입술이 절세미인을 방불케 했다. 치장을 좋아하는 듯 귀고리에 반지, 팔찌까지 착용했다.

"호호홍, 하기는 태양천이라면 모두들 이를 갈고 있는 원수니 아니 올 수가 없었을 거요."

사내치고는 지나치게 가는 음성이 아홉 수괴의 귀에 느끼하게 파고들었다.

"안타깝게도 사중악 중 혈야회만이 행적이 묘연하지만 삼대거파만으로 충분하겠어."

악중요가 가는 허리를 흔들며 다가섰다.

"호호. 자기 말이야, 사내 맞아?"

암흑공자는 허리춤의 섭선을 뽑아 들고는 가볍게 흔들었다.

"최음분 따위로는 어림없소."

안색이 싹 변한 악중요는 급히 물러섰다. 그녀는 손톱 밑에 숨겨둔 최음분을 얼른 거둬들였다.

'무서운 놈. 무색무취의 최음분을 간파해 내다니!'

천잔투광이 차갑게 물었다.

"네가 우리를 초대한 파천공자라는 자냐?"

"그렇소. 본인은 무림의 하늘로 불리는 태양천을 깨뜨리고자 세상에 나선 파천공자요. 이름은 을주환(乙宙桓)이라 하오."

"네놈의 말투가 왜 이렇게 건방지냐? 네가 우리의 상전이라도 된단 말이냐?"

"호호홍, 당신들의 피맺힌 한을 풀어줄 사람이니 당연히 상전이 되어야 하지 않겠소?"

"그럴 능력이라도 있단 말이냐?"

천잔투광은 눈을 부릅떴다.

번쩍!

그의 두 눈에서 마치 광선 같은 섬광이 폭사되었다. 일 장 두께의 철강석도 관통한다는 투살천광이었다.

을주환의 전신에 자색의 호신강막이 형성된다.

콰앙―!

엄청난 폭음과 함께 천잔투광의 의자가 뒤로 석 자나 밀렸다. 다섯 자 두께의 호신강막으로 몸을 보호한 을주환은 빙글 한 바퀴를 돌며 내려섰다.

악중뇌는 눈을 커다랗게 뜨며 한 걸음 물러섰다.

'이럴 수가! 단지 호신강기만으로 투살천광을 막아내다니?'

폭풍마왕과 벽력마왕이 동시에 몸을 날렸다.

"폭풍혈극번!"

"받아라, 벽력천지!"

폭풍마왕의 깃발에서 강풍이 쏟아지고, 벽력마왕의 동발이 호선을 그리며 을주환을 향해 날아들었다. 두 마왕의 공격은 가히 대지를 뒤엎을 만큼 강력했다.

을주환은 뒤로 미끄러지며 한 손을 쳐들었다.

"암흑출세!"

두 복면인이 소리없이 앞으로 나섰다. 그들은 좌우에서 을주환을 보호하며 날아드는 폭풍번과 동발을 향해 손을 뻗었다.

퍼퍼펑─!

"윽!"

"엇?"

폭풍마왕은 답답한 신음과 함께 핏빛 깃발인 폭풍번을 거둬들였다. 벽력마왕은 진기를 끌어올려 가까스로 벽력동발을 회수했다.

사대악인은 경악과 충격에 젖어 감히 나설 엄두도 못 냈다.

"으음, 상판대기를 가리고 있는 저 두 놈은 또 뭐야?"

"말도 안 돼. 폭풍번과 벽력동발을 맨손으로 막아냈어!"

악중뇌가 침중한 어조로 말했다.

"저자들은 인간이 아니다. 신지를 상실한 강시야. 이미 철강지체를 이루었기에 웬만한 병기로는 해칠 수 없지."

을주환은 악중뇌를 응시하며 느끼한 웃음을 터뜨렸다.

"호호홍, 과연 사도제일뇌라는 악중뇌답소. 이들은 본 국의 암흑사마신(暗黑四魔神) 중 둘이오. 가히 천하무적이라 할 수 있지."

그는 여유있게 섭선을 저으며 아홉 수괴들 앞을 거닐었다.

"당신들의 공통점은 태양천에 패했다는 것이오. 아니, 정확히 말하면 태양천주 한 사람한테 패했다고 할 수 있지. 가엾게도 이 자리에서 태양천주와 맞설 사람은 아무도 없소."

"그래서 네놈이 우리 대신 태양천주와 싸우겠다는 것이냐?"

혈혈파파가 세모꼴 눈으로 쏘아보며 다그쳤다. 을주환은 나른한 미소를 머금었다.

"그와 싸워 복수를 해야 할 사람은 당신들이오. 난 당신들에게 그런 기회만 제공할 뿐이오."

악중뇌가 주름진 머리통을 긁적이다 앞으로 나섰다. 상대가 어떤 의도를 가졌는지는 확실치 않아도 그들에게 있어 적이 될 자는 아니라 판단한 것이다.

"파천공자, 무슨 방법으로 천하제일인을 죽일 수 있단 말이냐?"

"장수를 잡으려면 말을 쏴야 하고, 호랑이를 잡으려면 산을 떠나게 해야 가능하오. 일단 그를 태양천에서 끌어낸 후 당신들이 힘을 합쳐 그를 죽이면 되는 것이오. 물론 당신들 모두가 합공을 해도 그를 감당할 수는 없소. 따라서 본인은 먼저 암흑사마신을 출동시켜 태양천주의 공력을 탈진케 할 것이오. 태양천주의 무공이 천하제일이라 해도 철강지체인 암흑사마신을 파괴하려면 꽤나 고생을 해야 할 테니까."

"네 구의 철강시를 제작하는 데는 최하 십 년의 노력과 엄청난 약물이 소요된다. 그런 마물을 희생시키면서까지 자네가 얻고자 하는 게 뭔가?"

을주환은 계집처럼 요사한 미소를 지으며 한 손가락으로 하늘을 가리켰다.

"하늘에 태양이 사라지면 어떻게 되겠소?"

"세상에 어둠만이 가득하겠지."

"맞았소. 내가 원하는 건 암흑천하요. 호호홍!"

을주환은 간드러진 웃음을 터뜨렸다.

"으음!"

악중뇌는 상대가 너무 노골적인 야욕을 드러내자 고민에 빠졌다.

'지독히도 영악한 놈이야. 태양천주와 우리를 격돌시켜 어부지리를 얻겠다는 의도가 분명하다. 어쨌거나 태양천만 괴멸되면 천하의 패권은 우리 흑도무림 쪽으로 돌아온다.'

그는 악중악에게 넌지시 물었다.

"대형, 저자의 협상을 받아들이겠소?"

"둘째야, 난 항상 네 판단을 믿는다 하지 않았더냐?"

악중뇌는 그 말에 몸서리를 쳤다. 자신을 신뢰한다는 건 만일 일이 잘못되면 자신에게 책임을 묻겠다는 의도가 아닌가.

악중뇌는 천잔방의 삼괴 쪽으로 시선을 돌렸다.

"방주, 파천공자의 제안을 받아들이겠소?"

천잔투광의 눈에 무서운 원독이 피어올랐다.

"단목휘, 그놈의 검에 내 동생들이 셋이나 죽었다. 게다가 수백의 제자들이 희생됐지. 놈은 악을 소탕하고 무림정기를 높이겠다는 명분을 내세웠지만, 우리 천잔방은 정파무림의 협공을 받을 만큼 악행을 저지른 적이 없었다. 결국 놈의 야망에 제물이 된 것뿐이지."

악중요가 얼른 동조를 했다.

"우리 악인궁도 마찬가지예요. 무슨 죽을 죄를 저질렀다고 놈들의 소탕전에 말려들어야 했단 말입니까?"

천잔투광은 가소롭다는 표정을 지으며 냉소를 쳤다.

"사실 죽일 놈들은 바로 너희 악인궁 놈들이었다. 납치, 약탈, 강간, 살인을 일삼는 게 대체 누구냐? 너희들 스스로 악(惡)임을 자처해 놓고 죄가 없다고?"

악중악이 예의 미소를 지으며 반박했다.

"섭섭하외다, 천잔방주. 살인이야 자객 집단 혈야회가 전문이지 않소? 어쨌거나 사중악으로 불린 이상 한 배를 탄 놈이오."

악중뇌가 짜증스런 표정을 지으며 그들 사이로 뛰어들었다.

"지금 흑백을 가리자는 것이 아니잖소? 천잔방주께서는 어쩔 생각이오?"

천잔투광이 혈혈파파와 단순마검 쪽으로 고개를 돌리자 두 사람은 지체없이 고개를 끄덕였다.

"단목휘 그놈의 배를 갈라 간을 빼먹을 수만 있다면 여한이 없어요."

"방주, 이런 기회가 아니면 영원히 태양천의 빛을 피해 숨어 살아야 합니다."

천잔방이 수락하자 악중뇌는 백마성의 두 마왕에게 다가섰다.

"두 분은 어쩌시겠소?"

폭풍마왕이 폭풍번을 어깨에 걸치며 대꾸했다.

"먼저 단목휘를 유인해 낼 계책에 대해 들어보겠네."

악중뇌가 삼중악의 대리인이 되어 을주환과 마주 섰다.

"자네의 제안을 받아들이기에 앞서 계책을 먼저 들어보세. 연후 다시 결정하도록 하지."

을주환은 그럴 줄 알았다는 듯 건성으로 고개를 끄덕였다.

"좋소. 계책은 아주 간단하오. 앞서 말했듯이 호랑이를 산에서 떠나보내려면 결정적인 인질이 필요하오. 그 인질만 손아귀에 넣으면 태양천주가 몸서 나서지 않을 수 없을 것이오."

"뜸 들이지 말고 어서 말해 보게."

"단목휘의 딸년인 단목비연이 월영궁에서 출관해 태양천으로 돌아가는 중이라 들었소. 우리의 목표는 바로 단목비연이오."

"뭣이, 단목비연을?"

악중뇌는 입맛을 쩌억 다시며 여덟 수괴를 돌아보았다. 천잔투광이 차가운 괴소를 흘렸다.

"크흐흐, 아주 치사하지만 지극히 효과적인 방법이군. 그 계집을 인질로 삼는다면 단목휘는 유황불을 뚫고도 달려올 것이 분명해."

악중악의 미소가 더욱 짙어졌다.

"크흣, 납치와 유괴라면 우리가 전문이지."

폭풍마왕와 벽력마왕은 전음으로 둘만의 대화를 나누었다. 뭔가 결정을 본 듯 폭풍마왕이 입을 열었다.

"백마성은 그런 치졸한 일에는 나서지 않겠네. 하지만 계집을 납치해 단목휘를 함정으로 끌어들이게 된다면 협력하겠네. 아마도 극검 대형께서 단독 대결에 나설지도 모르지."

그가 거론한 극검이란 구마왕의 수좌인 극검마왕(極劍魔王)을 말한다. 백마성주의 오른팔인 극검마왕은 불립마제와 쌍벽을 이룰 만큼 절세적 마공의 소유자였다. 특히 검도에 조예가 깊어 검성급에 이른 절대마검이다.

벽력마왕이 종 깨지는 음성으로 말을 이었다.

"계집을 잡게 되면 연락하게나, 악 궁주."

두 마왕은 악중악과 천잔투광에게만 간단히 목례를 보이고는 운무 속으로 몸을 날렸다.

천잔투광이 사대악인을 쓸어보며 냉막하게 말을 던졌다.

"계집 하나 잡는 데 본 방까지 출동할 필요는 없겠지. 악 궁주의 말마따나 납치와 유괴는 악인궁의 전문이니 자네들에게 맡기겠네."

두 마왕에 이어 천잔삼괴마저 떠나갔다. 악중요가 투덜거린다.

"젠장, 왜 우리가 그런 악역을 도맡아야 하는 거야?"

악중악이 당연하다는 듯 말을 받았다.

"우리가 달리 악인궁이냐? 우리 같은 악당이 있어야 그런 치사한 계책이 성사될 수 있는 법이다."

"큰오라버니답지 않게 왜 앞서 맡겠다는 거야?"

"크훗, 단목비연이란 계집이 강남일미라면서? 그 계집을 취한 후 홀랑 벗겨서 매달아놓으면 과연 단목휘의 표정이 어떻게 변할까 궁금하구나. 아니면 계집을 토막 내 하나씩 단목휘에게 보내줄까?"

"호호, 그럴 생각이었어? 역시 악 오라버니다운 생각이야."

악중요는 악중악의 머리를 끌어안으며 이마에 대고 입을 맞춰주었다. 스스로 악을 자처하는 자들다운 행동이었다.

악중뇌는 을주환이 건네는 두루마리를 펼쳐 보며 잔뜩 이맛살을 찌푸렸다.

"확실한 행로인가?"

"태양천에서는 제 딴에 가장 안전하다고 확신하는 길이니 분명 이리로 올 것이오."

"이건 태양천 내에서도 극비 사항일 텐데 어떻게 입수했나?"

"너무 깊이 알려 하지 마시오."

을주환은 옆으로 서며 섭선을 저었다.

"그럼 좋은 성과를 기대하겠소."

그는 한 걸음 내디딘 후 그대로 솟구쳤다. 까마득한 이십 장 높이였다. 그는 양팔을 펼치고는 새처럼 날아갔다. 암흑마신으로 불리는 두 복면인은 꼿꼿이 선 채 깡충깡충 뛰며 을주환의 뒤를 따랐다.

"승극도허(昇極度虛)! 정말 가공할 놈이야. 어린 나이에 저렇듯 절세적 경공을 자유롭게 펼칠 수 있다니. 대체 누가 저런 엄청난 놈을 키워 낼 수 있었단 말인가?"

악중뇌가 탄성을 발하자 악중요가 색기 어린 미소를 머금으며 한마디 던졌다.

"난 저놈이 정말 사내인지가 더 궁금해."

■ 제16장

장안제일기녀의 눈물

1

　가을날 석양 무렵이면 위하의 수면은 기녀를 동반한 한량들의 놀잇배로 뒤덮인다.

　강북 최대의 교역 성시답게 장안의 환락가 역시 강북 최고의 시설을 갖추었고, 곱게 단장한 최고급 기녀들이 대상들과 부호들을 유혹한다. 하룻밤을 지내는 데 은자 수백 냥을 물 쓰듯 써야만 비로소 대접을 받을 수 있는 기루도 허다하다.

　벌써부터 요란하게 홍등을 건 놀잇배들마다 기녀와 악사를 동반한 부호들이 노을로 물든 위하의 정취에 한껏 취해 있다. 코를 톡 쏘는 술 내음 속에 피리와 칠현금의 음향이 어우러지고, 옛 시인의 노래를 읊으려 목청을 가다듬는 묵객들의 헛기침 소리가 드높다.

　위하의 상류 쪽으로 약간 외진 강변에 한 척의 놀잇배가 정박해 있었다.

두 시비는 강변에 자리를 깔고 음식을 차리는 중이었다. 뱃전에 걸터앉은 여인은 금 물결이 넘실대는 수면을 바라보며 그린 듯이 앉아 있었다.

바람에 나부끼는 머리카락은 노을로 물든 수면보다 더한 황금빛이다. 벽옥빛으로 푸른 눈망울과 유난히 흰 피부가 여지없이 이국의 여인임을 대변해 준다.

여인의 이름은 옥잠화(玉簪花).

장안 최고의 기루인 원앙각(鴛鴦閣)의 특급 기녀다. 서역 출신 기녀는 장안에도 여럿 있지만 옥잠화의 명성은 강북 으뜸이다.

중원인들의 눈에 신비하게 보이는 금발벽안의 미녀인 탓도 있지만 음률과 가무 또한 장안제일이었다. 하기에 그녀와 하룻밤을 보내고자 수천금을 내건 부호들이 줄을 섰지만 아무나 옥잠화를 차지할 수 있는 건 아니었다.

천하에서 스스로 손님을 고를 수 있는 자격을 갖춘 기녀는 오직 옥잠화뿐이다. 그녀가 원치 않는 한 수천 수만금을 내놓아도 그녀는 손님을 받지 않는다.

물론 그녀의 이러한 도도함을 무시하고 강제로 그녀를 취할 수도 있겠지만, 그녀에게는 자신을 보호할 절대적인 신물이 있었다.

바로 태양천주가 친히 하사한 은사금전이다.

정당한 요구라면 무엇이든 이룰 수 있는 은사금전은 태양천주만의 권능이기에 옥잠화에게 시중을 강요할 사람은 없다. 그것은 태양천에 대한 도전이기 때문이다.

"아가씨, 자리를 마련했어요."

시비 하나가 다가서자 옥잠화는 뱃전에서 몸을 일으켰다. 서역의 여인치고는 유난히 가냘픈 체구라 가벼운 바람에도 쓰러질 듯 연약해 보였다.

옥잠화는 간단한 주안상을 앞에 놓고 방석에 앉았다.

"나오니 이리 좋구나. 원앙각이 아무리 화려해도 하늘과 물이 빚어내는 아름다움을 어찌 능가하겠니?"

"예, 아가씨. 바람도 시원하고 정말 좋은 가을날입니다."

시비가 청옥 잔에 호박빛 술을 가득 따라주었다.

옥잠화는 눈처럼 흰 손으로 술잔을 들어 한 잔 마시고는 취흥에 젖어 시를 한 수 읊조렸다.

술을 마시다 보니
어느덧 날이 어둡고
옷자락에 수북이
쌓인 낙화여.
취한 걸음, 시냇물의
달 밟고 돌아갈 제
새도 사람도 없이
나 혼자로다.

그녀는 이백의 시를 안주 삼아 다시 한 잔을 들이켰다.

비록 천하제일의 기녀라 해도 웃음과 춤을 파는 기녀임에는 어쩔 수 없다. 먼 타국 땅으로 팔려와 기녀로 지내야 하는 자신의 신세를 생각하니 갑자기 울적한 기분이 되었다.

그녀는 나직이 탄식을 하며 호박빛 술이 넘실거리는 잔을 쳐들었다.

순간, 느닷없이 한 무리의 불한당들이 뛰어들었다.

눈 아래를 두건으로 가린 자들은 신속하게 두 시비를 제압했다. 피부가 유난히 시커먼 괴한은 옥잠화를 찍어누르며 날카로운 쇠갈쿠리를 들이대며 위협했다.

"네년이 비명 한마디라도 지르는 날에는 네 잘난 얼굴을 긁어버리겠다."

옥잠화는 놀란 가슴을 가라앉히고는 놀랍도록 차분하게 응수했다.

"금은을 원한다면 얼마든지 주겠어요."

"흐흐, 내가 원하는 건 네년의 잘난 몸뚱이다. 기녀 주제에 감히 손님을 가려? 내 원앙각에 몇 번 청문을 넣었지만 번번이 거절당해 참을 수 없었다."

괴한은 서슴없이 옥잠화의 앞자락을 헤집으며 젖가리개로 덮인 젖무덤을 주물럭거렸다.

"아마 이 어르신과 한번 교접을 하게 되면 극락이 무엇인지 깨닫게 될 것이다."

옥잠화는 나직이 한숨을 쉬었다.

"아무리 기녀의 몸이라지만 너무 가벼이 대하는군요."

"네년이 도도하게만 굴지 않았어도 이러하지는 않았을 것이다. 화대는 충분히 줄 테니 앙탈을 부릴 생각은 마라."

괴한은 옥잠화의 치마를 끌러 내리며 졸개들에게 지시했다.

"네놈들은 주변을 잘 지켜라. 훼방을 놓는 놈은 무조건 죽여라."

시비 둘을 제압하고 있던 졸개 둘이 음탕한 눈빛을 발하며 청했다.

"헤헤, 두령. 이년들의 입도 막아야 하지 않겠습니까?"

"알았어. 소란 피우지 말고 알아서들 처리해."

졸개 넷은 강변에 보초를 서고 다른 넷은 히히거리며 시비 둘을 숲으로 끌고 갔다. 칼끝이 목을 위협하자 시비들은 반항도 못하고 눈물만 뚝뚝 흘렸다.

옥잠화는 차가운 눈빛으로 괴한을 올려다보았다.

"내게는 태양천의 은사금전이 있어요."

"흐흐, 은사금전이라… 그 따위 협박이 내게 통할 것 같으냐? 내가 누군지도 모르는데 어떻게 복수하겠다는 거냐?"

괴한은 솟구치는 욕정을 주체할 수 없는 듯 옥잠화의 아랫도리를 벗겨갔다.

옥잠화의 연약한 힘으로는 도저히 물리칠 수가 없었다. 그녀의 하얀 치아가 붉은 입술을 뚫고 박혔다. 선홍빛 핏방울이 목덜미를 타고 흐른다.

괴한은 그녀의 훤히 드러난 하반신을 훑어 내리고는 마른침을 꿀꺽 삼켰다.

"흐흐, 마침내 장안일화 옥잠화를 취하게 되었구나."

그는 서둘러 자신의 허리띠를 끌러 내렸다.

이때, 강변의 소로를 따라 말 방울 소리가 들려왔다.

딸랑딸랑!

보초를 서던 졸개 하나가 나직이 외친다.

"두령, 웬 놈이 오고 있습니다."

괴한은 막 욕정을 해소하려던 참에 훼방꾼이 나타나자 이를 부드득 갈았다.

"몇 놈이냐?"

"한 놈입니다."

"조용히 지나가면 내버려 둬라."

괴한은 흥이 가셨는지 옥잠화의 입을 손으로 가렸다.

"입 다물고 잠자코 있어."

보초들은 풀숲에 몸을 숨긴 채 상대의 추이를 지켜보기로 했다. 두 시비를 엎어놓고 한참 용두질을 하던 다른 졸개들도 잠시 행동을 멈추었다.

소추는 풀을 우물거리며 느릿느릿 걸음을 옮기고 있었다.

환유성은 번잡스런 대로를 피해 한적한 소로를 따라 장안을 우회하는 중이었다. 그는 태양천 섬서 지부의 방문에 기재된 몇몇 현상범들의 소재를 뇌리에 새겨놓았다.

'사천성으로 가면 몇 놈쯤 찾아낼 수 있겠군.'

순간, 졸개들의 손에 잡혀 있던 시비 하나가 졸개의 손을 물어뜯고 뛰쳐나왔다.

"살려주세요! 살려주세요!"

보초를 서던 졸개 하나가 잽싸게 시비의 머리채를 낚아챘다.

"이년이 어딜!"

환유성이 물끄러미 그들을 내려다보자 풀숲에 숨어 있던 다른 졸개들이 모습을 드러냈다.

"이 계집들은 창기들이니 신경 쓸 것 없다. 목숨이 아깝다면 어서 꺼져!"

환유성은 시선을 돌리고는 소추를 몰아 그대로 지나쳤다.

옥잠화는 한 가닥 희망을 걸었다가 적이 실망하고 말았다. 아무리 문약한 서생이라도 이런 불의를 보고는 못 본 체하지는 않으리라 생각했던 것이다. 하다못해 소리를 질러 주변에 구원을 요청할 수도 있는 일이었다.

'아, 하늘도 무심하시군.'

제법 눈썰미가 있는 졸개 하나가 두령 옆으로 다가섰다.

"두령, 틀림없는 그놈입니다."

"그놈이라니?"

"섬서 지부 앞에서 만났던 그놈 말입니다. 두령한테 쥐새끼라고……."

두령은 벌떡 일어서며 허리춤을 졸라맸다.

"뭐, 뭐야, 그 죽일 놈이라고?"

두령은 철구를 챙겨 쥐고는 신속하게 경신술을 펼쳤다.

"모두 날 따라라!"

졸개들은 우르르 두령의 뒤를 쫓았다.

두령은 저만치 가고 있는 환유성을 보고는 바닥을 박차고 솟구쳤다. 그는 허공에서 빙글 회전하며 환유성의 앞으로 내려섰다.

"쳐 죽일 놈, 네가 아무래도 내 손에 죽을 운명인가 보구나."

환유성은 짤막하게 한마디 던졌다.

"비켜."

"카하하! 비키라고?"

두령은 두건을 홱 벗어 던졌다. 쥐를 방불케 하는 모습의 인물은 바로 은살귀서였다.

"네놈이 날 쥐새끼라 부르고도 목숨을 보존할 줄 알았더냐? 지난번에는 철심냉협 덕분에 살아났다만 이제는 어림없다!"

"네 할 일이나 해."

"흐흐, 정말 단단히 미친놈이군. 대체 네놈이 뭘 믿고 이렇게 건방을 떤단 말이냐?"

은살귀서는 숫구쳐 오르며 철구를 번쩍 치켜들었다.

"네놈의 골통을 부숴주겠다!"

쐐애액—!

예리한 파공성과 함께 철구가 환유성의 머리 위로 떨어져 내렸다. 섬서성에서 손꼽히는 현상범 추적자답게 강맹하면서도 쾌잔한 수법이었다.

번쩍!

한줄기 섬광에 은살귀서는 눈앞이 아찔해졌다. 철구를 쥔 팔뚝이 시큰거렸지만 그는 있는 힘을 다해 철구를 내리찍었다.

"……?"

은살귀서는 도저히 이해할 수가 없었다. 분명 박살 났어야 당연했지만 환유성은 너무도 멀쩡했다. 그는 아무런 일도 없었던 듯 소추를 몰아 터벅터벅 나아갔다.

은살귀서는 비로소 바닥에 떨어진 자신의 팔뚝을 보고는 충격 어린 비명을 질렀다.

"아아악!"

철구를 쥔 팔뚝은 시뻘건 피를 뿜어대며 바닥에서 펄떡거리고 있었다. 어느새 그의 팔이 어깨서부터 베어진 것이다. 베어진 어깨에서도 검붉은 피가 쏟아지기 시작했다.

그는 고통을 이기지 못하고 바닥을 데굴데굴 구르며 악에 받쳐 외쳤다.

"죽여! 놈을 죽여!"

졸개들은 다소 두렵기도 했지만 숫자를 믿고 환유성을 향해 달려들었다. 여덟 명은 제각기 병장기를 휘두르며 마구잡이로 덤벼들었다.

또 한 번 섬광이 번득였다.

따— 따땅—!

잇단 금속성과 함께 졸개들의 병장기가 동강 나 사방으로 흩어졌다. 목이 베어진 자는 없었지만 성한 자 역시 없었다. 장내는 순식간에 피바다가 되었다. 팔다리가 끊어지는 졸개들은 죽을 듯이 비명을 질러댔다.

은살귀서는 겨우 지혈을 하고는 환유성 뒤로 다가섰다.

"이놈아, 보복이 두렵지 않다면 네 정체를 밝혀라!"

"꺼져."

"내 사부님은 천사신검이시다. 반드시 네놈을 찾아 복수하고 말겠다!"

환유성이 천천히 고개를 돌렸다. 그의 눈에 드물게 흥미로운 빛이 감돌았다.

"천사신검? 그럼 전설의 신검인 막사검(莫邪劍:막야(莫倻)라고도 함)을 지녔다는 자냐?"

"흐흐, 그렇다. 날 건드린 게 두렵지 않느냐? 사부님의 천사만변검법은 천하일절이다."

환유성의 입가에 희미한 조소가 감돌았다.

"난 환유성이다."

은살귀서는 흠칫 놀라 뒤로 물러섰다. 그의 눈알이 심하게 흔들렸다.

"환유성? 설마… 네가 반검무적이란 말이냐?"

"맞아."

환유성은 소추를 몰아 느릿느릿 멀어져 갔다.

은살귀서는 전신을 부들부들 떨었다. 그는 자신의 목을 매만지며 이를 부드득 갈았다.

"오, 오냐, 네놈이 아무리 절대쾌검이라해도 사부님을 당할 수는 없다. 반드시 네놈의 목을 베리라!"

그는 강변으로 시선을 돌렸지만 옥잠화와 두 시비는 이미 사라지고 없었다.

"젠장, 그년이 태양천에 이 사실을 고하면 세상에 설자리가 없겠군."

그는 졸개들을 대동하고 서둘러 달아났다.

잠시 후, 풀숲이 흔들리며 옥잠화와 두 시비가 모습을 드러냈다. 겨우 안도한 세 여인은 서로 끌어안고 눈물을 터뜨렸다.

"여홍, 소청아, 미안하구나. 나 때문에……."

옥잠화는 겨우 치욕을 면했지만 두 시비는 이미 겁탈을 당한 상황이었다.

"흑흑, 아니옵니다. 저희같이 미천한 계집이야 어떻습니까. 아가씨께서 욕을 당하지 않으신 것만도 다행입니다."

옥잠화는 겨우 옷을 추스르고 놀잇배로 향했다.

"어서 가자꾸나. 놈이 은살귀서임을 알았으니 내 태양천에 고해 놈들을 벌하겠다."

그러다 그녀는 걸음을 멈추고 주변을 두리번거렸다.

"그리고 보니 은공께 인사도 못 드렸어. 그분이 아니었으면 우리들은 목숨까지 잃었을 거야."

시비 하나가 냉랭하게 대꾸했다.

"은공은 무슨 은공입니까? 그자는 소비가 구원을 청했는데도 모른

척한 비열한 자입니다. 의협심이라고는 눈곱만치도 없는 무심한 자일 뿐입니다."

"그렇지 않아, 여홍아. 과정이야 어찌 됐든 우린 크나큰 은혜를 입은 것이야. 난 무공에 대해 잘 모르지만 대단한 고수임에는 틀림없어. 은 살귀서 따위가 두려워 피한 것은 아닐 거야."

다른 시비가 눈을 깜빡이며 말했다.

"그리고 보니 언뜻 듣기에 그분이 환유성이라 했습니다."

"환유성?"

"네, 아가씨. 수개월 전 중원으로 들어온 요동 출신의 현상범 추적자 죠. 무척 빠른 쾌검을 구사해 반검무적이라 불린다 들었습니다."

"아, 한해야적에게 납치당한 화옥군주님을 구출한 그 영웅 말이냐?"

"맞습니다. 동방의 별로 불리는 그분이 분명해요."

옥잠화는 무척이나 아쉬운 표정을 지었다.

"그렇구나. 대단한 분한테 은혜를 입었어."

이때, 말 방울 소리와 함께 환유성을 태운 소추가 숲 속에서 나타났다. 그는 지나쳐 온 소로를 따라 다시 하류 쪽으로 내려가는 중이었다.

옥잠화는 반색을 하며 강둑으로 올라갔다. 그녀는 환유성을 막아서며 공손히 절을 올렸다.

"소녀 옥잠화, 은공의 크나큰 은혜에 감사드립니다."

"오해 마시오. 길이 끊겨 돌아온 것뿐이니까."

"다행이옵니다. 그대로 가셨다면 소녀는 평생토록 마음의 짐을 안고 살아야 했을 것입니다."

환유성은 강변에 정박돼 있는 놀잇배를 보고는 나직이 중얼거렸다.

"위하를 건너려면 천상 배를 타야겠군."

옥잠화는 환한 표정을 지으며 소추의 고삐를 쥐었다.

"그러십시오."

소추는 옥잠화의 머리에 대고 킁킁 냄새를 맡더니 그녀의 손등을 후루룩 핥았다. 그녀는 마다하지 않고 소추의 목덜미를 어루만져 주었다.

"호호, 아주 잘생겼구나."

그녀는 소추의 미간을 쓸어주다 눈을 커다랗게 떴다.

"아, 이건 혹시……?"

그녀는 약간 떨어져 소추를 세심히 살피고는 나직이 부르짖었다.

"맞아. 분명 한혈보마야."

환유성은 소추의 안장에서 내려섰다.

"이 말에 대해 아시오?"

"소녀의 고국이 파낙나(破洛那)입니다. 예전에는 대완국으로 불렸던 곳이죠. 한혈보마는 우리 대완국의 특산물로 모든 나라에서 탐내는 명마였어요. 결국 그 명마를 탐하는 타국의 공격에 나라가 망했지만요."

옥잠화는 소추를 부둥켜 안고는 볼을 비볐다.

"이역 땅에서 고국의 말을 만나다니……."

소추도 핏줄 속에 간직된 고국의 향수를 느낀 듯 옥잠화의 등에 대고 턱을 문질렀다. 옥잠화는 머나먼 타국 땅에서 고향 사람을 만난 듯 감회 어린 표정을 지었다.

"그래, 너도 날 알아보는구나."

환유성이 무덤덤하게 내뱉었다.

"한혈마 때문에 나라가 망했다면 원수일 텐데 뭘 그리 반기는 거요?"

"나라를 지키지 못한 건 사람의 탓이지 한혈마의 탓은 아닙니다. 이런 명마로 무장한 기마대만 잘 편성돼 있었다면 외적으로부터 나라를 지켰을 수도 있었지요."

2

놀잇배라 크지는 않았지만 한 필의 말과 네 사람이 타기에는 충분했다.

두 시비는 작은 돛을 올리고 노를 저어 강상으로 배를 띄웠다. 배는 물결을 따라 하류 쪽으로 흘러갔다.

환유성은 팔짱을 낀 채 서 있다 불쑥 한마디 던졌다.

"왜 건너편으로 가지 않는 거지?"

옥잠화가 송구스런 표정을 지으며 대답했다.

"용서하십시오, 은공. 원앙각으로 모셔 술을 한잔 대접코자 방향을 바꾸었습니다."

"원앙각은 뭐 하는 곳이오."

"기루… 이옵니다."

옥잠화는 자신의 신분이 기녀라는 데 약간의 부끄러움을 느꼈다.

환유성은 그녀에게로 눈길을 돌렸다. 중원의 여인에게서는 찾아볼 수 없는 황금빛 모발과 푸른 눈망울이 확실히 이채로웠다.

"비싼 곳이겠군."

"소녀가 은혜에 보답하는 것이니 부담 갖지 마십시오."

"난 당신을 구한 적이 없으니 보답받을 이유가 없소. 배를 건너편으로 대시오."

"은공?"

옥잠화는 그의 단호한 거절에 속이 상했다. 마음 한편으로는 천하인 모두가 원하는 그녀를 눈앞에 두고도 소 닭 보듯 하는 무심함에 은근히 오기가 치밀었다.

그녀는 어떻게든 그를 붙잡고 싶었다. 장안제일기녀라면 천하제일의 기녀이기도 하다. 그러한 그녀가 이렇게 무시를 당했다는 건 자존심의 문제이기도 했다.

그녀는 슬며시 그의 손을 쥐었다.

"소녀가… 못나 그러십니까?"

"아니오. 당신은 누구보다 아름답소."

"소녀 비록 기적에 이름을 올린 계집이오나 함부로 몸을 굴리지는 않았사옵니다. 하기에 옥잠화란 이름을 유지할 수 있었던 것입니다. 소녀가 이렇듯 간절히 은공을 모시고자 하오니 부디 거절하지 마옵소서."

옥잠화의 물기 어린 촉촉한 눈빛은 애절하기까지 했다. 누가 이런 절세미녀의 간곡한 청을 거절할 수 있겠는가. 그러나 환유성은 뱃전을 짚고 서며 건조한 음성으로 응수했다.

"당신이 너무 유명한 기녀인 것 같아 싫소."

옥잠화는 맥이 탁 풀렸다. 그녀가 이토록 절실한 마음으로 손님을 맞이하고 싶기는 이번이 두 번째이다. 물론 첫 번째는 태양천주로 그녀는 그로부터 은사금전을 하사받는 광영을 입기도 했다.

두 시비는 어처구니가 없는 듯 서로를 보며 입을 딱 벌렸다. 그녀들로서는 자신들의 상전이 이렇듯 무시당하리라고는 꿈에도 생각지 못했던 것이다.

옥잠화는 나직이 한숨을 쉬며 물었다.

"소녀가 그저 이름없는 기녀였다면 응할 생각이셨나요?"

"그것도 아니오."

옥잠화는 그녀답지 않게 격앙된 심정이 되어 따져 물었다.

"하오면 소녀가 천한 기녀라 멀리하시는 것이옵니까?"

환유성은 얼굴에 진한 권태감이 어린다.

"당신은 천하지 않소. 자신을 비하해 나를 자극하지 마시오. 난 당신의 위급함을 보고도 그냥 지나쳐 간 사람이오. 은살귀서가 날 가로막지만 않았으면 전혀 관여하지 않았을 것이오. 이런 나를 은인으로 생각한단 말이오?"

"예, 은공. 소녀는 분명 은공의 크나큰 은혜를 입었습니다."

"그건 당신 생각이오. 난 은혜를 베푼 적이 없으니 답례받을 이유가 없소. 당신이 오기 때문에 계속 고집을 부린다면 난 당장 배에서 내리겠소."

환유성의 완곡한 말에 옥잠화는 맥이 탁 풀렸다. 그녀는 쏟아지려는 눈물을 애써 참았다.

"그, 그러셨군요."

두 시비는 잡아먹을 듯이 환유성을 쏘아보고는 강 건너편으로 뱃머리를 돌렸다.

옥잠화는 잠시 주저하다 품속에서 비단 주머니를 하나 꺼내 들었다.

"답례라고 생각지 말고 받아주십시오."

"뭐요?"

"소녀가 지니기에 너무 부담스런 신물이옵니다."

비단 주머니가 열리며 황금빛으로 빛나는 금전 하나가 모습을 드러냈다. 겉면에는 '은사(恩赦)' 두 글자가 새겨져 있었다.

두 시비가 놀라 외쳤다.

"아가씨?"

"어쩌자고 은사금전까지 내주려 하십니까?"

옥잠화는 손짓으로 두 시비의 말을 막고는 잔잔한 눈빛으로 환유성을 응시했다.

"은공께서도 강호인이시니 태양천의 은사금전을 잘 아실 겁니다. 정당한 요구라면 태양천이든 어느 문파든 이 은사금전을 제시하여 원하는 것을 얻을 수 있지요. 생각해 보니 소녀가 이 은사금전을 믿고 너무 오만했던 것 같습니다. 소녀에게는 어울리지 않아 은공께 드리고 싶습니다."

"어떻게 얻었소?"

"태양천주께서 직접 하사하셨습니다. 삼 년 전 소녀가 천주를 모신 적이 있었습니다. 그 대가로 주신 것이옵니다."

환유성은 그녀의 푸른 눈망울을 직시했다.

"그와 잤소?"

"……?"

옥잠화의 얼굴이 확 달아올랐다. 너무도 직설적이고 모진 물음에 분노마저 치밀었다.

그녀는 그에 대한 호감을 싹 지우며 냉랭하게 응수했다.

"천주께서는 소녀의 시송과 가무를 즐기셨을 뿐입니다. 소녀가 모시고 싶었지만 천주께서 완곡히 거절하셨지요. 천주께서 떠나신 후 소녀는 천주의 깊은 뜻을 헤아릴 수 있었습니다. 소녀가 태양천주를 모시게 된다면 아무도 소녀를 찾지 않을 것이기에 천주께서 그냥 가신 것임을 알게 되었습니다."

환유성의 입가에 차가운 미소가 감돈다.

"그가 무림천자라도 된단 말이오?"

"은공께서는… 태양천주를 존경하지 않으시는군요?"

"난 누구도 존경하지 않소."

환유성이 옆으로 돌아섰다.

"은사금전이 필요치 않다면 강물에나 던지시오. 내게도 하등 쓸데없는 물건이니까."

옥잠화는 가볍게 입술을 깨물었다. 그녀는 은사금전을 다시 주머니에 넣어 품속에 거두고는 한 걸음 물러섰다.

"외람되오나 소녀 한말씀 올리겠습니다."

"말해 보시오."

"소녀는 은혜를 입은 몸으로 어떻게든 보답을 하려 했지만 공자께서 원치 않으시니 소녀도 더는 권하지 않겠습니다. 또한 공자께서 부담이 된다 하시니 은공으로 생각지도 않겠습니다."

환유성은 다가오는 강 건너편만 바라보며 건성으로 고개를 끄덕였다.

"잘 생각했소."

"너무도 가슴 아픈 건 공자께서 남에 대한 배려를 지독히도 무시하신다는 겁니다. 감히 말씀드리건대 공자의 독선과 오만은 천하제일입니다. 공자와 같은 분을 만났다는 게 소녀에게는 더없는 슬픔이고 불행입니다. 흑."

옥잠화는 푸른 눈망울에서 진주 알 같은 눈물이 흘러내렸다.

환유성이 물끄러미 그녀를 바라보았다. 그는 다소 짜증스런 어투로 말했다.

"내가 당신을 슬프게 했소?"

옥잠화는 금발이 휘날리도록 고개를 저었다.

"아니, 아니에요. 소녀가 눈이 멀어 잠시 공자께 호감을 가진 것을 후회할 따름입니다. 흑흑."

"그만 그치시오. 내가 가장 싫어하는 게 여자의 눈물이오."

환유성은 옥잠화에게서 등을 돌렸다. 절세미인의 눈물도 그의 감정을 끌어내지는 못했다.

배가 강 건너편에 이르자 환유성은 소추의 고삐를 잡아끌었다. 한데 소추는 네 발로 버티고 선 채 배에서 내리기를 거부했다.

환유성은 어이가 없는 듯 소추와 옥잠화를 번갈아 보았다.

"당신의 눈물이 이 녀석을 붙들어놓은 것 같군."

옥잠화는 소매로 눈물을 씻고는 소추의 목을 안아 다독였다.

"괜찮아. 우린 또 만나게 될 테니 어서 가."

이히힝!

소추는 옥잠화의 어깨에 턱을 문지르며 헤어짐을 아쉬워했다. 옥잠화는 소추의 갈기를 내리쓸어 주었다.

"한혈보마는 아주 영특하고 주인에 대한 충성심이 강하지만 자신에게 걸맞는 이름이 주어져야 그 진가를 발휘합니다. 사람이 자신의 이름을 명예롭게 만들 듯 한혈보마 역시 자신의 이름을 빛내기 위해 전력을 다하죠. 공자께서 이름은 지어줬나 모르겠군요."

환유성은 가볍게 고개를 끄덕였다.

"그래서 몰라보게 달라졌군. 소추라 부른 후부터 명마가 되었소."

"소추… 소추… 좋군요. 공자와 같이 무정한 분께서 이렇듯 훌륭한 이름을 지어주다니 정말 뜻밖이군요."

"……."

"공자, 소녀는 무시해도 좋으나 소추만큼은 잘 대해주세요. 주인을 위해서라면 목숨이라도 바칠 명마니까요."

옥잠화가 소추의 고삐를 이끌자 비로소 소추는 강변으로 내려섰다.

환유성은 소추의 등에 올라앉으며 느닷없이 한마디 던졌다.

"원앙각에서 하룻밤 자는 데 얼마요?"

"예에?"

옥잠화는 눈을 커다랗게 뜨며 환유성을 올려다보았다. 환유성은 공허한 미소를 지었다.

"난 원치 않아도 아마도 이 녀석이 당신을 찾아갈 것 같군."

환유성이 박차를 가하자 소추는 마지못한 듯 네 발을 놀려 강 언덕으로 올라갔다.

옥잠화는 다소 멍한 표정으로 그가 사라진 언덕 위로 보이는 저녁하늘에 시선을 고정시켰다. 그녀의 푸른 눈망울로 몇 개의 별이 날아들었다.

그녀는 환유성이 남기고 간 의미심장한 한마디를 곱씹는 중이었다. 아직도 그의 음성이 귓속에서 메아리친다.

'하룻밤 자는 데 얼마냐고?'

그 한마디는 화두처럼 그녀의 뇌리 속을 맴돌았다.

■ 제17장

하룻밤에 열셋

1

태양천주 단목휘는 집무실 탁자에 앉아 문서를 검토하는 중이었다. 무림지존인 그가 내리는 결정은 그대로 무림에 반영된다. 물론 대다수의 일은 문무상이 처리하지만 그 결과와 천하정세의 흐름을 숙지하는 것은 그의 중요한 일과 중 하나다.

"사부님, 제자 무영입니다."

문밖의 음성에 단목휘는 검토하던 두루마리를 내리며 반색을 지었다.

"오냐, 어서 들어오너라."

강무영이 앞서 들어서고 뒤로 문상 남궁현과 무상 연풍헌이 따랐다.

단목휘는 자리에서 일어서며 문무상을 맞이했다.

"두 분께서도 함께 오셨구려."

그는 원탁으로 자리를 옮겨 함께 앉았다. 시녀 둘이 들어서 네 사람

앞에 각기 차를 따라주고는 물러갔다.

단목휘가 차의 향기를 음미하며 물었다.

"그래, 환유성이란 검협은 만나보았느냐?"

"예, 사부님. 하오나……."

강무영이 송구스런 표정을 짓자 연풍헌이 다소 격분한 음성으로 말을 이었다.

"검협은 무슨 얼어죽을 검협이오? 그 육실헐 놈을 당장 잡아다 집형 전에 가둬 혹독한 고문을 가해야겠소."

단목휘는 상황을 짐작한 듯 고개를 끄덕였다.

"그가 나의 초청을 거부했나 보구나."

"죄송합니다, 사부님. 제자 불민하여 사부님의 높으신 뜻을 받들지 못했습니다."

"하하, 너무 개의치 마라. 그의 성격상 곧바로 달려오지는 않으리라 예상했다. 이 사부의 뜻을 전한 것만으로도 충분하다."

남궁현이 찻잔을 내리며 입을 열었다.

"환유성에 대한 천주의 처분이 너무 관대하신 듯하오. 지난번에도 감히 탕마추적대를 격상시킨 죄를 지은 것도 용서해 주셨지 않았소? 이런 식으로 천주령이 무시된다면 과연 누가 태양천의 존엄함에 고개를 숙이겠소?"

연풍헌이 맞장구를 쳤다.

"문상의 말이 심히 옳소. 대관절 요동의 촌놈 따위가 무엇이기에 천주께서 이리 관대함을 보이는지 모르겠소."

단목휘는 담담히 미소를 지으며 강무영을 응시했다.

"무영아, 그를 만난 소감을 한번 말해 보아라."

"그가 영웅인지는 판단할 수 없지만 절대쾌검만큼은 인정하지 않을 수 없었습니다."

강무영은 벽소군과 함께 지켜본 환유성의 쾌검식에 대해 상세히 보고했다.

"제자는 여태껏 그토록 빠른 쾌검은 처음 보았습니다. 또한 쾌검을 동시에 세 방향으로 뻗어낼 수 있다는 것도 비로소 깨달았습니다."

연풍헌은 냉소를 쳤다.

"흥, 파문삼절 같은 조무래기들을 격파한 정도 갖고 너무 과대평가하는 것 아니냐?"

"아닙니다, 무상. 그가 마음만 먹었다면 파문삼절은 모두 목이 베어졌을 것입니다. 소생의 능력으로도 그들 셋을 단 일 합에 죽일 수는 없습니다."

단목휘의 눈에 은은한 정광이 어렸다.

"으음, 그가 이미 천병무도(天兵武道)에 이르렀군. 어떤 복연을 입었는지 몰라도 내공의 잠재력도 백 년 수위를 넘어선 것이 확실해."

연풍헌의 입에서 나직한 침음성이 흘러나왔다.

"천… 천병무도?"

강무영이 눈을 커다랗게 떴다.

"사부님, 천병무도라면 상승무도의 다섯 번째 단계가 아닙니까?"

"놀라운 성취도야. 요동에서 보내진 수급의 단면을 살펴보았을 때는 단지 입문 과정이었는데 어느새 천병무도에 이르렀다니. 무림사에 그러한 천재는 존재한 적이 없었다."

남궁현이 정색을 하며 반박했다.

"천주, 천병무도는 당치 않은 말씀이오. 일초삼식을 동시에 펼쳐 낸 것은 실로 놀라운 솜씨이지만 그자의 검은 반검이외다. 아무리 높게 잡아도 범월무도(凡越武道) 이상은 아니오. 그가 아무리 천재적인 자질을 지녔어도 한 번에 두 단계를 건너뛸 수는 없소."

단목휘는 가볍게 미간을 찌푸리다 고개를 끄덕였다.

"문상의 말씀이 지당하오. 내 잠시 그가 반검을 지녔다는 것을 잊었소. 그의 쾌검이 남보다 빠를 수 있는 것도 그 때문인 것을… 어쨌거나 그의 성취도는 상상을 초월하고 있소."

연풍헌이 고개를 저으며 몸을 일으켰다.

"노신은 믿을 수 없소. 내 놈을 찾아가 한번 대적해 봐야겠소."

단목휘는 그의 무공에 대한 자부심과 남다른 호승지심을 간파하고는 나직한 웃음을 지었다.

"하하, 고정하시오, 무상. 그의 쾌검이 아무리 빨라도 어찌 무상의 적수가 되겠소? 현상범 추적자 하나를 물리쳤다 하여 무상의 위엄에 무엇을 더하겠소? 본인은 무상께서 가볍게 움직이지 않을 분이라 믿소."

"허허헛, 노신이 어찌 무림의 후배를 경계하겠소. 그냥 해본 소리요."

연풍헌이 태양천주가 자신을 한껏 추켜세우자 노기를 다소 누그러뜨렸다.

단목휘는 천천히 찻잔을 입으로 가져갔다.

"무림에 절세고수가 탄생한다는 건 반가운 일이지요. 안주하고 있는 본 천의 고수들에게도 나름대로 자극이 될 거외다."

"천주, 그렇다면 조만간 무림대회를 한번 개최해야겠소. 비무를 통해 인재를 발굴하고 작위를 수여한다면 무림정기를 높이는 데도 큰 도움이 될 것 같소."

"좋은 의견이외다. 추진해 보십시오."

단목휘가 흔쾌히 수락하자 연풍헌은 흐뭇한 표정을 지으며 집무실을 나섰다.

남궁현이 소매 속에서 두루마리를 하나 꺼내 들며 단목휘에게 건넸다.

"천주, 최근 사중악의 잔당들이 자주 출몰한다는 보고가 접수되었소. 악인궁의 사대악인을 한자리에서 보았다는 정보도 입수됐소. 백마성의 마왕들과 천잔방의 삼대수괴도 거동하였다 하오."

단목휘가 두루마리를 살피자 강무영이 일어서며 포권을 취했다.

"사부님, 문상의 말씀대로 비연의 귀환을 제자가 마중 나가야 할 것 같습니다."

"방금 하남성까지 두루 다니다 돌아왔는데 너무 수고가 많구나."

"아닙니다. 제자가 당연히 해야 할 일이 아니겠습니까?"

남궁현도 신중한 표정으로 권했다.

"소천주를 보내시지요. 그동안 숨죽였던 악도들이 동요하는 상황인 만큼 소공녀에 대한 경호를 강화함은 당연한 일입니다."

단목휘는 두루마리를 내리며 수락했다.

"알겠다. 그리고 천후께서 네게 하문할 것이 있다 하니 천후를 뵌 후 떠나도록 해라."

"예, 사부님."

2

천후(天后)는 태양천주의 부인을 높이 부르는 호칭이다.

태양천후 십절예화(十絶藝花) 위지운설(尉遲澐雪)!

그녀는 과거 월영서시와 함께 중원쌍화로 불리운 무림의 재녀다. 그녀의 가문인 위지세가(尉遲世家)는 천하에서 다섯 손가락 안에 드는 명망 높은 무림세가다. 단목휘가 태양천이란 엄청난 무단을 결성할 수 있었던 것도 위지세가의 막후 지원이 있었기에 가능했던 것이다.

위지운설이 거처하는 내궁은 의외로 검소했다. 무림계에 있어 황후로 추앙받는 그녀였지만 평범한 여염집의 처소를 방불케 했다.

그녀는 뜨락에서 손수 꽃나무를 관리하다 강무영을 맞이했다.

"어서 오게, 소천주."

"오랜만에 뵙습니다, 천후."

강무영은 위지운설을 향해 정중히 허리를 굽혔다.

위지운설은 십절로 불리울 만큼 무공뿐 아니라 시서금화에도 능하다. 그녀에게 유일한 결점은 평범함에도 미치지 못할 추한 얼굴이다. 물론 여인에게 있어 그 유일한 결점이 전부일 수 있지만.

위지운설은 수건으로 손을 닦고는 뜨락 한쪽에 놓인 나무 탁자로 강무영을 인도했다. 그녀는 진한 국화향의 차를 따랐다.

"연아가 삼 년 만에 돌아온다니 벌써부터 마음이 들뜨는구먼. 그 말괄량이 녀석이 이제는 좀 철이 들었겠지?"

"물론입니다, 천후. 비연 사매도 이제 어린애가 아니지 않습니까?"

"중요한 건 마음의 나이일세. 자네도 너무 비연의 응석을 받아주기만 해서는 안 되네. 자네가 태양천을 계승하게 되면 연아가 천후의 자리에 오르게 될 것 아인가? 천후란 보이지 않게 천주를 내조하는 게 전부일세. 내 연아에게도 단단히 일러놓겠지만 지아비가 될 자네가 잘 다스려야 할 것이야."

"명심하겠습니다."

위지운설은 차를 음미하고는 잠시 뜨락의 꽃을 바라보았다. 그녀의 추한 용모는 꽃에 비할 수 없지만 높은 덕망과 학식은 어떤 꽃보다 고결했다.

그녀는 강무영에게로 시선을 돌리며 물었다.

"참, 요동에서 온 젊은 검협을 만났다 들었네. 이름이 환유성이라던가?"

"예, 천후."

"그 사람이 반검을 지녔다는데 사실이던가?"

"그가 단 한 번 검을 뽑는 것을 본 적이 있습니다. 워낙 빨라 반검인지를 분간할 수 없었습니다만 풍문이 그러하니 반검을 지닌 것은 확실합니다."

위지운설은 가볍게 고개를 끄덕이고는 애써 태연한 표정으로 물었다.

"혹시 그에 대해 좀 더 알아본 게 없는가?"

강무영은 크게 의아심에 젖었지만 굳이 연유를 물어 천후를 불편하게 할 수는 없는 일이었다. 그는 자신이 아는 대로 소상히 말해 주었다.

"환유성과 함께 중원으로 건너온 금류향이란 여인을 통해 대충 들었을 뿐입니다. 요동으로 오기 전 장백산 비류수에 있었다는데 그전에 어디서 태어났는지는 알 수가 없습니다. 검술도 거의 독학으로 익혀

사문도 없는 것으로 확인됐습니다. 좀 유별난 성격으로 어찌 보면 대단히 독선적이고 오만합니다. 사부님의 친견조차 거부한 자니까요."

"흐음, 천주의 친견을 거부할 수 있다니 정말 대단한 자로군."

위지운설은 쾌활한 어조로 덧붙였다.

"별다른 뜻은 없네. 천주께서 그에 대한 얘기를 자주 거론하기에 대체 어떤 인물인가 궁금해서 말이야."

"원하신다면 비찰부에 전해 소상히 알아보도록 하겠습니다."

"아닐세. 그 정도면 충분해."

위지운설이 몸을 일으키자 강무영도 따라 일어섰다. 둘은 천천히 뜨락을 거닐었다.

"어서 연아를 보고 싶군. 자네도 그렇겠지?"

"예, 천후."

"명년 봄에는 혼례를 올려야지. 아마 무림의 큰 경사가 될 거야."

위지운설은 내궁 입구까지 강무영을 배웅했다.

내궁을 나선 강무영은 잠시 곤혹스러움에 젖었다. 어려서부터 태양천에서 자라온 그는 누구보다 천후에 대해 잘 알고 있었다. 천후가 비록 대수롭지 않게 물었지만 그녀가 타인에 대해 이처럼 관심을 표명하기는 처음이었던 것이다.

'환유성… 실로 신비로운 존재가 출현했어.'

그는 가볍게 고개를 흔들어 천후에 대한 의혹을 떨쳐 버렸다. 상전의 심중을 헤아린다는 것은 불경스러운 일이기 때문이다.

뜨락에서 마저 화원을 손질하던 위지운설은 잠시 가위를 내리며 생각에 잠겼다. 그녀는 손끝으로 콧등을 문지르다 가볍게 입술을 깨물었다.

'공연한 불안감에 젖는 것보다 확인해 보는 것이 낫겠어.'

그녀는 후원 쪽으로 걸음을 옮겼다. 울창한 대나무 숲으로 우거진 후원은 시비들도 들어올 수 없는 그녀만의 공간이었다.

"야훼(夜卉)!"

짤막한 음성이 터지자 한 명이 땅에서 솟아나듯 내려서며 부복했다.

"예, 천후."

여인의 몸매를 한 복면인은 키가 상당한 장신이었다. 위지운설은 드물게 냉랭한 표정으로 영을 내렸다.

"당장 장백산 비류수를 찾아가 환유성이란 자에 대해 소상히 알아오너라. 그 부모가 누구인지, 왜 굳이 반검을 병기로 사용하는지, 그의 중원행이 무슨 목적인지 낱낱이 밝혀 보고해라."

"예, 천후."

장신의 복면여인은 연기처럼 사라져 버렸다. 위지운설은 자신의 추한 몰골을 손으로 문질렀다. 그녀는 자신에게 말하듯 중얼거렸다.

"그저 우연일 뿐일 거야, 우연······."

3

콰류류!

굽이쳐 흐르는 황하의 물줄기는 마치 대해를 방불케 했다. 가을비답지 않은 폭우에 불어난 강폭은 두 배나 넓어져 있었다.

환유성은 강둑에 선 채 고스란히 비를 맞고 있었다. 주인과 함께 비에 흠뻑 젖은 소추는 다소 앙상한 체구를 그대로 드러냈다. 환유성은 말 고삐를 돌렸다.

"이래서야 어찌 황하를 건너겠냐? 사천성은 다음으로 미루고 감숙성으로나 가보자."

그는 비교적 현상범들의 은신처가 많은 사천성을 찾아가려던 중이었다. 하지만 뱃길도 끊긴 상황이라 사천으로 건너가려면 족히 수일은 기다려야 할 일이었다. 그렇게 시일을 허비하면서까지 사천으로 가야 할 만큼 절실한 이유도 없었기에 그는 즉흥적으로 행로를 바꾸었다.

발길 가는 데로 움직이는 게 그의 행로였다.

철벅철벅.

소추는 무릎까지 빠지는 진흙탕 길을 묵묵히 걸어갔다.

종일토록 비를 쏟아 붓는 먹장구름 때문인지 유시도 되기 전에 벌써부터 주변이 어둑어둑해졌다. 오랫동안 비를 맞아서인지 환유성이나 소추 모두 한기를 느낀 듯 몸을 떨었다.

"좀 쉴 곳을 찾아보자꾸나."

환유성은 산중턱을 두리번거리다 어른거리는 불빛을 하나 발견했다.

일각이 지나서 도착한 곳은 반쯤 허물어진 사찰이었다. 부처님께 저녁 공양을 올릴 시각이었지만 목탁 소리 하나 들려오지 않는 것으로 보아 이미 오래전에 문을 닫은 폐찰로 보였다.

명부전이나 삼성각은 거의 훼손되었고 그나마 대웅전이 비를 피할 정도는 되었다. 어른거리는 불빛은 대웅전 법당 안에서 흘러나오고 있었다.

환유성은 소추를 처마 밑에 세워 비를 피하게 해주고, 건초를 약간 꺼내 먹이로 주었다.

끼이익.

열리는 문 소리가 음산하다. 환유성이 법당 안으로 들어서는 순간 나직한 신음성이 터져 나왔다.

"어머나!"

전각 바닥에는 모닥불이 피워져 있었는데 여승이 윗옷을 벗어 모닥불에 말리는 중이었다. 중년의 비구니는 옷으로 벗은 가슴을 가리고는 고개를 숙였다.

"아미타불……."

그녀는 나직이 불호를 외며 슬그머니 고개를 쳐들었다. 비구니치고는 제법 고운 자색의 소유자였다. 목덜미가 유난히 희고 살짝 치켜 올라간 눈꼬리가 매혹적이다.

환유성은 모닥불 앞으로 다가서더니 불붙은 장작 하나를 집어 들었다. 상대를 놀라게 한 미안감은 물론이고 먼저 자리를 차지한 사람에 대한 배려도 전혀 보이지 않았다.

"좀 쓰겠소."

그는 허물어진 불단을 뜯어 장작으로 삼을 만한 목재를 마련하고는 구석으로 걸어갔다.

비구니는 반쯤 마른 옷을 어깨에 두르며 부드럽게 청했다.

"비좁은 장소인데 굳이 모닥불을 두 군데나 피울 필요가 있겠습니까? 괜찮으시다면 이리로 앉으시지요."

환유성은 벽에 기대앉으며 불을 지폈다.

"나한테 신경 쓰지 말고 옷이나 마저 말리시오. 스님을 넘볼 사람은 아니오."

"그럴 분이신 것 같아 권하는 것입니다."

"됐소."

환유성이 잘라 말하자 비구니는 더 이상 권하지 못하고 입을 다물었다.

창밖으로 들려오는 빗소리는 그칠 줄을 몰랐다. 대전 안에는 모닥불이 타는 소리 외에 거북스런 침묵만 흘렀다.

비구니가 묵주를 돌리며 먼저 침묵을 깼다.

"빈니는 정원(正元)이라 합니다. 빈니야 수행을 위해 천하를 떠돌지만 시주께서는 이런 우중에 어디로 가는 중이신지요."

환유성은 입은 채로 옷을 말리며 간단히 대꾸했다.

"나도 그냥 천하를 떠도는 사람이오."

지펴놓은 모닥불이 거진 꺼져 가자 정원은 바랑을 집어 들고 환유성 쪽으로 다가왔다.

"장작도 넉넉치 않으니 함께 불을 쪼여도 되겠습니까?"

"그러시오."

"고맙습니다, 시주."

정원은 바랑을 내려놓고는 환유성 맞은편에 자리했다. 중년의 나이치고는 드러난 어깨가 몹시 매끄러워 보였다. 파르라니 깎은 머리만 아니라면 뭇 사내를 유혹할 색녀로 불리기에 손색이 없을 정도였다.

그녀는 법력이 높아서인지 아니면 대담해서인지 가슴을 거의 드러내 놓고 옷을 말렸다. 풍만한 젖가슴 때문인지 가슴 사이의 골이 유난히 깊어 보인다.

정원은 바랑에서 딱딱하게 굳은 보리떡을 꺼내 들었다.

"좀 굳었지만 구우면 드실 만할 겁니다."

환유성을 비로소 시선을 들어 그녀를 응시했다. 정원은 눈웃음을 치며 매혹적인 미소를 지었다.

"너무 경계하지 마십시오. 불자의 몸으로 설마 못 드실 음식을 드리겠습니까?"

"그래서가 아니오. 여승치고는 너무 대담해서요."

환유성은 떡을 받아 들고는 나뭇가지에 꿰어 모닥불 위에 얹어놓았다.

정원은 모닥불에 등을 돌려 앉으며 과감하게 상의를 모두 끌어내렸다. 잘록한 허리와 매끈한 등판이 불빛을 받아 현란하게 번들거린다. 환유성은 그녀의 도발적인 반라의 모습을 바라보면서도 안색 하나 변하지 않았다.

그를 힐끔 바라보던 정원의 눈빛이 당혹스레 흔들렸다. 그녀는 어깨에 옷을 걸치고는 다시 돌아앉았다. 앞자락을 여미지 않아 풍만한 젖가슴이 언뜻언뜻 내비쳐졌다.

환유성은 구운 떡 하나를 그녀에게 건넸다.

"대충 익은 것 같소."

그는 허리춤에 찬 술병을 꺼내 한 모금 들이켰다. 정원이 수줍은 표정으로 청했다.

"빈니도 한잔 마실 수 있겠습니까?"

"불법을 수행하는 스님도 술을 마시오?"

"아미타불… 빈니가 수행하면서 깨우친 것은 계율에 지나치게 속박될 필요가 없다는 것이었습니다."

"생각보다 도가 높은 스님이시군."

환유성은 공허한 웃음을 지으며 한 잔 가득 따라 정원에게 건넸다.

정원은 술잔을 받아 쥐고는 고개를 옆으로 돌리며 마셨다. 그녀의 유난히 긴 손톱이 술잔에 담긴다.

"아유, 써. 빈니는 더 이상 마시지 못하겠어요."

정원은 인상을 찡그리며 반쯤 남은 술잔을 환유성에게 돌려주었다. 환유성은 주저없이 술잔을 마저 비웠다.

"아직 도를 더 깨우쳐야겠소."

정원의 어깨 위에 걸쳐진 승복이 스르르 미끄러져 내려가자 상반신이 여실히 드러났다. 그녀는 몸을 뒤틀며 나직한 신음성을 발했다.

"아, 술을 한 잔 마셔서인지 몹시 덥군요."

환유성은 물끄러미 그녀를 바라보다 조소를 머금었다.

"스님이 깨달은 것이 색도요?"

정원은 몸을 움직여 그의 품으로 뛰어들었다.

"아, 저를 꼭 안아주세요."

그녀는 그의 목을 끌어안고는 그의 뺨에 볼을 비벼댔다. 벌써부터 달아오른 여체는 불덩이처럼 뜨거웠다. 환유성은 짜증스런 표정을 지으며 그녀를 획 밀어냈다.

"역겹군."

순간, 정원은 빠르게 손을 놀려 그의 견정혈과 곡지혈 등을 연속적으로 점했다. 졸지에 몸이 제압된 환유성은 차갑게 표정을 굳혔다.

"이게 무슨 짓이오?"

정원은 그의 어깨를 밀쳐 눕히고는 그의 하반신 위로 걸터앉았다.

"호호, 네놈이 무슨 부처님 가운데 토막이라도 된단 말이냐? 내가 그렇게 색공을 펼쳤으면 진작에 넘어왔어야지."

"넌 비구니가 아니구나?"

"호호홋, 머리를 깎고 승복을 걸쳤다고 모두 비구니인 줄 아냐? 숨어 살려다 보니 어쩔 수 없이 이래야 했지."

그녀는 능숙하게 허리를 놀려 그의 사타구니를 자극했다.

"비구니처럼 행세하다 보니 사내 맛을 너무 못 봤어."

"넌 누구냐?"

"그건 곧 알게 될 거야."

그녀는 그의 허리춤을 풀고는 바지 속으로 손을 집어넣었다. 문득 그녀는 깜짝 놀라 그를 내려다보았다.

"너… 설마 고자냐?"

"……."

"이, 이럴 리가 없어. 설마 고자라 해도 내 혼음쾌락산을 마셨으면 욕정에 미쳐 눈이 뒤집히기 마련인데?"

그녀는 그의 가슴 앞자락을 헤치며 뜨거운 입김을 불어냈다.

"아, 미치겠어. 제발… 어떻게 좀 해줘."

그녀는 그의 바지를 끌어내리고 아랫도리를 밀착하며 교접의 자세를 취했다. 하지만 환유성의 남성이 발동하지 않으니 뜻을 이룰 수가 없었다.

그녀는 그의 안색을 살폈다. 그의 볼은 붉게 상기되었고 눈알에도 핏발이 곤두섰다.

"틀림없이 혼음쾌락산에 중독돼 있어. 설마… 정신력으로 억제하고 있단 말인가?"

환유성은 그녀를 직시하며 물었다.

"넌 대체 누구냐?"

"난 요마(妖魔) 환락요희(歡樂妖姬)다."

가짜 비구니 정원의 정체는 바로 백마성의 요마 환락요희였다.

그녀와 탕음색마는 희대의 색남색녀로 갖은 악행을 저질렀다. 한번 음기가 발동하면 노인네고 아이고 가리지 않고 취해 자신의 욕정을 해소했다. 더 악독한 것은 지독한 채양보음술을 펼쳐 아예 사내의 정혈을 고갈시켜 죽여 버리는 것이다. 악인궁의 악중요는 그녀에 비하면 그저 음탕한 계집에 불과할 뿐이었다.

환유성은 눈빛이 싸늘해졌다.

"단지 타락한 비구니인 줄 알았더니 백마성의 요마였군."

환락요희는 욕정을 해소하지 못하자 땀을 뻘뻘 흘리며 몸을 비비 꼬았다.

"아아, 제발 날 안아줘. 교접을 하지 않으면 너도 전신혈맥이 터져 죽게 된단 말이야!"

혼음쾌락산에 중독된 환유성 역시 주제할 수 없는 욕정에 전신이 뜨거워졌다. 하지만 그의 남성만큼은 여전히 초인적인 정신력에 제압된 상태였다.

환락요희는 그의 가슴을 마구 두들겼다.

"미친놈! 욕정을 참으면 넌 죽을 수밖에 없어!"

그러다 그녀는 나름대로 판단을 했다.

'맞아. 이놈의 혈도가 제압돼 혼음쾌락산이 아직 퍼지지 않은 거로군.'

그녀는 서둘러 환유성의 혈도를 풀어주었다. 무공에 대해 충분히 자신이 있는 그녀는 환유성의 반발 따위는 그다지 걱정하지 않았다.

그녀에게 있어 지금 가장 중요한 건 전신을 불태우고 있는 욕정을 씻어줄 사내의 강력한 양기뿐이었다. 과연 혈도가 풀리자 환유성은 그녀를 와락 끌어안았다.

"흐윽, 어서!"

그녀는 두 다리로 그의 하반신을 조이며 연신 엉덩이를 요동 쳤다. 그러나 그녀의 몸을 감싸는 그의 힘은 너무 강했다. 그녀의 뼈가 으스러질 듯 우득우득거렸다.

"아악!"

환락요희는 고통을 참지 못하고 비명을 지르며 몸부림을 쳤다. 환유성은 그런 그녀를 휙 집어 던졌다. 그녀의 알몸뚱이는 불단을 부서뜨리며 나가동그라졌다.

"으으, 이놈이 감히!"

환락요희는 이를 부득부득 갈며 몸을 일으켰다. 실오라기 하나 걸치지 않은 나신을 드러냈지만 부끄러운 기색은 전혀 없었다. 그녀의 손끝에서 시퍼런 지강(指罡)이 피어올랐다.

"네놈의 사지를 절단해서라도 반드시 욕정을 풀고야 말리라!"

환유성은 턱하니 버티고 선 채 한마디 던졌다.

"난 환유성이다. 모처럼 금살명부의 현상범을 만나게 됐군."

환락요희의 표정이 불붙은 종이처럼 일그러졌다. 얼음을 뒤집어쓴 듯 그녀의 전신을 불태우던 욕화가 씻은 듯 사라졌다.

"환… 유성? 네, 네가 반검무적 환유성이란 말이냐?"

"맞아."

"아아악!"

환락요희는 비명성을 발하며 급히 몸을 날렸다. 그녀 스스로 지옥사자를 건드렸을 줄은 꿈에도 생각지 못했던 것이다. 그녀의 풍만한 나신이 창문으로 빠져나가기 직전이었다.

번쩍!

한줄기 섬광이 뻗어 나가며 어두운 법당 안을 환히 밝혔다.

와지끈—!

창문을 부수고 빠져나간 그녀의 육체는 진흙탕 속으로 털썩 떨어졌다. 이미 목 없는 시체가 되어버린 것이다. 그녀의 목은 법당 안에 나뒹굴고 있었다.

"으윽!"

환유성은 나직한 신음성을 흘리며 환락요희의 수급을 가죽 주머니에 처넣었다. 평소처럼 피가 마르기를 기다릴 겨를이 없었다.

그는 소추의 등에 올라타기 무섭게 박차를 가했다.

놀란 소추는 준마의 기질을 유감없이 발휘하며 빗속을 뚫고 달렸다. 순식간에 능선을 넘어선 소추는 불빛을 훤히 비추고 있는 성내를 향해 달려갔다.

환유성은 현상범을 추적하면서 무수한 모험을 감행했다. 상대의 정체를 밝히기 위해 스스로를 던진 적이 한두 번이 아니다. 그러나 지금처럼 음약에 중독돼 보기는 처음이었다. 그의 몸을 때리는 세찬 빗줄기도 끓어오르는 욕정을 해소시켜 주지는 못했다.

그의 초인적인 정신력도 한계에 달한 듯 그의 두 눈은 발정난 짐승처럼 핏발이 곤두섰다.

'젠장, 정말 지독한 음약이군.'

4

백룡보(白龍堡)는 섬서성 내에서 그다지 알려지지 않은 소문파다. 백룡보주는 한참 깊은 잠에 빠져 있다 총관의 다급한 외침에 겨우 눈을 떴다.

"보주, 어서 나와보십시오!"

백룡보주는 대충 옷을 걸쳐 입고는 방문을 나섰다.

"허어, 이 야심한 시각에 웬 소란인가?"

대청 아래에 백룡보 무사들 몇이 횃불을 밝혀 든 채 서 있었다. 염소 수염의 총관은 한 청년의 머리 위로 대나무를 쪼개 만든 죽산을 받쳐 들고 있었다. 총관의 음성은 몹시 들떠 있었다.

"보주, 무림의 영웅께서 찾아주셨소이다."

백룡보주가 대청에서 내려서자 수하 하나가 죽산을 씌워주었다. 총관의 표정으로 미루어 상당한 손님임을 짐작한 보주는 정중히 포권의 예를 취했다.

"이 사람은 백룡보의 주인 백개문이라 하오."

청년이 죽산 밖으로 한 걸음 나섰다. 비에 흠뻑 젖은 옷차림의 청년은 몹시 고통스런 표정을 짓고 있었다.

"난 환유성이오."

백룡보주 백개문은 자신이 잘못 들었나 싶어 귀를 의심했다.

"허억! 저, 정녕 동방의 별로 불리는 반검무적 환 대협이시란 말입니까?"

환유성은 수급이 든 가죽 주머니를 내밀었다.

"요마의 수급이오. 급히 현상금이 필요하오."

"예에? 요마라면 백마성의 마두 중 하나인 환락요희가 아니오? 그

무서운 마녀의 목을 베셨단 말입니까?"

"현상금은 얼마라도 상관없소."

환유성은 혼음쾌락산에 의한 욕정을 참느라 이를 악물며 연신 숨을
몰아쉬었다.

"대협, 어서 드시지요. 이런 우중에 오시느라 정말 고생 많으셨소.
일단 따뜻한 차라도 나눕시다."

백개문은 환유성의 손을 두 손으로 쥐며 허리를 굽신거렸다.

백룡보 창건 이래 이런 경사는 처음이었다. 백룡보와 같은 작은 문
파에서 금살명부에 오른 현상범의 수급을 태양천에 바친다는 건 엄청
난 영광이기 때문이다. 이번 기회에 태양천의 섬서 지부장과 당당히
면담할 수도 있는 일이었다.

하나 환유성으로서는 그의 이런 호의가 오히려 고역이었다. 그는 백
개문의 손을 뿌리치며 다급히 외쳤다.

"난 몹시 급하오. 현상금이나 주시오!"

백개문은 그의 표정을 살피다 얼른 총관에서 명했다.

"총관, 환 대협께서 급한 용무가 있으신가 보니 어서 은자를 마련해
오게."

"보주, 요마의 수급이라면 황금으로도 백 냥은 되오이다. 그만한 금
액은 보 내에 없소이다."

"이, 이런 낭패를 보았나!"

백개문은 부끄러움에 우거지상이 되었다. 백룡보의 명성을 떨칠 엄
청난 기회가 왔건만 현상금을 내줄 수 없는 형편이라니 땅을 칠 노릇
이었다.

환유성은 가죽 주머니를 백개문의 손에 쥐어주었다.

"금액은 상관없다지 않았소? 얼마라도 좋으니 주기나 하시오."

백개문과 총관은 서둘러 보 내의 은자를 박박 긁어서 칠백 냥 정도를 마련했다. 그는 몹시 송구스런 표정을 지으며 은자 주머니를 내밀었다.

"대협, 은자로 칠백 냥밖에 마련하지 못했소이다."

환유성은 은자 주머니에서 은자를 한 움큼 움켜쥐고는 다시 돌려주었다.

"이 정도면 충분하오."

"대, 대협?"

환유성은 급히 몸을 돌리며 물었다.

"가장 가까운 유곽이 어디 있소?"

백개문은 눈을 동그랗게 떴다.

"유, 유곽 말씀이오?"

5

낙천현의 유곽은 때아닌 폭우로 거의 파리만 날리고 있었다.

노출 심한 옷차림으로 처마에 서서 부채질을 하던 창녀들은 빗줄기를 쏟아내는 하늘에 대고 삿대질을 하며 욕설을 퍼부었다.

"지미, 하늘이 똥구멍이라도 뚫렸나 왜 이렇게 퍼붓는 거야?"

"그러게 말이야. 추수도 거의 끝나 한참 좋을 때인데 지랄염병하게도 쏟아 붓네."

신세를 한탄하며 술에 취해 있던 창녀 하나가 바닥에 철퍼덕 주저앉았다.

"이런 개 같은 세상! 몸 팔기도 서러운데 비까지 내려 슬프게 만드나!"

이때, 유곽의 좁은 길을 통해 한 필의 말이 달려왔다. 환유성을 태운 소추였다.

창녀들은 이런 우중을 뚫고 찾아온 손님에 대해 몹시 반색을 하면서도 호기심에 젖었다.

"킥, 어떤 색골이야?"

"아무면 어때? 내가 차지해야지."

"그런 소리 마. 내 방으로 모실 거야!"

환유성이 내려서기 무섭게 창녀들은 다투듯 달려들었다.

혼음쾌락산은 이미 한계를 넘어선 상태였다. 환유성으로는 치마를 두른 여인이라면 칠순 노파도 마다할 상황이 아니었다. 싸구려 유곽의 창녀들은 그다지 볼품은 없었지만 투실투실하면서도 젊었다.

환유성은 수중의 은자를 바닥에 홱 뿌렸다.

"누구든 상관없다."

백수십 냥은 될 거액이었다. 창녀들은 비명을 지르며 진흙탕도 마다않고 은자를 줍는 데 혈안이 되었다. 유곽은 순식간에 아수라장이 되었다.

눈치 빠른 계집 하나가 환유성의 손을 이끌고는 자신의 방으로 안내했다. 잘만 꼬드기면 거액을 챙길 수 있다는 계산에서였다.

"호호, 공자. 소녀 앵화가 모시겠어요."

앵화의 방은 그다지 크지 않았다. 이불이 깔린 낡은 침대와 화장대,

그리고 작은 대나무 욕조가 전부였다. 옷은 벽 여기저기에 어수선하게 걸려 있었다.

"일단 수욕부터 하셔야죠. 소녀가 정성껏 닦아드리겠어요."

앵화는 환유성의 허리띠를 끌렀다.

환유성은 그녀를 와락 끌어안고는 침상에 내던졌다. 아랫도리만 벗은 환유성은 앵화의 몸에 올라탔다.

"어마, 급하기도 하셔라."

앵화는 빗물로 범벅된 땀과 먼지, 악취에 속이 뒤틀렸지만 은자를 생각하고는 애써 참았다. 그녀는 치마를 밀어 내린 후 그를 끌어안았다.

"오늘 밤 내내 공자를 즐겁게 해드릴 테니 너무 서두르지 마세요."

여인의 체향에 이미 눈이 뒤집힌 환유성은 바로 교접에 돌입했다.

앵화의 방에서 숨 가쁜 비명이 터져 나왔다. 방문 밖에서 진을 치고 있던 창녀들은 키득거리며 조잘댔다.

"앵화, 저년 잠자리 소리는 끝내줘."

"몸도 섞기 전에 벌써부터 숨넘어가잖아?"

"이그, 영악한 계집애."

그러나 일각이 지나자 앵화의 신음성이 거의 고통에 찬 비명으로 고조되자 창녀들의 표정이 심각해졌다.

"뭐야? 앵화, 저 계집애 장난이 아닌데?"

"그럴 리가 있나? 하룻밤에 사내 열과 교접해도 부족해서 몸달아 하는 년인데?"

"대체 어떻게 된 거야?"

방문에 무명 휘장이 드리워져 있어 안을 들여다볼 수는 없지만 남녀의 교합성은 여실히 들려왔다. 사내의 가쁜 호흡성은 변함이 없었지만 앵화의 비명성은 고조되다 못해 거의 죽을 듯 꺼져 갔다.

"아악… 사… 살려줘!"

앵화는 폭풍처럼 몰아붙이는 환유성과의 교접을 더 이상은 견뎌낼 수가 없었다. 그녀는 있는 힘을 다해 환유성을 밀쳤다.

"비켜, 이 색귀신아!"

몸을 굴려 침상에서 떨어진 그녀는 방문까지 엉금엉금 기어갔다.

"누가 나 좀 살려줘!"

아직 욕정을 해소하지 못한 환유성이 그녀의 머리채를 덥석 잡아챘다.

"이리 와!"

"아악, 안 돼! 제발……."

방문이 왈칵 열리며 다소 마른 체구의 창녀가 들어섰다. 그녀는 대번에 옷을 벗어 던지고는 환유성의 품으로 안겨들었다.

"앵화, 넌 어서 나가."

그녀는 환유성을 침상에 눕히고는 과감하게 그의 몸 위로 올라갔다.

"좋아. 어디 우리 한번 해보자고. 낙천유곽의 명예가 있지, 몸 파는 계집이 도망간다는 게 말이나 되겠어?"

두 번째 창녀는 유연한 허리를 놀리며 환유성과 몸을 합쳤다.

그러나 그녀 역시 일각이 지나지 않아 앵화와 같은 비명을 내지르며 방에서 도망쳐 나와야 했다.

유곽은 창녀들은 두렵기도 했지만 은근히 오기가 발동했다. 나름대로 사내 후리는 데 최고라 자부하는 창녀들이 줄을 지어 앵화의 방으로 들어갔다.

한밤중에 시작된 유곽의 소란은 새벽을 지나서야 점차 잦아들기 시작했다.

환유성은 지독한 음약인 혼음쾌락산의 중독에서 벗어나 조금씩 신지를 회복할 수 있었다.

그는 지난밤 동안 자신이 무슨 짓을 했는지 정확히 기억할 수 없었다. 광란의 밤을 보내는 동안 몇 명의 계집을 갈아치웠는지도 물론 알수 없었다. 지금 그의 품에 안겨 있는 계집은 삼십도 훨씬 넘어 보이는 여인이었다. 산전수전을 다 겪은 노련한 창녀였지만 그녀 역시 눈을 까뒤집은 채 거품을 물어가고 있었다.

아직도 체내에 남아 있는 혼음쾌락산은 환유성을 여전히 자극했다. 하지만 너무도 피곤했다. 물 머금은 솜처럼 온몸이 꺼져들었다. 정신력으로 욕화를 제어할 수 있는 상황이라면 더 이상 교접은 필요가 없었다.

"이제… 됐다."

그는 침상에 벌렁 누우며 그대로 잠에 빠져들었다.

창녀는 마침내 색귀신을 쓰러뜨렸다는 뿌듯함에 젖어 자신의 짓눌린 젖가슴을 어루만졌다.

그녀 평생 이렇게 격렬한 정사는 처음이었다. 워낙 일방적으로 몰아치기에 그녀는 오랜 세월 갈고닦은 기술 한번 제대로 써보지 못한 채 당하고만 있었던 것이다.

환유성의 코 고는 소리가 천둥 소리처럼 들려왔다.

겨우 몸을 일으켜 세운 창녀는 자루 같은 옷을 걸쳐 입고는 비틀비틀 문으로 향했다. 사타구니가 얼얼해 걸음조차 걷기 힘들었다.

그녀는 방문을 열고는 전장에서 이기고 돌아온 승장처럼 외쳤다.

"마침내 색귀신이 쓰러졌다!"

6

환유성은 그날 저녁이 되어서야 유곽을 떠났다. 그때까지 창녀들 누구도 그의 정체를 알지 못했다. 그저 색에 미친 색귀신 정도로만 여겼다.

하지만 어찌 된 영문인가 궁금함을 이기지 못하고 찾아온 백룡보주 백개문에 의해 그의 정체가 밝혀지게 되었다.

동방의 별 반검무적 환유성!

유곽의 창녀들은 대개가 강호의 소문에 정통했다. 그녀들은 비로소 자신들이 강호의 대영웅과 하룻밤을 보냈다는 사실에 환호를 하며 기뻐했다. 아마도 손님을 맞을 때마다 이 일을 자랑 삼아 떠들어댈 것이다.

환유성이 유곽을 찾아 하룻밤에 창녀 열셋을 갈아치웠다는 소문은 삽시간에 섬서성 전체로 퍼져 나갔다. 그로서는 전혀 예기치 않게 구설수에 오르게 된 것이다.

■ 제18장
태양천의 소공녀

1

두두두—!

열 필의 준마가 비단길로 불리는 관도를 따라 질주하고 있었다. 마상에 앉아 고삐를 바싹 움켜쥔 십 인은 모두 여인이었다.

전열에 네 명, 후열에 네 명 도합 여덟 명의 여인은 날렵한 흑색 경장을 착용했고 어깨에 검을 멨다. 나이는 대략 이십 대 중, 후반으로 모두 단정한 용모의 소유자였지만 한결같이 냉막한 표정이었다.

그들 여덟의 호위를 받고 있는 가운데의 두 여인은 사뭇 상반된 표정이었다.

흑색 경장에 붉은 허리띠를 질끈 동여맨 사십 대 중년 여인은 눈매가 아주 예리했고, 한기가 풀풀 풍겨질 만큼 싸늘한 기운을 발했다. 질주하는 외중에도 시종 긴장된 표정으로 주변을 살피고 있었다.

그녀와 말 머리를 나란히 하고 있는 소녀는 유일하게 시원스런 녹의 경장 차림이었다.

절색의 용모는 아니었지만 꽤나 귀여운 생김새였다. 상큼한 눈망울과 살아오면서 고민 한 번 한 적이 없어 보이는 밝은 표정이 절로 호감을 느끼게 해준다.

녹의소녀는 자욱한 먼지가 피어오르는 서쪽 하늘을 돌아보았다. 아흐레 동안 그녀가 지나쳐 온 곳이었다.

"총호법, 이제 섬서성으로 들어선 건가요?"

"그렇습니다, 소공녀. 여기서부터 중원이라 할 수 있지요."

"아, 어서 무영 사형을 만나고 싶어요. 삼 년 동안 얼마나 보고 싶었는지 몰라요."

녹의소녀는 바로 태양천주의 유일한 혈육인 단목비연이었다. 그녀의 미모가 강남제일은 아니지만 태양천주의 딸임을 감안해 모두들 강남일미로 부른다.

그녀를 호위하는 아홉 여인은 월영궁의 총호법과 월영팔현(月影八弦)이었다.

총호법은 냉월추혼이란 별호답게 냉혹한 성격의 소유자다.

월영궁은 멀리 곤륜산 은영곡(隱影谷)에 숨겨져 있기에, 월영궁 제자들이 중원에 모습을 드러내는 경우는 흔치 않다.

이번 그녀가 월영팔현과 함께 중원으로 나선 이유는 단목비연을 경호하기 위해서였다. 태양천 섬서 지부까지 단목비연을 무탈하게 보내는 것이 그녀의 임무였다.

서역으로 향하던 대상들은 일사불란하게 질주해 오는 그녀들을 보고는 황급히 관도 좌우로 물러섰다.

냉월추혼은 어둑어둑해지는 하늘을 올려다보며 한마디 던졌다.

"오늘은 안새(安塞)에서 유하게 됩니다. 이제 내일 저녁이면 장안에 당도하게 될 것입니다."

단목비연이 주변을 두리번거리며 물었다.

"미지(米脂)현은 벌써 지났어요?"

"미지라면 북동쪽 이백여 리쯤에 있습니다."

"총호법, 오늘은 그곳에서 자요. 삼국지의 미인 초선의 고향이라면서요? 나라를 위해 몸을 던진 초선은 내가 가장 존경하는 여인이에요. 그분의 사당에 들러 향이라도 올리고 싶어요."

냉월추혼은 단호하게 잘라 말했다.

"안 됩니다."

"왜요?"

"미지현까지의 길은 험하고 좁습니다. 게다가 미지에서 숙박하게 되면 내일 장안에 이를 수 없습니다."

"하루쯤 늦으면 어때요? 이번이 아니면 또 언제 미지에 가볼 수 있겠어요?"

단목비연이 졸라댔지만 냉월추혼은 꿈쩍도 하지 않았다.

"소공녀의 일정은 궁주님과 태양천에서 고심하여 결정한 일입니다. 한 치의 오차도 있어서는 안 됩니다."

단목비연은 심술난 아이처럼 입술을 삐죽거렸다.

"총호법, 대체 뭐가 그렇게 걱정이 된다는 거예요? 총호법과 월영팔현이 경호하고 있는데 누가 감히 날 건드리겠어요? 게다가 나 역시 내 한 몸 지킬 무공은 지녔잖아요?"

"강호는 험악한 곳입니다. 태양천의 빛이 너무 강해 사마악도들이 그늘로 숨어들었지만 결코 없어진 것은 아닙니다. 악도들의 공동의 적은 태양천이며 소공녀 역시 표적이 될 수 있습니다."

"그럼 난 평생 태양천 안에서만 살아야 한단 말이에요?"

"그건 태양천주께서 결정하실 일입니다."

냉월추혼이 달리는 말에 채찍을 가하자 전, 후열이 동시에 속도를 높였다. 보조를 맞춰야 하기에 단목비연도 어쩔 수 없이 고삐를 바싹 쥐며 월영호위대를 따라야 했다.

2

안새(安塞)현은 섬서성의 북서쪽에 위치해 있다.

섬북객잔은 안새현에서 가장 호화로운 숙소다. 귀한 손님들만 받기에 일곱 개의 별채는 다른 사람의 방해를 받지 않도록 독립적으로 세워져 있었다. 식사 또한 모두 별채에서 해결할 수 있기에 누가 묵었는지조차 알 수가 없다.

단목비연 일행은 세 개의 별채를 빌려 좌우는 비운 채 가운데 별채에만 묵었다. 타인의 근접을 철저히 막겠다는 의도였다. 주방에서 직접 배달되는 별식도 냉월추혼이 일일이 은젓가락으로 독이 없는지 확인했다.

단목비연은 대리석 욕조 안에 몸을 담근 채 하루의 피로를 씻고 있었다.

월영궁을 떠나온 지 아흐레가 지났다.

본래 그녀는 월영궁을 떠나오면서 서역의 명소를 마음껏 구경하며 중원으로 돌아갈 생각이었다. 삼 년 전 그녀가 월영궁에 입궁할 때는 십육 세의 어린 나이라 함부로 다닐 수 없었지만 이제 그녀는 더 이상 어린애가 아니었다.

'사부님이나 총호법이나 아직도 날 아이로만 봐. 아직 성취도는 부족하지만 월영절기를 모두 익혔는데 뭐가 두렵겠어?'

그녀는 향유를 발라 몸을 문지르며 짓궂은 표정을 지었다.

'이렇게 천으로 돌아간다는 건 너무 싱거워.'

3

손톱에 잔뜩 때가 낀 손가락이 지도를 따라 움직이고 있었다.

"단목휘의 딸년을 납치할 장소로는 단계(斷溪)가 최적이오. 냉월추혼은 안전을 위해 단계 하류를 건너 장안으로 향할 것이 확실하기 때문이오."

안새 외곽에 위치한 장원의 밀실에는 악인궁의 다섯 수괴 중 사대악인이 둘러앉아 계략을 짜고 있었다.

오대악인 중 가장 독랄하다는 악중살은 골치 아픈 음모 따위에는 가담하지 않는다. 신속하고 가차없는 살인이 그의 특기라 행동에 옮겨질 때만 모습을 드러낸다.

악중악은 주석으로 만든 술잔을 입으로 가져가며 물었다.

"둘째야, 난 항상 너를 믿는다. 과거 악인궁의 기관과 진법은 천하무적이라지 않았더냐? 한데도 태양천에 의해 보기 좋게 깨졌지. 그래도

난 너를 믿는다."

그는 술만 마시면 과거의 아픈 상처를 건드리며 비웃었다.

악중뇌가 주름진 머리통을 긁적이며 쓴 입맛을 다셨다.

"그만 하십시다, 대형. 그래도 소제의 기관 장치가 없었다면 어떻게 우리 모두가 악인궁에서 탈출할 수 있었겠소?"

악중요가 풍만한 젖가슴을 어루만지며 동조했다.

"둘째 오라버니 말이 맞아. 세상에 누가 쌍뇌천기자의 두뇌를 당해 내겠어? 둘째 오라버니가 나쁜 꾀는 뛰어나지만 쌍뇌천기자의 지혜는 천하제일이잖아?"

악중잔이 발로 숫돌을 지지하고 외팔로 낫을 갈며 신경질적으로 소리쳤다.

"지금 지난 일을 따질 때요? 단목휘의 딸년을 납치하는 데만 집중합시다!"

악중악이 주석 잔을 탁 내려놓았다.

"단계는 안 돼. 우리 애들 중 수공에 능한 자들이 제법 있지만 납치는 밤에 해야 제 맛이다. 오늘 밤 당당히 섬북객잔을 찾아가 단목휘의 딸년을 보쌈해 오자."

"대형, 지금 입맛 골라 납치하게 됐소? 이번 건은 우리 목숨이 걸린 중대한 일이란 말이오. 냉월추혼은 월영궁의 총호법으로 능히 우리 한 명과 대적할 능력을 지녔소. 게다가 월영팔현은 월영서시가 친히 키운 절정급 고수들이오."

악중뇌가 완강히 반박하자 악중요가 벌떡 일어섰다.

"그만 좀 다퉈!"

악중악은 주석 잔을 혀로 스윽 핥으며 악중요를 올려다보았다.

"이년이 감히 악인궁주를 뭘로 보고 언성을 높이는 거냐?"

"총단 하나 없이 쫓겨 다니는 주제에 무슨 궁주야? 그렇게 궁주로 행세하고 싶으면 태양천을 두려워하지 말고 강남에다 새롭게 악인궁을 다시 세워보지 그래?"

"못할 줄 아냐? 대신 네가 직접 초대장을 들고 단목휘를 만나야 한다. 알겠느냐?"

악중잔이 신경질적으로 낫을 휙휙 휘둘렀다.

"젠장, 이럴 필요 뭐 있소? 당장 태양천으로 쳐들어가 단목휘와 일전을 겨룹시다!"

악중악은 그의 사나운 기세에 다소 주눅이 들었는지 잠시 입을 다물었다. 그는 붉은 술을 잔에 가득 따랐다.

"막내야, 그리 조급해할 필요 없다. 좋은 일은 쉽게 이루어지지 않는 법. 해서 내 잠시 딴지를 걸어본 것뿐이야."

그는 악중뇌를 바라보며 턱짓을 보냈다.

"둘째야, 계속해 봐라."

악중뇌도 심기가 틀어졌는지 지도를 둘둘 말았다.

"계획은 무슨 계획이오. 대형 말대로 당장 섬북객잔을 쳐서 계집을 잡읍시다."

"흐흐. 왜 이러는 것이냐, 둘째야? 화나게 했다면 내가 사과하지."

"화가 나서가 아니오. 우리가 단계를 최적의 장소로 생각했다면 냉월추혼 역시 그에 대한 방비를 하고 있을 것이오. 오히려 오늘 밤이 적격일 수 있소."

악중요가 뒤에서 악중뇌를 안았다. 그녀의 풍만한 젖가슴이 악중뇌의 주름진 머리통을 압박한다.

"호호, 둘째 오라버니가 달리 복안이 있었군?"

"소제의 예상이 맞다면 오늘 밤 우리는 천재일우의 기회를 잡을 수도 있소."

"그래?"

악중악이 실눈을 반짝거렸다.

"좀 더 소상히 말해 봐라."

"단목휘의 딸년은 무림의 공주로 자라왔기에 천방지축이오. 뭐든지 제멋대로 하려는 말괄량이라고나 할까? 단목휘도 이를 알고 딸년의 성격을 바로잡기 위해 냉막한 월영서시에게 보냈던 것이오."

"호호, 나라도 그랬을 거야. 아버지가 천하제일인데 무엇이 두렵겠어? 내가 만일 단목휘의 딸이었으면 반반한 사내놈들을 상대로 매일같이 쾌락을 누렸을 거야."

"크흐흐, 이를 말이냐? 네가 단목휘의 딸년이었다면 내 겁간을 해서라도 너와 혼례를 올렸을 것이다."

악중뇌가 탁자를 탕 내려치자 악중요와 악중악은 떨떠름한 표정이 되어 입을 다물었다. 악중뇌는 자리에서 일어나 뒷짐을 지며 실내를 거닐었다.

"단목비연은 삼 년 전 월영궁으로 입궁하는 길에도 몰래 숙소를 빠져나와 경호를 맡은 자들을 크게 당황케 한 적이 있었소. 바로 여기 안새현에서 말이오. 안새현의 야시장은 호기심 많은 계집들한테는 정말이지 풍부한 볼거리로 가득한 곳이니까."

악중악이 입가에 묻은 술을 소매로 쓱 닦았다.

"하면 그 계집이 몰래 야행을 나올 수도 있단 말이냐?"

"예상은 그렇소만 가능성은 반반이오."

악중잔이 시큰둥한 표정으로 구석자리에 앉았다.

"그렇다면 공연히 날밤만 샐 수도 있다는 말 아니오? 그런 불확실한 계획에는 동조할 수 없소."

악중요가 간특한 눈알을 굴리다 손뼉을 딱 쳤다.

"난 그 계집이 야행을 나온다는 데 황금 오십 냥을 걸겠어."

악중악이 음험한 미소를 짓자 가뜩이나 귀까지 찢어진 입이 더 길어져 보인다.

"그래, 가보자. 단목휘의 딸년이 안 나오면 머리통이 가장 큰 놈을 골라 기름에 튀겨 먹지 뭐."

악중뇌는 등골이 오싹해졌다. 그는 자신의 커다란 머리통을 감싸 쥐었다. 악중악이라면 능히 그러고도 남을 위인이었기 때문이다.

4

냉월추혼은 월영궁을 떠나온 이래 하루 한 시진 이상을 잔 적이 없었다.

무림의 절대자인 태양천주의 딸을 경호한다는 건 참으로 힘겨운 임무였다. 만일 불상사라도 생긴다면 월영궁은 천하에 얼굴을 들 수 없을 것이다. 월영궁의 명예를 위해서라도 경호는 완전무결해야 했다.

월영팔현은 네 명씩 조를 이뤄 교대로 휴식을 취하며 단목비연을 호위했다. 단목비연의 처소를 가운데 두고 사방에서 포진해 외부인의 출입을 철통같이 봉쇄했다. 물론 단목비연의 외출조차 허락치 않았다.

냉월추혼은 수시로 단목비연의 방으로 들어가 제대로 자고 있는지 확인했다. 다행히 단목비연은 곤히 잠들어 있었다. 새근새근 잠들어 있는 모습이 아이처럼 평온해 보였다.

냉월추혼은 침실 휘장을 나서며 나직이 한숨을 쉬었다.

'오늘 밤만 무사히 넘기면 열흘에 걸친 힘겨운 임무를 완수할 수 있겠군.'

아흐레 동안 거의 잠을 못 자서인지 몹시 피곤했다. 강한 정신력으로 용케 버텼지만 체력적인 한계는 어쩔 수 없었다.

그녀는 번을 서고 있는 제자에게 일러두었다.

"한 시진만 쉬겠다."

"총호법, 제자들이 철저하게 경계하고 있으니 오늘 하루는 푹 쉬십시오. 관외라면 모를까 이곳은 태양천의 영역인 중원이 아닙니까?"

"아니다. 한 시진 후 교대를 하기 전에 반드시 날 깨워라."

냉월추혼은 단단히 주지시키고는 별채의 입구 옆에 세워진 쪽방으로 향했다.

한편, 단목비연은 슬그머니 눈을 뜨고는 주변의 동정을 살폈다. 그녀의 입가에 장난기 어린 미소가 맺힌다.

'후후, 오늘 밤에는 안새의 야시장을 실컷 구경할 수 있겠군.'

잠옷을 벗고 경장으로 갈아입은 그녀는 붙박이 옷장을 열었다.

옷장 안에는 외부와 연결된 비밀 통로가 있었다. 만약에 있을 외부의 침입에 대비해 만들어놓은 것이다. 경호 무사들이 외부의 침입자를 막을 동안 보호할 사람을 은밀히 대피시키기 위한 비상구였던 것이다.

물론 냉월추혼은 단목비연에게 이런 비밀 통로가 있다는 것을 말해주지 않았다. 하지만 섬북객잔은 삼 년 전 그녀가 월영궁으로 가는 길에 숙소로 사용한 곳이었다. 당시 그녀는 비밀 통로에 대해 들은 바가 있었다. 구조가 변경되지 않았다면 비밀 통로는 그대로 있을 것이다.

'됐어. 막히지 않았군.'

그녀는 옷장 바닥의 뚜껑을 열고는 지하 계단으로 향했다.

비밀 통로의 출구는 옆 별채의 뒤뜰이었다. 다행히 숙소 좌우의 별채까지 모두 빌려두었기에 그녀의 행동은 너무도 자유로웠다.

삼경의 밤하늘은 어둡기만 했다.

소리없이 뒤뜰 담장으로 올라선 그녀는 자신의 숙소를 돌아보았다. 주변으로 화톳불을 환히 밝힌 채 번을 서고 있는 월영사현이 멀리 보였다.

'훗, 잠시만 놀다 올게요.'

그녀는 월영비천술을 펼쳐 한 마리 새처럼 어둠 속으로 날아갔다.

5

장안에서 출발한 비단길이 시전을 관통해 감숙성으로 연결돼 있기에 안새현의 시전 주변은 원정을 떠나는 군병들과 교역 상인들로 늘 북적인다.

사람들의 왕래가 잦은 곳에는 반드시 먹거리장이 열린다. 하기에 안새의 야시장은 낮보다는 밤이 더 밝다.

야시장에는 세상의 먹거리가 모두 진열돼 있었다. 중원의 남북방은 물론 서역과 관외, 남만과 해외의 다양한 음식들까지 푸짐하게 쌓여져 손님들을 유혹하고 있었다.

대다수 노천 반점이라 다닥다닥 붙은 탁자마다 등을 맞댄 채 술과 음식을 먹어야 했지만 이를 꺼리는 사람은 별로 없었다. 야시장을 찾은 사람들은 대부분 느긋하게 술과 음식을 즐기며 입담 좋은 사람들이 떠들어대는 세상의 풍문에 귀를 기울인다.

단목비연은 음식 내음을 한껏 들이키며 야시장을 전전하고 있었다.

야시장 곳곳에는 서역과 관외의 희한한 소품들을 파는 상점들도 많아 볼거리가 풍부했다. 아이들이 난생처음 보는 코끼리 등에 올라앉아 두려운 환호성을 질러대고 있었다.

"와아, 정말 대단해. 마치 세상의 축소판 같아."

단목비연은 웃음소리에 이끌려 운집한 사람들 사이로 고개를 들이밀었다.

몇몇 난쟁이들이 터진 바지를 입은 채 익살스럽게 재주 넘기를 하고 있었다. 남만에서 온 곡예단으로 보였다. 구경꾼들은 폭소를 터뜨리며 박수는 아끼지 않았지만 구경 값으로는 구리 돈 백 문을 던지는 것이 고작이었다.

한데 난데없이 은자 한 덩이가 날아들어 사람들을 놀라게 했다. 누가 던졌는지는 알 수 없었다. 난쟁이들은 연신 사례를 하며 여러 명이 한데 몸을 말아 데굴데굴 구르는 난이도 높은 묘기를 선사했다.

단목비연은 곡마단 외에도 경극과 동물 묘기를 몇 가지 구경하고는 반점 쪽으로 걸음을 옮겼다.

"정말이지 못 보고 갔으면 평생 후회했을 거야. 다음에 무영 사형과 꼭 한 번 같이 와야겠어."

그녀는 신기하고 다양한 진풍경을 혼자 보는 것을 몹시 아쉬워했다.

"아, 배고파."

너무 열심히 싸돌아다녀서인지 몹시 시장기를 느꼈다. 그녀는 겨우 빈 탁자를 하나 차지하고 앉아 교자와 양 고기 구이를 주문했다.

"술도 한잔 마셔볼까?"

그녀는 주변의 눈치를 살피며 입맛을 다셨다.

문득, 그녀의 시선이 다소 외진 탁자에 앉아 있는 한 사람에게 고정되었다.

야시장에서는 아주 드물게 혼자 술을 마시고 있었다. 입은 옷은 본래 흰옷이었지만 세탁을 전혀 하지 않아 거의 회색처럼 보였다.

그는 몹시 권태로운 표정으로 술잔을 비웠다. 궁핍한 삶에 지친 그런 권태는 아니었다. 입술이 부르트도록 떠들어대는 주변 사람을 전혀 도외시하는 독자적 삶을 지닌 그런 권태였다.

'훗, 좀 별난 사람이군.'

단목비연은 피식 실소를 지었다.

순간, 청년의 시선이 그녀에게로 옮겨졌다. 공교롭게도 두 남녀의 시선이 정통으로 교차되었다. 단목비연은 움찔하여 시선을 돌리려다 은근히 오기가 발동해 그를 마주 응시했다.

자라오면서 그녀를 직시할 수 있는 사람은 극히 드물었다. 하기에 그녀는 자신의 눈길을 받는 사람이 고개를 숙이는 것을 당연시 여겼던 것이다. 그녀는 자신이 먼저 눈길을 돌릴 이유가 없다 생각했다.

'태양천의 소공녀인 내가 주눅 들 수야 없지.'

청년은 눈도 깜빡이지 않고 단목비연을 응시했다. 세상에는 전혀 무관심해 보이던 그가 이렇듯 관심을 표명하기도 처음 있는 일이었다.

눈싸움을 하듯 한참을 마주 보고 있던 두 남녀 사이로 점소이가 끼어들었다.

"음식 나왔습니다요, 아가씨. 헤헤, 소인이 아가씨께서 드실 만한 술도 한 병 갖고 왔습죠."

점소이는 단목비연의 부유한 행색을 보고는 최대한 공경을 표했다.

처음 만난 사내와 계속 눈길을 마주하기도 거북했던 단목비연은 아주 자연스럽게 눈길을 돌릴 수 있어 오히려 고마웠다. 그녀는 은자 한 덩이를 건네주었다.

"수고했어요."

"아이구, 아가씨. 정말 인정도 후하십니다요."

열 냥짜리 은자를 거머쥔 점소이는 입이 귀밑까지 찢어져 연신 허리를 굽실거리며 물러갔다.

단목비연은 교자와 양 고기 구이를 맛있게 먹으며 술도 한 모금 마셨다.

"아유, 써."

월영궁의 생활은 워낙 엄격해 술은 구경도 할 수 없었다. 어렸을 적 호기심 삼아 한번 마셔본 것 외에 술을 입에 대보기는 처음이라 그녀의 볼은 금세 달아올랐다. 동안의 용모를 지닌 그녀의 발갛게 상기된 모습이 더욱 귀엽게 보인다.

그녀는 힐끔 청년 쪽으로 시선을 던졌다. 청년은 술잔을 비우고는 느릿하게 잔을 내려놓았다. 한참을 눈여겨보았지만 그녀에게 다시는 전혀 눈길을 주지 않았다.

그녀는 공연히 기분이 상했다.

'쳇, 밥맛없는 인간.'

이때, 한 자리 건너 탁자로 한 떼의 대상들이 줄지어 들어섰다. 그들은 음식과 술을 주문하기 무섭게 떠들어대기 시작했다.

"자네들 낙천유곽을 휩쓴 영웅에 대한 소문 들어봤나?"

"그게 뭔 소리인가?"

"유곽을 휩쓸다니? 누가 말인가?"

상인들이 궁금한 표정으로 묻자 먼저 입을 연 주걱턱중년인이 헛기침을 하며 거드름을 피웠다.

"허어, 이 사람들 보게. 이미 사흘 전부터 섬서성에 좌악 퍼진 소문인데 여태 모른단 말인가?"

그는 점소이가 내온 술을 한 잔 마시고는 주위 사람들을 둘러보았다. 모두들 자신의 말에 관심을 갖는 모습을 보이자 중년인은 한껏 고무된 표정으로 떠들어댔다.

"거 요동에서 온 현상범 추적자 있지 않은가? 동방의 별인가 태양인가 하는……."

"아, 반검무적 환유성 대협 말인가?"

"맞아. 그 환 대협이 낙천유곽을 찾아 하룻밤에 무려 열셋이나 되는 창녀들을 상대하였다지 뭔가? 자네들도 한 번쯤은 가보았겠지만 낙천유곽의 창녀들이 어디 보통 계집들인가? 사내 열셋을 상대하고도 끄떡없는 요물들 아닌감? 그런 요물들을 열셋이나 갈아치웠으니 이건 색신(色神)이 아니고 뭐겠나?"

여기저기서 탄성이 터져 나왔다. 개중에 몇은 믿을 수 없다는 듯 고개를 절레절레 저었고, 몇 사람은 몹시 부럽다는 듯 입을 딱 벌렸다.

"에이, 말도 안 되는 소리야. 탕음색마라도 그렇게는 못할 것이네."

"그 사람 혹시 쌍두사라도 잡아먹은 거 아닌가? 나는 마누라와 열사흘에 한 번씩 하기도 버거운데 말이야."

"하하핫, 자네야말로 환 대협을 만나 비방을 구걸해야겠군."

단목비연은 귀를 틀어막고 싶은 심정이었다. 이토록 원색적인 입담은 그녀로서는 처음 듣는 일이었다.

권태로운 표정의 청년은 주변의 소란에도 아랑곳없이 술잔만 비웠다.

그는 바로 대상들이 떠들어대는 이야기의 주인공인 환유성이었다. 그는 자신이 술꾼들의 안주거리가 되었는데도 마치 남의 이야기를 듣는 듯 눈길 한 번 돌리지 않았다.

한편, 야시장의 좁은 통로를 따라 상인 복장을 한 네 사람이 천천히 걷고 있었다. 삼남일녀는 눈빛을 번득이며 사람들 속에서 누군가를 찾고 있었다.

그들은 바로 악인궁의 사대악인이었다.

악중악은 수염을 붙여 특유의 미소를 지웠고, 악중뇌는 모자를 눌러써 주름진 머리통을 가렸다. 악중요는 노파처럼 희게 염색을 했고, 악중잔은 회칠을 해 얼굴 가득한 상처를 가렸다.

사대악인이 강호에서 모습을 감춘 지 십여 년이 넘었지만 워낙 특이한 인상을 지녀 누군가 알아볼 수도 있기 때문에 변장을 해야만 했다.

단목비연은 후식으로 백주에 절인 대추를 먹고 있었다.

그녀를 본 악중뇌의 눈빛이 번득였다.

"……?"

비록 단목비연을 본 적은 없지만 초상화를 통해 인상착의를 충분히 숙지하고 있었다. 게다가 단목비연의 전신에서 풍겨지는 기풍은 태양천주와 유사해 그는 한눈에 알아챌 수 있었던 것이다.

그는 악중악의 소매를 잡아끌며 전음을 보냈다.

"대형, 찾았소."

악중악은 그의 눈길을 따라 단목비연을 직시하고는 고개를 끄덕였다.

"크크, 훌륭하구나, 둘째야. 난 너만 믿는다고 했지?"

악중요와 악중잔도 서로를 보며 회심의 미소를 지었다. 악중악은 손끝으로 진기를 운집하며 악중잔에게 전음을 보냈다.

"내가 계집을 제압할 테니 막내는 지체없이 보따리에 처넣어라. 순식간에 해치워야 한다. 알겠나?"

"물론이오, 대형."

악중악은 악중잔을 대동한 채 단목비연의 등 뒤쪽으로 다가섰다. 그가 막 지풍을 날리려던 순간이었다.

"안 돼!"

악중요가 전음으로 외치며 악중악의 소매를 부여잡았다. 그녀는 바싹 겁에 질린 표정으로 입술을 달싹였다.

"놈이 있어!"

구석진 탁자에 앉아 있는 환유성을 본 순간 악중뇌와 악중잔의 표정이 싹 굳어졌다.

악중뇌가 서둘러 악중악을 잡아끌었다.

"대형, 일단 나갑시다."

악중악은 절호의 기회를 놓친 것이 몹시 아쉬웠지만 세 아우의 심각한 표정을 보고는 순순히 따랐다.

야시장에서 약간 벗어나자 악중요는 가슴을 내리쓸며 안도의 한숨을 쉬었다.

"후우, 하마터면 큰일 날 뻔했어."

악중악이 눈을 가늘게 뜨며 물었다.

"대체 왜들 이러는 것이냐?"

악중뇌가 침중한 어조로 대답했다.

"반검무적 그놈이 옆에 있었소. 만일 우리의 정체가 발각된다면 놈의 쾌검에 누군가의 목이 달아날 것이오."

악중악의 표정이 묘하게 일그러졌다.

"환가 놈이 있단 말이지? 그게 그렇게도 두려워할 일이란 말이냐?"

악중요가 그의 염장을 질렀다.

"나라고 놈을 죽이고 싶지 않겠어? 하지만 지금은 자신이 없어. 악오라버니가 그렇게 자신있으면 어디 나서봐. 대신 목 위에 달린 게 떨어지지 않는다고는 장담 못해."

입술이 타는지 악중뇌가 혀로 입술을 핥았다.

"경거망동 마시오, 대형. 놈의 쾌검은 정말 무섭소. 게다가 만년인형설삼의 영기까지 흡수한 상태라 아마도 두 배는 빨라졌을 거요."

악중악은 셋을 훑어보다 씹어뱉듯이 말했다.

"명색이 악인궁의 사대악인이 뭉쳤는데 놈 하나를 두려워한단 말이냐?"

악중요가 정색을 하며 뒤로 물러섰다.

"난 포기하겠어. 놈이 무서운 건 쾌검보다 무심함이야. 물론 우리넷이 합세하면 놈을 죽일 수 있겠지. 하지만 놈은 죽음도 두려워하지 않는 징그러운 악마야. 놈은 죽기 전에 최소한 우리들 중 하나의 목을벨 거야."

악중악의 실눈은 워낙 가늘어 남을 볼 순 있어도 자신의 심기는 남에게 전혀 보이지 않는다.

"셋째를 불러 놈을 막게 하자. 그동안 우리는 계집을 납치하는 거야."

악중요가 빽 소리친다.

"어떻게 그런 악독한 생각을 할 수 있어? 자칫 악중살 오라버니가 죽을 수도 있다고!"

"닥쳐! 단목휘, 그놈을 함정에 빠뜨려 죽일 수만 있다면 우리 중 누가 죽든 상관 않겠다."

과연 악중악다운 독심이었다.

악중뇌가 잠시 생각을 굴리다 묘안을 냈다.

"진정하시오, 대형. 굳이 놈과 겨루지 않고도 단목비연을 납치할 방도가 있소."

악중요는 기특하다는 듯 악중뇌를 와락 끌어안았다. 악중뇌의 머리통이 그녀의 풍만한 젖가슴 사이의 골에 깊이 박힌다.

"호호, 역시 뇌 오라버니야."

6

쪽방에서 의자에 기대앉아 자고 있던 냉월추혼은 깜짝 놀라며 잠에서 깨어났다. 워낙 피곤했던 터라 아주 달게 잤지만 막중한 임무의 강박감에 저절로 눈을 뜬 것이다. 그녀는 서둘러 머리와 옷을 가다듬고는 밖으로 나섰다.

하늘의 색으로 미루어 거의 축시로 접어든 듯싶었다. 그녀는 번을 서고 있는 월영일현을 꾸짖었다.

"내 한 시진 후에 깨우라고 하지 않았더냐?"

"송구합니다, 총호법. 워낙 곤하게 주무서서 감히 깨울 수가 없었습니다."

"음, 그랬더냐."

냉월추혼은 차가운 안색을 다소 풀었다. 수하가 자신을 깨우러 왔던 줄도 모르고 잤다는 것이 부끄러웠기 때문이다.

"소공녀는?"

"곤히 잠드셨는지 몸을 뒤척이는 소리도 들려오지 않았습니다."

"하기는 새벽부터 달려왔으니 피곤하시기도 했을 거야."

냉월추혼은 조용히 문을 밀치고 들어섰다. 방 안은 황촛불로 은은히 밝혀져 있었다.

"……?"

냉월추혼은 불현듯 알 수 없는 불안감에 사로잡혔다. 휘장 뒤에서 들려와야 할 숨소리가 느껴지지 않은 것이다. 그녀는 조심스런 발걸음으로 침실로 향했다. 휘장을 걷는 순간 그녀는 숨이 턱 막혀왔다.

"허억!"

그녀는 이불을 홱 걷어 젖혔다. 분명 자고 있어야 할 단목비연이건만 흔적도 없이 사라진 것이다.

"이, 이럴 리가 없어!"

냉월추혼은 자신이 아직도 꿈을 꾸고 있다는 착각에 빠졌다. 그러나 아무리 부정하려 해도 이것은 엄연한 현실이었다. 그녀는 급히 욕실의 문을 열었다. 단목비연이 제발 그곳에서 밤늦은 수욕이라도 즐기기를 절실히 바랐다.

"오, 맙소사!"

썰렁한 빈 욕실을 둘러본 냉월추혼 아득한 벼랑 아래로 떨어지는 추락감에 다리가 후들후들 떨려왔다.

그녀는 문을 덜컥 밀치고 나서며 나직이 외쳤다.

"일현, 모두를 깨워라. 비상 사태다!"

단목비연의 증발!

그렇게 표현할 수밖에 없는 일이었다. 처소의 사방을 지켜서고 있는 월영팔현은 단목비연이 은밀하게 빠져나간 적이 없음을 하늘에 두고 맹세했다. 단목비연의 경공이 아무리 뛰어나도 그들의 이목을 속일 수는 없는 일이었다.

"그렇다면 길은 하나뿐이다."

냉월추혼은 옷장 문을 열어젖혔다. 그녀만이 알고 있는 비밀 통로였다. 과연 바닥으로 통하는 문이 열려 있었다. 월영팔현 중 둘이 서둘러 지하 계단으로 뛰어들었다.

냉월추혼은 떨리는 가슴을 주체하지 못하고 의자에 털썩 몸을 걸쳤다.

"아, 이럴 수는 없어. 하루만 지나면 임무를 완수할 수 있거늘."

월영일현이 조심스럽게 위로했다.

"고정하십시오, 총호법. 외부의 침입에 의한 것이 아니라면 소공녀께서 안새현을 구경하기 위해 은밀히 야행에 나선 것이 확실합니다. 곧 돌아오실 겁니다."

"물론 무탈하게 돌아오시겠지. 하지만 우리는 엄청난 실수를 한 것이다. 만에 하나 무슨 일이라도 당하시는 날에는……."

냉월추혼에게 있어 이토록 당혹스런 일은 평생 처음이었다. 하지만 피가 차가운 여인답게 그녀는 점차 냉정을 되찾아갔다.

지하 계단을 통해 들어갔던 제자 둘이 돌아와 보고했다.

"통로는 옆 별채의 뒷마당으로 통해 있습니다. 풀이 밟힌 흔적으로 미루어 아가씨 혼자 빠져나가신 것이 분명합니다."

"오냐, 일단 납치된 상황은 아니니 속히 모셔와야 한다. 이는 본 궁의 명예가 걸린 만큼 절대 소란을 피워서는 안 된다. 일현은 애들 셋과 함께 이곳을 지키고 있어라. 소공녀께서 돌아오실 수 있으니까. 만일 무탈하게 돌아오신다면 아무 일도 없던 것처럼 행동해야 한다."

냉월추혼은 비상 사태에 대한 대비를 수없이 해두었기에 이런 경우를 당했을 때 어떻게 처신해야 하는지를 충분히 숙지하고 있었다.

"나머지 넷은 날 따르라."

그녀는 월영사현을 대동한 채 별채의 담장을 넘어갔다.

'소공녀, 제발 무탈하게 돌아만 와주시오.'

7

단목비연은 모처럼 느끼는 자유와 여아홍의 취기에 젖어 절로 흥이 났다. 마음 같아서는 덩실덩실 춤이라도 추고 싶은 심정이었다. 함께 대작할 사람이 없다는 것이 너무도 아쉬울 따름이었다. 그렇다고 그녀의 신분상 아무나 붙잡고 술을 마실 수도 없는 일이었다.

그녀가 한 병의 여아홍을 거의 비웠을 때였다. 아이 하나가 그녀 곁을 슬쩍 스치고 지나갔다.

"……?"

단목비연은 뭔가 허전한 기분이 들었다. 그녀는 허리춤을 뒤적였다. 단단히 매어놓은 은자 주머니가 통째로 사라진 것이다. 그녀는 사람들 속으로 사라지는 아이 쪽으로 시선을 돌렸다.

"거기 서!"

앙칼진 외침에 주변이 찬물을 맞은 듯 조용해졌다.

힐끔 단목비연을 돌아본 아이는 후다닥 달아났다. 체구는 분명 열서 넛 정도의 아이였지만 얼굴은 사십 대였다. 난쟁이는 아니고 선천적으로 성장하지 못하는 소인임이 분명했다.

"흥, 감히 내 은자를 훔쳐 가?"

그녀는 음식 대금으로 귀고리 장신구 하나를 풀어 탁자에 내려놓고는 몸을 날렸다. 어깨가 약간 흔들렸을 뿐이건만 그녀는 이미 십 장 밖을 날고 있었다.

"허어, 어린 계집애로만 보았는데 절세고수였군?"

"어떤 놈이지 모르지만 더럽게 걸렸어."

"우리도 조심해야지. 안새의 야시장이야 좀도둑들의 세상 아닌가?"

환유성은 작은 소란이 벌어졌지만 눈길 한 번 돌리지 않았다. 그는 마실 만큼 마셨는지 천천히 몸을 일으켰다. 그는 마구간에서 한참 건초를 씹고 있는 소추를 잡아끌었다.

"오늘은 달도 밝으니 밤길이나 가볼까?"

소추는 끌려 나오면서 건초 한 덩이를 덥석 물었다. 밤길을 가자면 배를 든든히 채워야 했기 때문이다.

좀도둑은 야시장의 지리에 능한 듯 좁은 통로를 요리조리 뛰어갔다. 워낙 인파가 많아 놓칠 뻔도 했지만 단목비연은 제비처럼 날랜 경공으로 줄곧 그를 추격할 수 있었다.

야시장을 벗어난 좀도둑은 놀랍도록 빠른 경신술을 펼쳐 야산으로 달아났다.

"이것 봐라? 좀도둑치고는 제법인걸?"

단목비연은 바닥을 차고 오르며 월영비천술을 펼쳤다. 한 번의 도약으로 십수 장을 건너뛸 수 있는 월영궁의 절정신법이었다. 좀도둑은 나무 사이를 헤집으며 달아났고, 그녀는 나뭇가지를 밟으며 추격하였다.

순식간에 능선 하나를 넘어선 단목비연은 수림을 향해 일수를 내질렀다.

"월영소수공(月影素手功)!"

그녀의 손이 흰 빛으로 화하며 눈부신 강기를 쏟아냈다. 강호일절로 불리는 소수신공이었다.

요란한 폭음과 함께 아름드리 거목들이 튀어 올랐다.

"커억!"

답답한 신음성과 함께 좀도둑이 풀숲으로 나가동그라졌다. 소수신공은 강력한 음한지기를 지녀 스치기만 해도 혈맥이 얼어붙는 내상을 입고 만다.

좀도둑 앞에 내려선 단목비연은 싸늘한 냉소를 쳤다.

"흥, 좀도둑 주제에 감히 이 아가씨의 손에서 달아날 수 있을 것 같으냐?"

소수신공에 스쳐 안색이 허옇게 질린 좀도둑은 연신 고개를 조아리며 은자 주머니를 받쳐 올렸다.

"사, 살려주십시오, 아가씨. 소인이 눈이 멀었습니다요."

"고얀 놈, 운 좋다고 생각해. 다른 사람 같았으면 네 손목을 잘라 버렸을 거야."

단목비연은 은자 주머니를 받아 들고는 휙 돌아섰다.

명색이 태양천의 소공녀로서 한갓 좀도둑 따위를 징계한다는 것은 가당치도 않은 일이었다. 은자 몇 푼은 그녀에게 그다지 중요치 않았다.

그녀가 찾아낸 것은 명예였다.

만일 좀도둑한테 은자를 털렸다는 사실이 알려진다면 세상이 그녀를 얼마나 우습게 볼 것인가.

좀도둑은 연신 고개를 조아리며 눈을 가늘게 떴다.

"고맙습니다요, 아가씨."

단목비연은 두 걸음을 내딛다 말고 은자 주머니를 열었다.

"소수공에 스쳤으니 한동안 치유해야 할 거야. 은자를 몇 푼 주지."

그녀는 넓은 아량으로 좀도둑을 위해 약값을 주려는 기특한 생각까지 가졌다. 한데 은자 주머니가 퍼억 터지며 희뿌연 가루가 피어올랐다.

"콜록콜록."

그녀는 소매로 입을 막으며 휙 돌아섰다.

"네놈이 무슨 짓을……?"

좀도둑은 은빛으로 빛나는 투명한 그물을 휙 집어 던졌다.

"킥킥, 쓰러져라, 태양천의 계집!"

단목비연은 비로소 자신이 함정에 빠졌음을 깨달았다. 한갓 좀도둑이 자신의 신분을 알면서도 일부러 은자를 훔친 것은 자신을 유인하기 위함이 분명했던 것이다.

그녀는 절정의 월영신보를 펼쳐 그물을 피해내고는 검을 뽑아 들었다. 푸른 기운 감도는 반투명한 검신은 일견해도 절세적 보검임을 짐작케 했다.

바로 전국시대의 장인 구야자가 만든 명검 담로(湛盧)였다.

"월광황홀!"

단목비연이 담로검을 휘두르자 푸른 검형이 빛살처럼 뿜어져 나왔다.

피피핑—!

"아악!"

검형이 세 곳이나 관통된 좀도둑은 한 덩이 혈육이 되어 바닥으로 쓰러졌다.

단목비연은 아찔한 현기증을 느끼며 비틀거렸다. 진기가 제멋대로 흩어지고 있었다.

"윽! 산공분과 미혼독에 당했군."

그녀는 급히 혈도 몇 군데를 찍어 산공분을 억제하고 품속에서 환약 하나를 꺼내 들었다. 월영서시가 하사한 월영신단이었다. 웬만한 독을 해독하고 내상을 급속히 치유해 주는 당세의 영단이었다.

월영신단을 복용한 단목비연은 겨우 맑은 신지를 되찾을 수 있었다. 하지만 산공분은 해소되지 않기에 공력을 절반 가까이 운기할 수가 없었다.

'어서 숙소로 돌아가야겠어.'

이 순간, 음산한 괴소와 함께 십여 명이 단목비연 주위를 에워싸며 내려섰다. 하나같이 흉악한 용모의 중년인으로 병장기도 갈쿠리, 낫, 쇠사슬, 낭아곤 등 다양했다.

단목비연은 덜컥 겁이 났다.

뛰어난 무공을 지녔지만 대전 경험이 별로 없는 데다 공력까지 제어된 상태라 심장이 쿵쿵 뛰었다. 그녀는 몰래 야행을 나온 것을 뼈저리게 후회했다.

'아, 역시 총호법의 말을 들었어야 했어. 나를 노리는 놈들이 이렇게 많다니……'

열두 명의 중년인들 외에 삼남일녀가 더 있었다. 변장을 하고 야시장을 돌며 단목비연을 찾아낸 사대악인이었다.

"크큭, 아가야. 새파랗게 질린 모습이 정말 귀엽구나."

악중악은 삼대악인을 대동하고 단목비연 쪽으로 다가섰다. 열두 명의 중년인은 일제히 포권지례를 취했다.

"궁주를 뵈오이다!"

악중악은 죽어 나자빠진 좀도둑을 쓸어보며 혀를 찼다.

"쯧쯧, 신투악(神鬪惡)의 공로가 제일이었는데… 어쨌든 죽었으니 놈한테 지급해야 할 황금이 굳었군."

단목비연에 의해 죽은 소인은 바로 악인궁 십삼지부장 중 하나인 신투악이었다. 왜소한 체구에도 불구하고 경공이 뛰어나며 특히 도둑질에 능한 자였다.

그녀는 비로소 자신을 에워싼 무리들의 정체를 파악하고는 등골이 오싹해졌다.

"아, 악인궁?"

악중악이 예의 미소를 지으며 가는 눈을 반짝거렸다.

"아가야, 우리가 널 잡으려고 얼마나 애썼는 줄 아느냐? 귀여운 얼굴 상하기 전에 어서 무릎을 꿇어라."

단목비연은 담로검을 바싹 움켜쥐었다. 이렇게 된 이상 죽음을 각오해야 했다. 태양천 소공녀로서 악에 굴복한다는 건 있을 수 없는 일이었다.

"네가 악인궁주 악중악이냐?"

단목비연이 차갑게 묻자 악중악은 가볍게 소매를 휘저었다.

"이런 고약한 계집 봤나!"

그의 절기 중 하나인 무형강살이었다. 그의 부처님 같은 미소에 넋 놓고 있다가는 소리없이 날아드는 강기에 전신이 박살 나고 만다.

단목비연의 악중악의 음험한 솜씨에 대해 익히 들었기에 급히 호신강기를 끌어올려 몸을 보호하고는 담로검을 휘둘렀다.

"환월사!"

초승달 같은 검기가 연속적으로 뻗어 나갔다. 파공성에 앞서 검기가 먼저 꼬리를 물며 사위로 흩어졌다.

퍼퍼펑─!

잇단 폭음 속에 단목비연은 답답한 신음을 토하며 주르륵 뒤로 미끄러졌다. 상대는 그녀가 감당키 어려운 악인궁주였다. 더군다나 산공분에 의해 공력이 감소된 상태라 더욱 그러했다.

악중악은 찢어진 소매 깃을 보며 입맛을 쩍 다셨다.

"아비를 닮아서인지 어린 계집이 제법이구나."

그는 단목비연을 둘러싼 십이지악에게 명했다.

"년을 제압해라. 가장 먼저 년을 제압한 놈에게 순찰당주 직과 황금 백 냥을 하사하겠다."

"예, 궁주!"

악인궁의 지부장들은 뒤질세라 다투듯 단목비연을 향해 공세를 펼쳐 왔다. 보직과 황금에 눈이 먼 그들의 공세는 독랄하면서도 파괴적이었다. 낫과 도끼, 쇠사슬이 사정없이 그녀의 전신으로 날아들었다.

차차창―!

단목비연은 천하의 보검인 담로의 예기로 그들의 공세를 겨우겨우 막아냈다. 예리한 담로에 의해 십이지악의 병장기들이 싹둑싹둑 동강 났다. 놀란 십이지악은 주춤하며 공격의 수위를 다소 늦추었다.

단목비연은 겨우 안도의 숨을 쉬었지만 빈틈없는 포위망 때문에 몸을 빼 달아날 수도 없었다.

악중뇌가 잔뜩 인상을 찌푸렸다.

"대형, 서둘러야 하오. 월영궁 계집들이 들이닥치면 일이 복잡해집니다."

악중악은 느긋하게 팔짱을 낀 채 싸움판을 즐기고 있었다.

"독기 머금은 암고양이를 잘못 건드렸다가는 코를 물릴 수 있어. 계집은 공력을 소모할수록 산공분이 퍼져 결국은 제풀에 쓰러지게 돼 있다. 이 참에 단목휘의 딸년이 어떻게 쓰러지는지 지켜보자꾸나. 십 년 묵은 체증이 절로 내려가는 것 같다. 크크큭."

단목비연은 담로검으로 월영검법을 연이어 펼쳤지만 그 위력은 평소의 절반에도 미치지 못했다. 산공분에 의해 그녀의 공력이 계속 저하되었기 때문이다.

"하악하악."

그녀는 가쁜 숨을 몰아쉬며 담로검을 늘어뜨렸다. 이제는 담로검을 치켜들 힘조차 없었다.

십이지악은 기회다 싶어 일제히 몸을 날렸다. 가장 먼저 그녀를 제압하는 자에게 황금 백 냥과 순찰당주 직이 보장되기에 그들은 사력을 다했다.

순간, 무형강살이 뿜어지며 십이지악은 일제히 튕겨져 나갔다.

"크윽!"

"악!"

"구, 궁주, 대체 왜……?"

악중악은 뒷짐을 진 채 잔디 위를 미끄러져 왔다.

"한심한 놈들, 꼭 본좌가 나서야 한단 말이냐?"

순찰당주 직이야 별것 아니지만 황금 백 냥이란 거금을 내주기가 아까웠던 것이다. 십이지악은 악중악의 교활한 심중을 눈치 챘지만 감히 불만을 토로하지 못하고 뒤로 물러섰다.

단목비연은 연신 뒷걸음질을 쳤고 악중악은 토끼를 쫓는 호랑이처럼 계속 그녀에게 다가섰다.

"크큭, 아가야. 모두 네가 아비를 잘못 둔 탓이니 날 원망 마라."

단목비연은 나무 기둥에 등이 닿자 결연한 표정을 지으며 담로검을 자신의 목에 들이댔다.

"더러운 악적들! 너희들 손에 잡히느니 차라리 죽겠다!"

"안 된다, 아가야. 우리는 널 해칠 생각이 전혀 없단다. 그냥 네 아비한테 보내는 서찰만 한 통 써주면 돼."

악중악은 삼 장 거리를 두고 멈춰 섰다. 그녀가 정말 자결이라도 하는 날에는 만사휴의였다. 그 순간부터 악인궁은 태양천과 백도무림의 철저한 보복을 받게 될 것이다.

단목비연은 싸늘하게 외쳤다.

"날 이용해 아버님을 유인할 계책이라면 꿈 깨라. 이 원한은 아버님께서 백 배 천 배로 갚아주실 것이다."

그녀는 입술을 질끈 깨물며 담로검을 턱밑에 댔다. 약간의 힘만 가하면 이승과 저승이 갈릴 순간이었다.

딸랑딸랑!

그때, 좁은 산길을 따라 올라오는 누군가가 있는지 말 방울 소리가 들려왔다.

악중잔은 십이지악 중 둘에게 턱짓을 보냈다.

"죽여라!"

두 중년인이 산길을 따라 내려갔다. 그들의 모습은 이내 수림 속으로 사라졌다.

악중악은 짐짓 울상까지 지으며 단목비연을 달랬다.

"아가야, 넌 절대 못 죽어. 너처럼 곱게 자란 아이가 어떻게 자신의 목숨을 끊는 끔찍한 짓을 할 수 있겠느냐?"

담로검을 쥔 단목비연의 손이 부들부들 떨린다. 그녀는 명예롭게 죽으려고 모질게 마음을 먹었지만 자결의 길은 그리 쉽지 않았다.

악중악의 입가에 진한 미소가 귀밑까지 새겨졌다.

"내 약속하겠다. 그냥 우리와 잠시만 있어주면 돼. 네 아비가 널 찾으러 올 테고 그때가 되면 틀림없이 보내주겠다."

단목비연의 결심이 심하게 흔들렸다. 꽃다운 나이에 이렇게 죽고 싶지는 않았다. 물론 자신 때문에 부친이 함정에 빠질 수도 있겠지만 그녀는 자신의 부친을 절대적으로 믿었다.

'어떤 방법이라도 아버님을 해칠 순 없어. 아버님은 무신(武神)이시다.'

악중악의 미소가 눈가까지 번져 갔다. 이제 안심해도 좋았다. 그녀가 자결할 순간은 지나갔다. 수중에 넣기만 하면 된다.

한데 말 방울 소리가 더욱 가까이 들려왔다.

딸랑딸랑!

악중악은 단목비연에게 집중하느라 별다른 낌새를 눈치 채지 못했지만 다른 삼대악인은 안색이 싹 변했다.

"엇?"

"대체 어떻게 된 거지?"

"설마?"

말 방울 소리가 그치지 않았다는 건 다가오는 훼방꾼이 여전히 살아 있다는 것을 의미한다. 달리 말하면 죽이러 간 두 사람이 이미 죽었다는 것을 뜻한다.

악인궁 십이지악이라면 강호에서도 일류급에 속한다. 그런 고수 둘이 비명 한 번 지르지 못하고 죽었다는 건 다가서는 자의 무공이 가히 절세적임을 대변해 주기에 충분했다.

말 방울 소리를 울리며 터벅터벅 다가오는 말은 고개를 수그린 채 반쯤은 졸고 있었다. 마상의 청년 역시 눈까풀이 약간 내려앉은 채 권태로움에 젖어 있었다.

청년에 의해 왼팔이 베어진 악중잔은 시퍼런 원독을 불태우며 이를 부드득 갈았다.

"빠드득! 네, 네놈이?"

악중요는 자신보다 한참 작은 악중뇌의 등 뒤로 급히 몸을 숨겼다.

"맙소사, 저 우라질 놈이 어떻게 여기까지 온 거야?"

청년은 바로 환유성이었다. 소추가 걷는 대로 몸을 맡긴 그는 우연하게도 삼대악인과 재회하게 된 것이다.

환유성은 삼대악인을 쓸어보고는 소추의 등에서 천천히 내려섰다.
그는 무덤덤하게 한마디 던졌다.

"다시 시작해 볼까?"

■ 제19장

빗나간 패검

1

장내는 폭풍 전야와 같은 침묵에 휩싸였다.

삼대악인은 너무도 당당하게 그들과 맞서는 환유성 앞에 그만 얼어 붙고 말았다. 그의 태도는 지극히 자연스러워 마치 맡겨놓은 수급을 찾아가려는 사람처럼 보였다.

악중악은 고개만 돌린 채 환유성을 직시하고 있었다. 그의 실눈에서 무시무시한 살광이 폭사되었다. 그가 가장 먼저 바윗덩이처럼 묵직한 침묵을 깼다.

"뒈져!"

그는 벼락처럼 날아오르며 힘껏 쌍장을 뻗었다. 그의 절기인 무형강 살이었다. 아무런 파공성도 들려오지 않았지만 무형의 잠력은 태산이 라도 짓누를 듯 막강했다.

환유성의 표정이 일순 가볍게 변했다.

그가 가장 대적하기 껄끄러운 상대가 바로 내가고수들이다. 그의 쾌검 사정권 밖에서 그를 위협하기 때문이다. 더군다나 악중악은 여태껏 그가 만난 적수 중 최강이었다.

콰류류—!

악중악의 무형강살은 그의 몸 두 자 앞에 이르러서야 굉음을 일으키며 그 실체를 드러냈다. 마치 수백 개의 창날이 일시에 쏟아지는 듯한 공세였다.

환유성은 호흡을 멈추고는 극한에 달한 심안에 의존했다.

'무서운 내가강기군. 그러나 어떤 무공이라도 결점은 있다.'

그는 과감히 무형강살 속으로 뛰어들었다.

"앗!"

단목비연은 기겁하며 손으로 입을 막았다. 그녀가 보기에 환유성의 행동은 무모하기 짝이 없었던 것이다.

창살처럼 무형강살 속으로 뛰어든 환유성은 비로소 희미한 온기를 감지할 수 있었다. 전신을 파고드는 예기 속에서 찾아낸 온기. 순간 그의 쾌검이 빛살처럼 빠르게 무형강살의 틈새로 파고들었다.

악중악은 환유성이 자신의 무형강살 속으로 뛰어들자 심장이 덜컥 내려앉았다.

예전 같았으면 공력을 배가시켜 상대를 아예 흔적도 없이 날려 버렸을 것이다. 그러나 삼대악인으로부터 환유성의 절세적 쾌검에 대해 귀가 따갑도록 들었던 터라 그의 살기가 한풀 꺾였다. 그는 목숨을 걸고 상대를 죽일 만큼 의지가 곧은 인물은 아니었다.

그는 급히 공세를 거둬들이며 몸을 보호하는 데 전력을 다했다.

번쩍!

눈알로 파고드는 강렬한 섬광에 그는 정신이 아득해졌다. 워낙 쾌속한 검기에 그의 호신강기가 베어지는 느낌이었다.

퍼엉―!

요란한 폭음과 함께 두 사람은 각기 삼 장 밖으로 퉁겨졌다.

주르륵.

악중악은 자신의 목덜미를 타고 흐르는 핏방울을 손으로 문지르며 이를 악물었다. 다행히 살가죽만 베어졌지만 그는 황천을 갔다 온 듯 모골이 송연해졌다.

"크으, 이… 이놈이……?"

환유성은 어느새 검을 거둔 채 두 손을 늘어뜨리고 있었다.

그 역시 무형강살의 잠력을 완전히 피해낼 수 없었기에 옷이 여기저기 찢겨 나갔다. 심하지는 않았지만 약간의 외상을 입은 것이다.

외견상 막상막하의 승부였다. 하지만 환유성은 내심 놀라움을 금치 못했다.

'내 쾌검을 피해내다니?'

악중요는 악중악 옆으로 다가서며 호들갑스럽게 떠들어댔다.

"호호, 과연 악 오라버니야. 저놈의 악마 같은 쾌검을 피해냈어. 그래도 명색이 악인궁주인데 무형강살을 중도에 거두는 법이 어디 있어? 그대로 공세를 펼쳤다면 놈을 요절낼 수 있었을 거야."

"닥쳐! 그랬으면 내 목이 온전할 수 있었을 것 같으냐?"

"그러니까 하는 소리야. 악 오라버니가 스스로 한 몸 희생했으면 우리 악인궁의 명성이 얼마나 높아졌겠어? 반검무적과 동귀어진한 공로로 악 오라버니는 악인들의 영원한 영웅이 되었을 거야."

악중악은 두툼한 손으로 악중요의 면상을 콱 쥐었다.

"이년, 내 손에 죽고 싶으냐?"

악중잔이 낫을 번쩍 쳐들었다.

"그 손 치우슈. 요 누님을 해치면 내가 가만있지 않겠소!"

악중뇌가 잔뜩 인상을 긁으며 소리쳤다.

"잔, 그만두지 못하겠냐? 대형도 어서 요매를 놓아주시오!"

사대악인이 드잡이질을 하는 사이 단목비연은 잽싸게 환유성 옆으로 다가섰다. 그녀는 환유성의 소매를 잡아끌었다.

"반검무적 환 대협이신 줄 몰랐어요. 어서 피해요."

"왜?"

단목비연은 놀란 토끼처럼 눈을 동그랗게 떴다.

"왜라니요? 그럼 혼자서 저 흉악한 사대악인과 악인궁 고수들을 상대하겠다는 거예요?"

"그래. 목 벨 놈들이 많다는 건 즐거운 일이야."

환유성은 그녀의 손을 탁 뿌리쳤다.

단목비연은 너무도 기가 막혀 말이 나오지 않았다. 그의 존재에 대해 대충 들은 바가 있었지만 이렇듯 무모할 줄은 꿈에도 생각지 못한 것이다.

"미, 미친 짓이에요. 단신으로 저들 모두를 상대할 사람은 소녀의 아버님이신 태양천주밖에 없어요."

환유성은 다소 의외롭다는 눈빛을 지으며 그녀를 직시했다.

"네가 태양천주의 딸이냐?"

"그래요. 소녀가 단목비연이에요. 이들 악적들 손에서 소녀를 구해준다면 천하의 영웅으로 추앙받게 될 겁니다."

"내가 왜 널 구해줘야 하지?"

환유성은 무심하게 한마디 던지고는 사대악인을 향해 돌아섰다.

단목비연은 그만 석상처럼 굳어지고 말았다.

그녀가 누구인가. 무림의 절대자인 태양천주의 딸이 아닌가. 무림에서 그녀를 무시할 수 있는 자는 아무도 없다. 그녀는 백도무림계는 물론이며 흑도무림계에서도 인정하는 무림의 공주였다.

태양천의 소공녀, 월영서시의 제자, 위지세가의 혈육.

이렇듯 존귀한 신분을 지닌 여인은 오직 그녀뿐이다. 한데 그런 그녀가 한갓 버러지처럼 무시된 것이다.

악중악은 살기 어린 미소를 머금었다.

"크큭. 환가야, 정말 잘 생각했다. 네가 굳이 목숨 바쳐 단목휘의 딸년을 구해줄 필요 없지. 오늘은 우리가 중요한 일을 처리하는 중이니 조용히 사라져 다오."

악중잔이 낫을 거머쥐며 거칠게 반박했다.

"대형, 그게 말이나 될 법한 소리요? 놈 때문에 만년인형설삼을 놓쳤고, 내 팔까지 잘려 나갔는데 어떻게 그냥 보낼 수 있겠소?"

악중악이 그의 멱살을 꽉 쥐며 으름장을 놓았다.

"이놈아, 지금 네놈 팔 하나 잘린 원한을 갚는 게 중요하냐? 저 어린 계집을 수중에 넣어야만 악인천하를 이룰 수 있단 말이다."

"대형, 우리 수십 년을 함께 살아온 의형제 맞소?"

"입 다물어. 내 목표는 오로지 그 찢어 죽일 태양천주다. 그놈이 아니었다면 우리가 이렇게 집도 절도 없이 숨어 살아야 하는 비참한 신세가 되지 않았을 것이야!"

악중요가 팔짱을 낀 채 비릿한 웃음을 흘렸다.

"깔깔, 정말 웃기고 있네. 저놈이 누군데 그냥 가겠어? 저놈 눈을 봐. 우리들의 목을 베고 싶어 혈안이 되었잖아? 악 오라버니까지 겁먹고 꼬랑지를 내리면 누가 저놈을 상대하겠어?'

악중뇌가 잔뜩 이맛살을 찌푸리다 한숨을 내쉬었다.

"대형, 아무래도 셋째가 나서야 할 것 같소."

악중악은 그 말을 기다렸다는 듯 징그러운 눈웃음을 쳤다.

"맞아. 이런 일에는 셋째가 제격이지."

그는 주변 숲을 둘러보며 외쳤다.

"셋째야, 이 형이 부탁하마! 제발 저 요동의 촌놈을 죽여다오!"

그러자 도저히 인간의 목소리라 할 수 없는 삭막한 음성이 들려왔다.

"계집도 함께 죽이고 싶군. 딸년을 미끼로 단목휘를 유인한다는 건 너무 치졸한 짓이야."

마치 쇠 주걱으로 솥을 긁는 듯한 거북한 음성의 소유자는 오대악인 중 가장 뛰어난 무공을 지닌 악중살(惡中殺)이었다. 그의 진면목을 본 자는 극히 드물다. 모두 그의 손에 죽었기 때문이다.

"그래, 네 마음 알아. 하지만 모든 악역은 내가 맡으면 될 것 아니냐?"

"……."

바로 응답이 들려오지 않자 악중악은 입 안이 바싹바싹 탔다. 행여 그가 독심을 품고 단목비연을 죽일까 우려한 것이다.

단목비연은 환유성 옆에 바싹 붙었다. 그녀는 공포에 젖어 새파랗게 질려 있었다.

"어, 어서 피해요! 악중살은 정말 무서운 자예요."

순간, 환유성은 그녀를 홱 밀쳐 버렸다.

"물러서!"

번쩍!

그의 쾌검이 바닥을 향해 내리 꽂혔다.

차앙—!

아주 드물게 그의 반검이 모습을 드러냈다. 그가 뻗은 반검은 단목비연이 섰던 자리에 우뚝 멈춰 섰다.

스스슥.

바닥에서 하나의 인영이 비로소 형체를 드러내며 솟아올랐다.

발끝까지 질질 끌리는 장발에 의해 얼굴은 거의 가려진 상태였다. 전신을 검은 옷으로 감쌌기에 그의 몸은 주변의 어둠에 고스란히 묻혀 있었다. 병기 또한 칠흑 같은 묵도(墨刀)라 실낱같은 칼날만 보일 뿐이었다.

그가 바로 오대악인 중 악중살이었다.

장발 사이로 언뜻 보이는 그의 눈에서는 인광이 번득였다. 인간의 눈이라기보다는 짐승의 눈에 가까웠다.

환유성과 악중살은 서로 검과 묵도를 맞댄 채 그렇게 서 있었다. 단목비연의 그림자 속에서 솟아오르는 은밀한 살법도 실로 쾌잔했지만, 그것을 간파하고 막아낸 환유성의 쾌검 역시 그에 못지않았다.

"아!"

단목비연은 비로소 자신을 모질게 밀친 환유성의 의도를 깨닫고는 눈물이 핑 돌았다.

'악중살의 손에서 날 구해줬어. 그래, 날 죽게 내버려 두지는 않을 거야.'

악중악의 가는 눈이 더욱 얄팍해졌다.

"으음, 저 녀석, 정말 단목비연을 죽이려 했잖아?"

악중뇌가 고개를 저었다.

"아니오. 셋째가 단목비연을 죽이려 했다면 계집은 벌써 몸이 동강 났을 거요. 셋째는 환가 놈의 쾌검을 시험해 본 것뿐이오."

악중잔은 회심의 미소를 지으며 낫을 혀로 핥았다.

"크흐, 역시 셋째 형님이야. 놈의 쾌검이 멈췄어."

환유성은 반검을 뻗은 채로 악중살의 사악한 눈을 무심히 직시하고 있었다.

어지간한 사람도 인광을 발하는 짐승의 눈을 대하면 기가 질렸는데 환유성의 눈빛에서는 일말의 동요도 드러나지 않았다. 오히려 악중살의 눈빛이 가늘게 흔들렸다.

"놈… 무도를 익혔구나."

"난 그건 거 몰라."

"그렇지 않고서는 나의 잠은술(潛隱術)을 간파할 수 없다."

"그게 그렇게 대단한가?"

"건방 떨지 마라. 내가 네놈을 노렸다면 넌 이미 죽었어."

환유성의 입가에 싸늘한 조소가 맺혔다.

"그럼 날 노렸어야지."

"으윽! 이, 이놈이!"

"이런 실력으로는 태양천주의 옷자락 하나 베지 못했겠군."

악중살의 눈에서 분노의 불꽃이 이글이글 타올랐다.

"어린 새끼, 죽여 버리겠다!"

악중뇌가 급히 외쳤다.

"동요하지 마라, 살! 놈의 심리전이야!"

악중악은 소리없이 환유성의 뒤쪽으로 다가섰다. 이런 절호의 기회를 놓칠 그가 아니었다. 목표를 위해서는 어떤 비열함도 거부하지 않기에 그는 진정 악중악이었다.

'악중살과 대치하고 있는 이상 절대 검을 거둘 수 없다!'

그는 극한의 무형강살을 운집해 냅다 뻗어냈다. 무형의 잠력이 파공성 하나 없이 뻗어 나갔다.

지켜보던 단목비연이 다급히 비명을 질렀다.

"위험해요!"

그러자 환유성은 철판교 수법을 이용해 그대로 몸을 뒤로 눕히며 검을 회수했다. 그 바람에 검과 맞대고 있던 묵도가 곧장 앞으로 뻗어 나갔다. 악중악의 기습은 오히려 악중살을 위협하게 되었다.

환유성은 놀라운 임기응변으로 악중악의 기습을 피해냄과 동시에 악중살과의 대치에서 벗어난 것이다.

"젠장!"

악중악은 악중살이 묵도를 뻗은 채 자신을 향해 날아들자 급히 무형강살을 회수했다.

퍼엉—!

허공에서 충돌한 두 악인은 나직한 신음을 토하며 몸을 말아 뒤로 회전했다. 순간, 용수철처럼 퉁겨져 오른 환유성은 악중살을 향해 쾌검을 발출했다.

"차앗!"

눈부신 섬광이 밤의 장막을 가르며 악중살의 목을 베어갔다. 가히 섬전과 같은 출수였다. 그러나 악중살 또한 천하에 적수가 드문 절세 고수였다.

그는 팽그르르 몸을 돌려 묵도를 휘둘러 막는 동시에 지풍을 날렸다.

차앙—!

"크윽!"

"욱!"

거북스런 신음성과 함께 악중살은 바닥을 나뒹굴었다. 긴 장발이 싹둑 잘려져 바닥에 어지럽게 흩어진다.

악중요가 급히 그를 부축했다.

"살 오라버니, 괜찮아?"

악중살의 뒷목 부위가 다섯 치나 길게 베어져 검붉은 피가 주르륵 흘러내렸다. 목을 가눌 수 없을 만큼 큰 부상이었다. 만일 그의 방어가 조금만 늦었다면 이미 목이 달아났을 것이다.

악중살은 잡아먹을 듯이 악중악을 쏘아보았다.

"다음에도 이런 일이 생기면 대형의 목을 베어버리겠소."

악중악은 자신이 끼어드는 바람에 생긴 불상사라 반박도 못하고 쓴 입맛만 다셨다.

"쩝, 죽지 않아 다행이구나."

환유성은 옆구리를 움켜쥐며 가볍게 입술을 깨물었다.

그는 악중살이 위기의 순간 기습적으로 날린 지풍에 옆구리가 관통된 것이다. 과연 오대악인 중 가장 무섭다는 악중살다운 양패구상 수법이었다.

단목비연은 환유성의 찢겨진 옷자락 사이로 붉은 피가 배어 나오자 눈물을 글썽였다.

"환 대협… 괜찮으세요?"

환유성은 혈도를 찍어 출혈을 막았다.

그의 표정이 짜증스럽게 일그러졌다. 악인궁의 수괴들을 만난 이후 번번이 그의 쾌검이 빗나갔다.

악중잔은 목 대신 팔이 잘렸을 뿐이고, 악중악은 목에 혈흔만 새겨졌을 뿐이다. 완벽한 기회였는데도 악중살의 목마저 베지 못했다. 오히려 자신마저 부상을 입게 되자 그는 자신에 대해 몹시 화가 치밀었다.

쾌검은 속전속결을 펼치는 데 절대적인 위력을 지녔다. 대신 상대를 일합에 해치우지 못하면 그 후의 위력은 반감한다. 너무 단조롭기 때문이다.

악중잔은 대결을 지켜보면서 자신감을 회복했다. 가장 믿었던 악중살이 중상을 입고 물러섰지만, 환유성 역시 가볍지 않은 부상을 당했다는 사실에 한껏 고무된 것이다.

"형님들, 계집은 수하들에게 맡기고 모두 합세해 놈을 죽입시다. 지금 못 죽이면 이런 기회는 또 없소."

악중뇌가 힘있게 고개를 끄덕였다.

"그래, 놈이 살아 있는 한 우리는 발을 뻗고 잘 수가 없을 것이다."

단목비연은 모두가 싸움판에 몰두하는 사이 서둘러 소추의 등에 올라탔다. 전신에 퍼진 산공분 때문에 안장에 오르기도 힘겨웠다. 그는 환유성을 향해 외쳤다.

"어서 피해요, 어서요!"

하지만 그녀의 안타까운 외침에도 불구하고 환유성은 떡하니 버티고 서 있었다. 중상을 입은 악중살을 제외한 사대악인은 반원형으로 포진한 채 환유성을 향해 다가서고 있었다.

"어서요, 환 대협. 부상까지 당한 몸으로 어떻게 상대하려구요?"

단목비연이 안타깝게 외쳤지만 환유성은 고개 한 번 돌리지 않았다. 그녀는 입술을 삐죽이다 박차를 가했다.

"이랴!"

이히힝―!

소추는 앞발을 쳐들며 울음을 터뜨렸다. 주인을 두고는 갈 수 없다는 듯 단목비연이 아무리 보채도 나가려 하지 않았다.

열 명의 지부장이 급히 그녀 주변을 에워쌌다.

"계집은 이미 힘을 잃었다."

"흐흐, 황금 백 냥과 순찰당주 직은 내 거야!"

"말만 죽이면 계집을 제압할 수 있어!"

십악은 소추를 향해 병기를 휘둘렀다. 소추는 앞발을 쳐들며 연신 구슬프게 울어댔다.

이히힝―!

환유성의 표정이 지극히 싸늘하게 변했다. 그는 소추 쪽으로 몸을 날렸다.

그에게 있어 소추는 분신과도 같은 존재다. 살수들과의 대결에서 극심한 부상을 입었을 때 소추가 있었기에 풍요원을 만나 부상을 치유한 적도 있었지 않은가. 소추에게 칼을 들이댄다는 건 그를 죽이려 하는 것과 진배없었다.

그는 십악들 사이로 뛰어들며 쾌검을 발출했다.

일초오식의 절세적 쾌검이었다. 파문삼절을 일초삼식으로 격파한 이후 그는 쾌검을 연속적으로 펼쳐 내는 새로운 수법을 터득하게 된 것이다.

차차창—!

십악 중 다섯 명의 병장기가 동강 나며 몸뚱이까지 베어져 버렸다.

"악!"

"크악!"

악인궁 열셋 지부장 중 남은 사람은 이제 다섯뿐이었다. 그들은 감히 대적할 엄두를 못 내고 급히 뒤로 물러섰다.

"이런 찢어 죽일 놈!"

악중악은 다른 삼대악인을 대동한 채 부리나케 달려왔다. 하지만 결코 선두에 나서지는 않았다.

그의 음흉한 심기를 눈치 챈 다른 셋도 속도를 늦추었다. 앞서 나서 환유성과 단독 대결을 벌여 목을 상납할 이유가 없었기 때문이다.

단목비연은 사대악인까지 몰려들자 몸을 굽혀 환유성의 어깨를 움켜쥐었다.

"흑흑, 제발 가요. 환 대협 혼자서는 못 당해요."

환유성은 소추의 목덜미를 다독여 주었다.

"가라, 소추. 나도 곧 뒤따라가겠다."

이히힝—!

소추는 소리 높여 울며 그의 손등에 대고 턱을 비벼댔다. 도저히 갈 기색이 아니었다.

단목비연은 절망하지 않을 수 없다. 그녀는 원망스럽게 환유성을 내려다보다 두 손으로 얼굴을 가리며 엉엉 울음을 터뜨렸다.

"흑흑, 아버님, 아버님!"

일순, 환유성의 표정이 잔뜩 일그러졌다. 그녀의 한마디가 그의 귀에 천둥처럼 들려온 것이다.

아버님!

그녀가 애달프게 찾는 존재는 바로 태양천주다. 만일 이 자리에 태양천주가 있었다면 누가 감히 단목비연을 넘볼 수 있겠는가.

환유성은 태양천주를 떠올리자 갑자기 자신이 너무 초라하게 느껴졌다.

한 번도 만나본 적이 없지만 그는 태양천주와의 비무를 숙명처럼 여기고 있었다. 검으로써 그를 꺾을 수 있다면 그는 더 이상 검을 휘두를 일이 없을 것이다. 마검노인의 말대로 검을 버려야만 이룰 수 있다는 검신(劍神)의 존재가 되었을 테니 말이다.

그러나 지금은 어떠한가.

태양천주라면 단 일 검으로 날려 버릴 사대악인을 앞에 놓고 그는 목숨을 건 승부를 벌여야 한다. 게다가 단목비연의 애절한 울음소리가 자꾸만 그를 짜증나게 만든다.

생각이 여기에 이르자 그는 싸울 의욕을 잃고 말았다.

'재미없군.'

그는 훌쩍 몸을 날려 소추의 등에 올라앉았다. 단목비연은 너무도 기뻐 그의 허리를 와락 안으며 등에 볼을 비볐다.

"흑, 고마워요. 정말 고마워요."

환유성은 소추의 고삐를 바싹 움켜쥐었다.

"가자, 소추!"

이히힝―!

소추는 한소리 크게 외치고는 네 개의 말발굽을 힘차게 놀렸다.

두두두―!

소추는 가로막고 있는 다섯 지부장들을 향해 정면으로 돌진했다.

"막아라! 어서 막아!"

악중악은 소리를 빽빽 지르며 다섯 지부장들에게 지시했다.

하지만 지부장들 역시 황금과 명예보다는 목숨을 소중히 여기는 소인배들이었다. 그들은 좌우로 비켜서며 소추가 그대로 지나가도록 내버려 두었다. 공연히 막아섰다가는 환유성의 쾌검에 어디가 베어져도 베어질 일이었다.

소추는 두 사람을 태우고도 가파른 산길을 바람처럼 달려갔다.

"이런 쳐 죽일 놈들!"

악중악은 수하들 사이로 내려서기 무섭게 무형강살을 발출했다.

퍼퍼펑―!

다섯 지부장들은 악중악의 분노에 찬 강기에 맞아 핏덩이가 되어버렸다. 애꿎게 수하들을 죽인 악중악은 씨근거리며 삼대악인을 쏘아보았다.

"이제 어쩔 셈이냐?"

악중뇌는 그다지 우려하는 표정이 아니었다.

"이미 섬북(陝北:섬서성 북쪽 지역) 일대에 일천악인들이 배치돼 있는데 무슨 걱정이오. 두 연놈이 달아나 봤자 당분간 우리의 포위망을 벗어날 수 없소. 비록 단목비연을 납치하는 데는 실패했지만 태양천의 보호막에서 끄집어냈으니 그것으로 충분하오. 파천공자란 자한테 비합전서를 날려 모두를 소집합시다."

악중잔이 이해할 수 없다는 표정으로 물었다.

"무슨 소리요, 뇌 형님? 태양천주에 대한 함정은 그 딸년을 납치한 후 만들기로 하지 않았소?"

"우리가 원하는 건 태양천주의 목이지 그 딸년의 목이 아니다. 단목비연은 단지 미끼일 뿐이니 그 역할만 해주면 충분해. 지금쯤이면 섬북객잔이 발칵 뒤집혔을 것이다. 단목비연의 실종 소식도 전서구를 통해 태양천에 전해지고 있을 테지. 사랑하는 딸이 실종됐는데 단목휘가 태양천에 눌러앉아 있겠느냐? 아마도 전신공력이 모두 소진되는 한이 있더라도 바람처럼 달려올 것이다."

악중요가 눈알을 데굴데굴 굴리다 물었다.

"태양천 고수들을 잔뜩 끌고 오면 어떻게 하지? 태양천 정예들이 모두 나서면 무슨 수로 감당해?"

"절대 그럴 리 없다. 단목휘는 공사가 분명한 자야. 딸의 실종을 그저 개인적인 문제로 여길 자다. 더구나 서둘러 와야 하니 단독으로 올 것이 분명해. 태양신룡 강무영이란 어린 놈은 먼저 출발했으니 합류할 수 있겠지. 그래 봐야 둘뿐이다. 나머지 섬북 지부의 조무래기들은 신경 쓸 것도 없지."

과연 흑도무림 최고의 두뇌답게 그는 모든 정황을 정확히 꿰뚫고 있었다.

악중요는 활짝 웃으며 그의 주름진 머리통에 연신 입을 맞추었다.

"역시 나쁜 꾀로 가득한 뇌 오라버니다워. 한데 말이야, 단목휘를 죽이기 전에 그와 한번 자면 안 될까?"

"뭐, 뭐라고?"

"원수인 건 분명하지만 너무 멋지잖아? 그런 사내와 한번 즐겨보는 게 내 소원이야."

악중잔은 낫을 허리춤에 차고는 휙 돌아섰다.

"미쳤군."

악중악은 예의 미소를 지으며 눈을 가늘게 떴다.

"이년아, 네가 지금 제정신이냐? 내 단목휘, 그놈의 뼈와 살을 다져 만두를 삶을 테니 잘 골라 먹어봐."

2

안새의 야시장이 새벽을 맞아 거의 파장에 접어들 무렵 일남오녀가 야시장을 배경으로 날아오고 있었다. 그들은 날랜 경공으로 근처의 야산 정상에 올라섰다.

동녘으로 희뿌연 여명이 빛이 피어오르고 있었지만 아직 주변은 어두웠다. 치마의 주름처럼 펼쳐진 산자락 저편은 짙은 어둠으로 덮여 있었다.

사내는 눈처럼 흰 백삼을 걸친 청년으로 바로 태양신룡 강무영이었다.

그는 단목비연을 마중하기 위해 장안의 섬서 지부에 들렀다가 한시라도 더 빨리 그녀를 만나보기 위해 섬북객잔까지 찾아온 그였다. 그런 그에게 단목비연의 실종은 실로 청천벽력과 같은 충격이었다.

월영사현을 대동하고 주변을 세심히 살피는 냉월추혼의 표정은 참담하게 일그러져 있었다.

단목비연을 제대로 경호하지 못한 책임은 오로지 그녀에게 있었다. 단목비연이 아무리 비밀 통로를 통해 저 혼자 야행을 나섰다 해도 그것을 미리 방지하지 못했기에 그녀로서는 어떤 변명으로도 용서될 수 없었다.

"소천주, 소첩이 목숨을 버리는 한이 있더라도 반드시 소공녀를 찾아낼 것입니다."

그녀가 침통하게 입을 열자 강무영이 차분한 음성으로 그녀를 위로했다.

"너무 심려 마시오, 총호법. 월영절기를 터득한 비연 사매에게 무슨 안 좋은 일이라도 생겼겠소? 모두 소생이 늦은 탓이오. 반나절만 일찍 당도했다면 사매와 더불어 야시장을 둘러보았을 테니 이런 일도 없었을 것이오."

냉월추혼은 그의 자상한 배려에 가슴이 뜨거워졌다.

'아, 과연 태양천의 후계자시다.'

강무영은 안력을 높여 최대한 멀리 살피며 말을 이었다.

"한 가지 우려되는 것은 사매의 은자를 훔친 좀도둑이오. 목격자들의 말에 의하면 체격은 어린아이 정도였지만 중년의 모습이라 했소. 직접 보지 못해 단언할 수 없지만 혹시 악인궁의 지부장 중 하나인 신투악이 아닌가 하는 생각이 듭니다."

"하면 악인궁 놈들이……?"

"단순한 좀도둑이라면 사매가 간단히 혼내주고 벌써 돌아왔어야 당연하지 않겠소?"

강무영은 애써 불안감을 떨치려 했지만 밀려드는 초조함은 어쩔 수 없었다.

"아, 이 자리에 벽소군 여협이 함께 있었다면 큰 도움이 되련만……."

"소천주, 흩어져서 찾아볼 수밖에 없을 것 같습니다. 무슨 흔적이라도 찾으면 폭죽을 날려 신호를 보내지요."

냉월추혼이 월영사현에게 지시했다.

"너희들은 짝을 지어 동, 서를 수색해라."

월영사현이 둘씩 나뉘어 몸을 날렸다. 강무영도 서둘러 몸을 솟구쳤다.

"소생이 북방을 찾아보겠소. 총호법은 남방을 맡아주시오."

여섯 사람은 네 방향으로 갈라져 수색에 나섰다.

험준하지는 않았지만 조개껍질을 포개놓은 듯 복잡한 지형 속에서 어떤 단서를 찾아내는 건 너무도 막연한 일이었다. 그나마 여명의 빛이 빠른 속도로 어둠을 몰아내 시야를 확보할 수 있다는 것이 다행이었다.

강무영은 한 가닥 실마리라도 찾아내기 위해 오감을 총동원해 수림과 수풀 사이를 헤집었다. 만일 누군가 단목비연을 납치하려 했다면 먼 곳까지 유인하지는 않았으리라 판단한 것이다.

'비연, 제발 무사해야 한다!'

냉월추혼이 워낙 죽을상을 하고 있어 내색을 못했지만 그의 심장은 무섭게 요동 치고 있었다.

그는 어린 나이에 태양천주의 제자로 발탁돼 단목비연이 아장아장 걸었을 때부터 보아왔다. 그녀는 그에게 있어 정혼녀이자 혈육 같은 동생이었다. 더군다나 그가 가장 존경하는 태양천주의 금지옥엽이 아닌가.

그녀에게 불상사가 생긴다는 건 무림 평화의 종식을 의미하는 거대한 사건이기도 했다.

퍼엉―!

남쪽 하늘에서 폭죽이 피어올랐다. 아마도 냉월추혼이 어떤 단서를 찾아낸 듯싶었다.

강무영은 달리던 상태에서 방향을 틀어 그대로 남방으로 날아갔다. 그는 허리에 찬 검을 뽑아 들었다.

쐐애액―!

검신합일이 된 그는 가히 빛살과도 같은 속도로 허공을 갈랐다. 초상승 경공인 어검비행술(御劍飛行術)이었다.

3

산중턱의 완만한 경사 지대에 열세 구의 시체가 널려 있었다. 아주 오래된 시체는 아닌 듯 아직도 피비린내가 진동했다.

냉월추혼은 왜소한 체구의 시체를 가리켰다.

"이자를 관통한 검기는 분명 월영절학입니다. 소공녀의 솜씨가 분명합니다."

"신투악이군. 죽은 자들은 과거 악인궁의 십삼지악으로 불린 지부장들이 틀림없소. 이들이 모습을 드러냈다면 오대악인도 나섰을 것이오."

강무영은 상황이 더욱 심각하게 급변하자 입 안이 바싹바싹 말라왔다.

"악인궁의 수괴들이 나섰다면… 사매는 지극히 위험한 지경에 빠졌을 것이오."

냉월추혼은 주먹을 불끈 쥐었다. 그녀는 자신의 실수로 인해 월영궁이 곤경에 처하게 될 것을 생각하자 미칠 것만 같았다. 그녀는 머리를 감싸 쥐며 절규하듯 외쳤다.

"안 돼… 안 돼!"

강무영은 시체들을 살피며 약간의 단서라도 더 찾아내려 애썼다.

"다섯은 모공과 혈맥이 터져 죽었군. 이런 끔찍한 내가강기는 악중악의 무형강살밖에 없소."

냉월추혼은 극히 혼란스러워졌다.

"악중악이 왜 자신의 부하들을 죽였단 말입니까?"

"나도 모르겠소."

강무영이 고개를 젓다가 다른 시체들을 하나씩 살폈다.

"이들 다섯은 검기에 의해 병장기와 함께 베어졌소. 이런 수법은 강력한 패검이나 극도로 빠른 쾌검에 의해서만 가능하오."

"하면 소공녀가 죽인 것이 아니군요?"

냉월추혼은 목이 베어진 두 구의 시체를 가리켰다.

"저들은 약간 떨어진 숲 속에 있었습니다. 누군가의 손에 의해 동시에 베어진 것 같았습니다."

강무영은 시체의 목 부위와 수급의 단면을 번갈아 보았다. 일순, 그의 눈에 강렬한 정광이 번득였다.

"절대쾌검!"

"예에? 절대쾌검이라니요?"

"이들을 죽인 자는 반검무적 환유성일 가능성이 아주 높소. 다른 다섯 역시 절대쾌검에 의해 당한 것이 분명하오!"

강무영은 몹시 흥분된 표정을 지었다. 다소 상기된 그의 얼굴에 일말의 안도감마저 배어 나온다.

"비연 사매가 만일 반검무적을 만났다면 아직 악인궁 놈들 손에 잡히지 않았을 거요."

"소첩도 반검무적의 소문을 들은 적이 있습니다만, 오대악인이 모두 출동했다면 무슨 재주로 당할 수 있겠습니까?"

"소생은 그를 만난 적이 있소. 그의 쾌검은 독보적이라 오대악인 누구도 죽일 수 있소. 물론 그들이 합세한다면 어렵겠지만… 오대악인은 목숨을 소중히 여기는 자들이라 결코 무모한 대결은 하지 않을 것이오."

"아, 그 정도의 절세고수란 말입니까?"

강무영의 극찬에 냉월추혼의 찢어지는 가슴도 다소 진정되었다.

"이미 천리전서구가 날아갔으니 늦어도 오늘 저녁이면 천주께서도 이 급보를 받으실 것이오. 환유성이 이틀만 비연 사매를 보호해 준다면 비연 사매를 구할 수 있소."

"소천주, 짚이는 곳이라도 있사옵니까?"

"남방으로 향하면 장안에 가깝소. 하지만 악인궁 놈들 역시 어떻게든 그것을 저지하려 할 테니 북방으로 갈 수도 있소."

강무영은 확신이 서지 않자 답답한 듯 가슴을 탁탁 쳤다. 그의 판단 여하에 따라 단목비연의 생사가 걸려 있기 때문이다.

"아, 만박옥혜의 지혜가 절실하구려."

"하면 소천주께서는 남방을 찾아보십시오. 소첩은 월영팔현을 모두 대동하고 북방을 수색해 보겠습니다. 별도로 월영궁에도 구원을 요청하겠습니다."

"월영궁에도 말이오?"

강무영이 우려의 빛을 띠며 냉월추혼을 응시했다.

"총호법, 웬만하면 월영궁에는 알리지 마시오. 월영서시께서 이 사실을 알게 되면… 총호법은 엄중한 문책을 받게 될 것이오."

냉월추혼은 결연한 표정을 지으며 입술을 깨물었다.

"죄를 지었다면 벌을 받아야지요. 소첩은 소공녀께서 무사하실 수만 있다면 죽어도 여한이 없습니다."

"홀로 야행을 나선 비연 사매의 잘못이 더 큽니다. 총호법은 너무 자책하지 마시오."

"고맙습니다, 소천주."

냉월추혼은 강무영의 자상한 배려에 눈물이 핑 돌았다. 그녀는 자신에게도 눈물이 있다는 것을 실로 수십 년 만에 처음 깨달았다.

4

가파른 벼랑 중간에 위치한 동굴은 은신처로써 안성맞춤이었다. 벼랑 벽에 늘어진 울창한 칡넝쿨로 인해 입구조차 드러나지 않아 나는 새도 찾아내기 힘들 정도였다.

비좁은 산동 입구에는 소추가 잔뜩 웅크린 채 자고 있었다. 그 옆으로 환유성이 벽에 기대 잠시 눈을 붙이는 중이었다.

가장 안쪽에 자리한 단목비연은 모로 누운 채 새근거리며 잠들어 있었다. 소추의 안장을 풀어 자리를 만들어주었기에 그녀의 잠자리는 비교적 편안했다.

정오의 맑은 햇살이 넝쿨 틈새로 스며든다.

환유성은 미약한 기척에 스르르 눈을 떴다. 바스락바스락 낙엽을 밟는 소리가 벼랑 아래에서 들려왔다.

깨어난 소추가 귀를 쫑긋 세우며 몸을 일으키려 하자 환유성이 소추의 등에 손을 얹었다. 주인을 믿어서인지 소추는 다시 게으른 개처럼 턱을 바닥에 대며 엎드렸다.

바스락거리는 소리는 이내 멀어졌다. 아마도 사냥감을 찾는 들짐승인 듯싶었다.

환유성은 동굴 천장에서 똑똑 떨어지는 물방울을 손으로 받아 입을 축였다. 그는 세상모르게 자고 있는 단목비연 쪽으로 시선을 돌렸다.

'보기보다는 대담한 계집애로군. 아니면 지극히 순진하던가.'

그는 천천히 몸을 일으켰다. 더 머물러 있을 이유가 없는 것이다. 우연히 얽혀 그녀를 구하게 되었지만 앞으로의 삶은 그녀 몫이었다.

"가지 말아요!"

언제 깨어났는지 단목비연은 그의 바짓가랑이를 덥석 쥐었다.

"소녀의 아버님이 오실 때까지만 날 보호해 줘요."

환유성은 권태로운 표정으로 물었다.

"내가 왜 그래야 하지?"

"악인궁의 악적들이 소녀를 납치하려 한단 말이에요. 약자를 돕는 게 강호인의 본분 아닌가요?"

"넌 연약하지 않아. 이미 산공분도 해소됐을 테니 혼자서 충분히 자신을 지킬 수 있어."

단목비연은 도저히 믿을 수 없다는 듯 고개를 저었다.

"아… 사람이 어떻게 이럴 수 있는 거죠? 악적들이 눈을 불을 켜고 소녀를 잡으려 하는데 어찌 내버려 두고 갈 수 있단 말입니까?"

"내가 옆에 있어도 마찬가지야."

"아니에요. 대협의 쾌검은 정말 엄청나요. 소녀도 공력을 회복했으니 이제 함께 싸울 수 있어요."

환유성은 무정하게 몸을 돌렸다.

"그런 용기라면 혼자서도 태양천의 섬서 지부까지 갈 수 있겠군."

단목비연은 절망감에 젖어 털썩 무릎을 꿇었다.

"부탁이에요. 소녀 평생 이렇게 간절히 부탁해 보기는 처음입니다."

그녀는 두 손을 모으며 울먹였다.

"제발 태양천 고수들이 소녀를 찾아올 때까지만 지켜주세요."

환유성은 고개만 돌려 무심한 그녀를 내려다보았다.

"명색이 태양천주의 딸이 그리 쉽게 몸을 굽혀서는 안 되지."

"아!"

단목비연은 비로소 자신의 신분을 깨닫고는 얼른 몸을 일으켰다. 그녀는 손등으로 눈가에 맺힌 눈물을 닦고는 애써 미소를 지었다.

"그, 그렇군요. 아버님이 소녀의 이런 못난 꼴을 보셨다면 얼마나 실망하셨을까요?"

"……."

"소녀가 그렇게 짐이 된다면 어서 가세요. 비록 소녀가 악적들의 손에 잡혀 죽더라도 대협을 원망하지 않겠어요. 악적들의 손에서 구해준 고마우신 은혜는 죽어도 잊지 않을 겁니다."

그녀는 놀랍도록 의연한 모습을 보였다.

비록 어리광이나 부리며 천방지축으로 자라왔지만 그녀의 핏속에는 태양천주의 기상이 깃들어 있었다. 게다가 월영서시의 준엄한 수련이 그녀를 한층 성숙된 여인으로 키워놓았던 것이다.

"은혜 따위는 없었으니 잊어도 좋아."

환유성은 그녀가 누웠던 자리를 거둬 소추의 등에 말아 올려 안장을 삼았다.

"난 애초부터 널 구할 생각이 없었으니까."

단목비연은 입술을 삐죽이다 다소 주저하는 눈빛으로 물었다.

"한 가지… 묻고 싶은 게 있어요."

"뭔데?"

"왜 소녀를 그냥 두었죠?"

"그냥 두다니?"

"안새의 야시장에서 듣기로 환 대협은 하룻밤에도… 열셋이나 여자를 바꾸는 색신이라고……."

환유성은 어처구니없는 표정을 지으며 물끄러미 그녀를 응시했다.

"네가 열네 번째가 되고 싶다는 얘기냐?"

단목비연은 화들짝 놀라 뒤로 물러섰다.

"아, 아니에요. 그, 그런 뜻이 아니라 야시장에서 소녀를 너무 직시하기에 혹시……."

환유성은 소추의 엉덩이를 탁 쳤다.

"내려가자."

소추는 가파른 벼랑을 타고 바람처럼 내려갔다. 원숭이처럼 날랜 동작이었다.

환유성은 소추보다 훨씬 늦었다. 그는 발 디딜 곳을 찾아 이리저리 내려갔다. 만년인형설삼의 영기로 인해 엄청난 공력을 보유했지만 마땅한 경공술을 배우지 못한 그로서는 그저 비탈을 뛰어내려 가는 정도였다.

단목비연은 동굴 입구에서 바닥까지의 높이를 가늠하고는 그대로 몸을 날렸다. 그녀는 절정의 월영비천술을 전개해 새처럼 사뿐히 바닥으로 내려섰다.

그녀는 그제야 계곡 아래로 내려서는 환유성을 보고는 생긋 미소를 지었다.

"우리 전에 만난 적 있나요?"

"없어."

"그렇군요. 소녀도 요동에는 가본 적이 없으니 환 대협을 만났을 리가 없지요. 한데도 아주 친숙한 느낌이 들어요."

"……."

"소녀를 탐해 직시한 것이 아니라면 환 대협 역시 소녀처럼 친숙한 느낌이 들어 소녀를 바라본 것이었군요?"

환유성은 소추의 안장에 올라앉았다.

"나도 잘 모르겠어."

"원래 성격이 그래요? 왜 솔직하지 못하죠?"

"뭐가?"

"소녀에게 호감을 가진 건 확실하죠? 그래서 소녀를 구해준 거잖아요?"

환유성은 그답지 않은 표정으로 그녀를 내려다보았다.

이토록 당돌한 소녀는 처음이었다. 자신에게 원한을 품기 전까지는 수줍게 그를 바라보았던 풍요원과는 너무도 비교가 되었다. 환경의 차이 때문일까. 무림의 공주로 태어나 거리낄 것 없이 살아온 소녀라면 능히 그럴 수 있으리라 생각한 것이다.

'귀엽군.'

그는 아주 짧은 순간 그녀의 아이처럼 천진무구한 미소에 매료되었다. 살아오면서 그가 여인에 대해 이렇듯 호감을 가져 보기는 처음이었다.

단목비연은 훌쩍 몸을 날려 그의 등 뒤로 내려앉았다. 그녀는 그의 허리에 단단히 팔을 감았다.

"보호해 달라고 부탁하지 않겠어요. 그냥 같이 가요. 소녀가 죽든 말든 상관하지 않으면 되잖아요?"

"귀찮게 하지 말고 내려."

"싫어요. 내 팔을 자르기 전에는 절대 풀지 않을 거예요."

단목비연은 팔에 더욱 힘을 가해 그의 등에 찰싹 달라붙었다. 그녀는 그의 탄탄한 등에 얼굴까지 바싹 밀착시켰다. 갑자기 그녀의 표정이 울상으로 일그러졌다.

"아유, 냄새! 정말 고약해! 목욕도 안 하고 살아요?"

"그래. 내 몸에는 이와 벼룩이 득실거리니 어서 떨어져."

"상관없어요. 나중에 목욕하면 되지 뭐."

환유성은 난감한 표정을 지었다.

이렇게 막무가내로 나오는 데에는 그도 어쩔 수 없었다. 강제로 그녀를 내팽개치는 것 외에는 달리 방법이 없는 것이다. 그러나 그녀를 상대로 실강이를 하는 것 자체가 번거로워졌다. 결국은 그녀 스스로 떨어질 것이라 생각하고 잠시 그냥 두기로 했다.

두 남녀를 태운 소추는 수북한 낙엽을 밟으며 골짜기를 내려갔다.

그 사이 단목비연은 쉴 새 없이 재잘거렸지만 환유성은 한마디도 대꾸하지 않았다. 시들해진 그녀는 그의 등에 볼을 비비며 중얼거렸다.

"배고파."

"……."

"뭐라도 먹어야지요? 생각해 보니 지난밤 이후로 아무것도 못 먹었어요. 소녀는 살아오면서 한 끼도 굶어본 적이 없다구요."

시장기를 느낀 것은 환유성도 마찬가지다. 하지만 그는 물 한 모금 마시지 않고도 열흘을 버틸 수 있는 강인한 체력의 소유자였다.

단목비연은 끝내 그가 아무런 대꾸도 하지 않자 아이처럼 칭얼거렸다.

"아, 엄마와 아버님이 얼마나 걱정하실까? 밥은 제대로 먹는지, 잠은 제대로 자는지 몹시 심려가 크실 텐데… 배고프고 목도 마르고."

계곡은 넓어져 한쪽으로 시원스런 시냇물이 흘러내렸다.

콰류류!

단목비연은 투명한 시냇물을 내려다보며 침을 꿀꺽 삼켰다. 당장이라도 뛰어내려 가 물을 마시고 얼굴도 씻고 싶었다. 하지만 그사이 환유성이 훌쩍 떠나갈까 걱정이 되어 그러지도 못했다.

그녀의 심정을 아는지 모르는지 소추는 잠시 걸음을 멈추고 물을 마셨다. 소추가 혀를 놀려 물을 마시는 모습을 보자 그녀는 더욱 갈증이 났다. 목구멍이 바싹바싹 타 들어가는 기분이었다.

"환 대협, 나 물 한 모금만 마실게요."

"……."

환유성이 여전히 대꾸를 하지 않자 단목비연은 안 되겠다 싶은지 내려서기 무섭게 소추의 고삐를 움켜쥐었다. 소추만 단단히 붙들어놓으면 환유성이 절대 떠나지 않을 거라 확신한 것이다.

그녀는 소추의 목덜미를 다독여 주었다.

"소추, 가면 안 돼. 알았지?"

소추는 그녀의 심정을 헤아린 듯 그녀의 볼을 혀로 후루룩 핥아주었다. 그녀는 비로소 안심하고 몸을 굽혀 한 손으로 물을 떠 마셨다.

소추가 묶여 있는 터라 환유성도 움직일 수가 없었다. 그는 계곡 사이로 보이는 푸른 하늘을 올려다보았다. 드문드문 흰 구름이 흘러간다. 참으로 유유한 정경이다.

순간, 줄지어 날던 새들이 갑작스레 흩어지기 시작했다. 한 마리 매가 모습을 드러낸 것이다. 짙은 갈색 깃털을 지닌 매는 계곡 위 하늘을 천천히 맴돌았다.

"......?"

매를 올려다보는 환유성의 눈빛이 이채를 띠었다.

매는 양 날개를 활짝 편 채 먹이를 찾아 원을 그리며 하늘을 배회했다. 하지만 사냥에는 관심이 없는 듯 짹짹거리며 달아나는 산새들을 보고도 전혀 하강할 기세를 보이지 않았다.

매는 잠시 환유성의 머리 위쪽을 맴돌다 크게 한 번 울음을 터뜨리고는 남쪽 하늘로 사라졌다.

"아, 시원해. 이제 가요."

실컷 물을 마신 단목비연은 환유성의 등 뒤쪽으로 훌쩍 뛰어올랐다.

환유성은 냅다 그녀를 밀쳤다.

"악!"

첨벙─!

그녀는 그만 시냇물 속으로 풍덩 빠지고 말았다. 환유성은 급히 소추를 몰아 계곡을 따라 내려갔다.

단목비연이 물을 박차고 솟아오르며 앙칼지게 외쳤다.

"거기 서!"

환유성은 그녀를 돌아보며 무심하게 한마디 던졌다.

"놈들의 목을 베어야 돼. 네가 있으면 방해가 되니 따라오지 마라."

환유성을 태운 소추는 이내 계곡 모퉁이로 사라졌다.

혼자 남게 된 단목비연은 울상이 되어 털썩 주저앉았다.

"나쁜 인간, 피도 눈물도 없는 돌덩이! 어떻게 내게 이럴 수 있는 거야?"

그녀는 주저앉은 채 발을 동동 굴렀다. 그녀가 연신 악을 써댔지만 환유성은 끝내 돌아오지 않았다. 한참을 씨근거리던 그녀는 벌떡 일어서며 입술을 질끈 깨물었다.

"그래, 당신 따위한테 의지하지 않겠어. 나도 내 한 몸 지킬 자신이 있다고!"

그녀는 신경질적으로 손을 휘둘러 바윗덩이를 하나 날려 버리고는 그가 사라진 반대 방향으로 몸을 날렸다. 그녀로서는 환유성이 무엇을 의도했는지 전혀 짐작치 못한 것이다.

한편, 계곡을 나선 환유성은 말을 멈추고 하늘을 올려다보았다. 서너 마리의 매가 하늘 높이 맴돌고 있었다. 매들은 서로 교차하며 지상을 세세히 감시하고 있었다.

'매는 절대 무리를 지어 사냥에 나서지 않는다. 역시 누군가 매들을 조종하고 있는 게 분명해.'

어린 시절 장백산에서 매를 길러 매사냥을 다닌 적이 있는 그로서는 매의 습성에 대해 잘 알고 있었다.

그는 소추를 몰아 내려왔던 계곡이 내려다보이는 능선으로 올라갔다.

흐르는 시냇물이 푸른 실처럼 멀리 보인다. 단목비연의 모습은 보이지 않았다. 계곡을 두루 살펴보았지만 그녀의 흔적은 찾아볼 수가 없었다.

'빠른 신법을 지녔으니 쉽게 잡히지는 않겠군.'

그는 희미한 미소를 짓고는 소추의 은빛 갈기를 어루만졌다.

"가자, 소추. 목에 황금이 걸린 놈들이 여럿 있을 것 같구나."

환유성을 태운 소추는 쏜살같이 능선을 따라 달렸다.

여러 마리의 매들이 그들의 머리 위를 따라 움직였다.

매들의 눈에 비친 환유성의 모습이 점차 확대된다. 말을 타고 달리는 그의 전체 모습에서 그의 상반신으로, 급기야 그의 얼굴 모습만 매의 눈에 담긴다.

이 순간, 환유성을 응시하는 매의 눈은 새의 눈이 아니라 인간의 눈이었다.

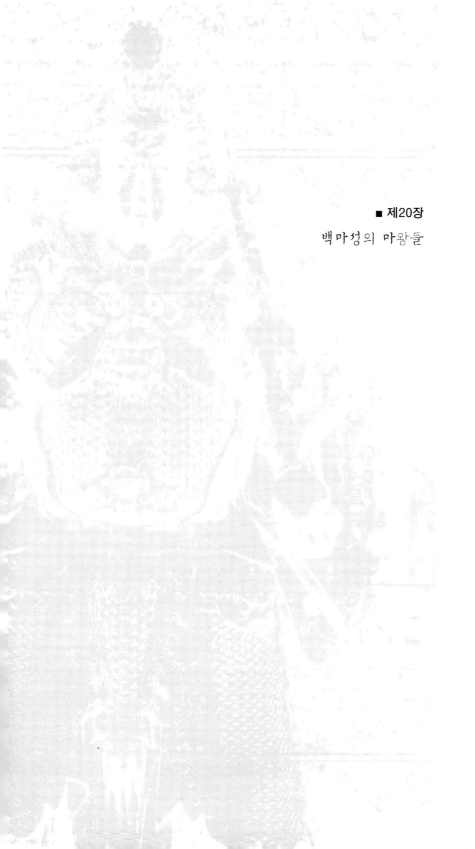

■ 제20장
백마성의 마왕들

1

  "찾았다!"

  털복숭이 괴인은 짐승처럼 뾰족한 송곳니를 드러내며 손에 쥐고 있
던 들쥐를 으적으적 깨물어 먹었다.

  환유성을 추적하는 매의 눈에 비쳐진 인간의 눈은 바로 그의 눈이었
다. 짐승의 눈을 통해 멀리 떨어진 곳을 살필 수 있는 신기한 술법은
천하에서 오직 그만이 펼칠 수 있다.

  백수마왕(百獸魔王)!

  바로 백마성의 구마왕 중 살아남은 다섯 마왕 가운데 하나다.

  일설에 의하면 그는 성성이와 교배한 여인의 몸에서 태어난 반인반
수의 기형아라 했다. 하기에 그는 선천적으로 짐승을 다룰 수 있고, 짐
승의 눈을 통해 먼 곳까지 볼 수 있는 만수통령술이란 기환술을 터득
했다 한다.

백수마왕은 간식 삼아 들쥐 몇 마리를 맛있게 씹어 먹고는 다른 두 마왕을 돌아보았다.

"크르르, 어떤가? 내가 찾아낸다고 했지?"

각기 바위와 거목의 나뭇가지 위에 앉아 있는 두 마왕은 벽력마왕과 폭풍마왕이었다.

벽력마왕은 허리춤의 동발을 철그렁거리며 바위 위에서 일어섰다.

"어디쯤인가?"

"남서쪽 백 리쯤 되는 곳에 있네."

"물론 계집도 함께 있겠지?"

백수마왕이 짐승의 갈기처럼 수북한 머리카락을 긁적거렸다.

"놈이 말과 함께 달리는 것은 확실한데… 계집은 못 본 것 같아."

등에 핏빛 깃발을 멘 폭풍마왕이 빙글 한 바퀴 돌며 내려섰다.

"멍청하기는! 우리의 표적은 반검무적이란 놈이 아니라 단목비연이야."

백수마왕이 그의 몸을 타고 스멀스멀 기어오르는 꽃뱀의 목을 콱 거머쥐었다.

"무슨 걱정인가? 계집을 어디에 숨겨두었든 간에 놈을 잡으면 알아낼 수 있는데."

그는 꽃뱀을 껍질도 벗기지 않은 채 우둑우둑 씹어 먹었다.

벽력마왕은 폭풍마왕을 바라보며 고개를 끄덕였다.

"계집이 보이지 않는다면 숨겨둔 것이 확실하군. 이 참에 놈을 잡아 환마와 전마의 원한을 갚아주세나."

폭풍마왕은 살아남은 오마왕 중 세 번째 서열에 해당된다. 직위는 같아도 벽력마왕과 백수마왕은 그의 지시를 따라야 했다.

폭풍마왕은 잠시 생각하다 고개를 끄덕였다.

"악인궁 놈들이 계집 하나 제대로 납치하지 못해 번거롭게 만드는 군. 어쨌든 태양천을 향해 천리전서구들이 대거 날아갔으니 단목휘는 반드시 올 걸세. 일단 놈을 문초해 계집의 행방을 알아낸다면 우리는 유리한 입장에서 단목휘와 대적할 수 있겠군."

벽력마왕은 텁수룩한 턱수염을 어루만졌다.

"파천공자란 놈을 과연 믿어도 될까?"

"놈도 뱃속이 시꺼먼 악당일세. 암흑천하를 이루겠다고 감히 건방을 떨 정도면 역시 태양천을 눈엣가시처럼 생각하고 있겠지. 놈이 부리는 암흑사마신이란 자들은 실로 무서운 철강시들이네. 단목휘를 지치게 만드는 데 더할 나위 없이 강력한 마물들이지. 내심이야 어쨌든 목표 는 같으니 일단은 믿을 수밖에."

백수마왕이 길게 휘파람을 불자 사방에서 들짐승의 울음소리가 메아리쳐 왔다. 백수마왕은 만족한 표정으로 피 묻은 입가를 문질렀다.

"내 귀여운 아이들을 동원해 놈을 백야평으로 몰아넣겠네. 오늘 밤이 지나기 전에 놈을 찢어 우리 애들의 먹이로 주어야지."

폭풍마왕은 차가운 미소를 머금었다.

"좋아. 어디 백수마왕의 솜씨를 좀 볼까?"

2

띵! 따땅!

단목휘는 폭포수가 옆에 세워진 망심정 정자 안에 앉아 칠현금을 탄주하고 있었다. 그의 금음에 맞추어 날아든 백로와 두루미들이 너울너울 춤을 춘다. 가히 선인의 경지에 이른 탄금 솜씨였다.

금음의 선율에 흠뻑 빠진 단목휘는 빠르게 현을 퉁겼다. 한데 갑작스레 현 한 줄이 태앵, 끊어지고 말았다.

"……?"

단목휘는 의아한 표정으로 끊어진 현을 내려다보았다.

"기이한 일이군, 나도 모르게 손끝에 기가 운집되다니."

그는 알 수 없는 불길함에 젖어 칠현금을 옆으로 밀치고는 찻잔을 집어 들었다. 오늘따라 그가 즐겨 마시는 용정차의 향마저 독하게만 느껴진다.

이때, 문상 남궁현이 서둘러 망심정 아래로 달려왔다.

"천주, 급보외다!"

망심정 위로 오른 그의 모습에 당황스런 기색이 역력했다.

"천주, 섬북에서 날아든 전령이오."

그는 소매 속에서 첩지를 꺼내 내밀었다. 단목휘는 찻잔을 내리며 나직이 한숨을 쉬었다.

"문상께서 이리 황망해하시는 것으로 보아 연아에게 무슨 일이 생겼나 보구려."

"송구하오이다. 소공녀께서… 납치되었다는 전령이외다."

"납치?"

단목휘의 표정이 딱딱하게 굳어졌다. 그의 두 눈에서 놀라운 정광이 폭사되었다. 그러나 그는 이내 본래의 신색을 회복했다.

과연 그는 무림의 절대자였다. 사랑하는 딸이 납치됐다는 급보에도 경망스럽게 소란을 피우지 않았다. 무림천하의 절대자는 결코 무공만으로 오를 수 있는 자리가 아니다. 자신의 감정을 억제할 수 있는 의지와 심기가 더 중요하다.

"소상히 말씀해 보시오."

"소공녀께서 섬북객잔의 비밀 통로를 통해 홀로 안새의 야시장을 구경하기 위해 나섰다가 변을 당한 것으로 보고되었소. 다행히 소천주가 서둘러 안새에 도착한 덕분에 악인궁의 소행임을 밝혀냈지요."

"후우, 공연히 월영궁에 연아를 보내 월영서시에게 심려만 끼치게 되었군."

"천주, 일단은 소공녀의 안전이 절대적으로 중요한 상황이외다. 천주령을 발동해 전 문파로 하여금 소공녀를 보호하는 데 전력을 다해야 할 것이오."

"문상, 딸자식 하나 잠시 실종된 것 때문에 천하를 준동시킬 수는 없소. 무상께도 당분간은 비밀을 지켜주시오. 무상이 진노하면 무림의 십 년 평화가 깨질 것이오."

단목휘의 너무도 차분한 대응에 오히려 남궁현이 조바심을 태웠다.

"무슨 말씀이시오, 천주? 악도들이 소공녀를 노렸다는 건 태양천에 대한 정면 도전이외다. 마땅히 무림첩을 발부해 관련된 자들을 일망타진하여 다시는 이런 불상사가 생기지 않게 강력히 응징하는 것이 올바른 대응이오."

단목휘는 천천히 몸을 일으켰다. 그는 뒷짐을 진 채 폭포수를 올려다보았다.

"문상께서는 그만 고정하시고 이번 사태를 분석해 주시오."

"……"

남궁현은 잠시 그를 응시하다 몸을 일으켜 포권를 취해 보았다.

"과연 천주시외다. 이 늙은이가 당황스런 마음에 앞뒤를 분간치 못하고 천주의 심기만 어지럽혔소."

"앉으시지요, 문상. 지금은 문상의 정확한 분석이 절실하오. 연아의 목숨은 이제 문상의 판단 여하에 달려 있소."

"예, 천주."

남궁현은 좌정하고는 사건 정황을 신중하게 되짚어보았다.

단목휘의 말대로 공연히 천하를 들썩여 사태를 악화시킬 필요는 없다. 단목비연의 뛰어난 무공을 감안한다면 아직 납치된 상황이 아닐 수도 있다. 섬북과 가까운 북서 지역의 지부와 문파 몇 곳의 협조만으로 사태가 해결될 수도 있는 일이다.

"천주, 송구한 말씀이나 악도들이 진정한 목표는 소공녀가 아니라 천주일 거외다. 소공녀를 납치해 천주를 함정으로 유인하겠다는 것이 저들의 목적이겠지요."

"옳으신 말씀. 본인도 그렇게 생각하오."

"한 가지 이해할 수 없는 건 악인궁 따위가 어떻게 이런 계획을 꾸몄을까 하는 점이외다. 악중뇌는 음흉한 자이지만 절대 무모한 짓은 하지 않소. 저들이 감히 천주에게 도전했다는 것은 그만한 자신감이 있기 때문일 것이오."

단목휘는 뒷짐을 진 채 정자 안을 거닐며 물었다.

"사중악이 모두 합세하였다면 가능한 일이 아니겠소?"

"백마성은 자존심 때문이라도 악인궁이나 천잔방에 쉽게 동조하지 않소. 혈야회는 십수 년 이래 종적을 감춰 찾기가 쉽지 않지요. 결국 악인궁과 천잔방 둘이 손을 잡았다고 볼 수 있지만, 저들의 수괴들이 모두 나서도 천주를 당할 수는 없소."

"저들이 기연을 얻어 절세무공을 터득했을 수도 있는 일 아니오?"

"그보다는 누군가의 부추김을 받지 않았나 사료되오."

"부추김이라……."

남궁현은 노인답지 않게 맑은 눈망울을 빛내며 응대했다.

"현 중원의 정세는 지나치리만큼 고요하외다. 마치 폭풍 전야의 정적과도 같지요. 과거 융족과 손을 잡고 황궁까지 쳐들어온 서역무림 역시 힘을 안으로 갈무리하고 있소. 확실치는 않지만 정체를 알 수 없는 무리들이 간혹 천마제국의 폐허를 뒤졌다는 보고도 접수되었소. 본천의 비찰부에서도 파악치 못한 어떤 음모가 진행되고 있는 것이 아닌가 심히 우려되오이다."

단목휘는 가볍게 고개를 끄덕였다.

"예로부터 정기가 삼 척 오를 때 마의 기운은 일 장을 오른다 했소. 사중악이 괴멸되었다 하여 사악한 무리들이 멸절된 것이 아니겠지요."

그는 남궁현 앞으로 다가섰다.

"본인이 직접 가봐야겠소."

남궁현이 얼른 몸을 일으켰다.

"그러시지요, 천주. 탕마수좌에게 전령을 보내 섬북에서 천주와 합류토록 조치하겠소이다."

"그럴 필요 없소. 본인은 단지 딸이 보고 싶어 마중을 나가는 것뿐이오."

"천주……?"

남궁현이 눈을 커다랗게 뜨자 단목휘는 담담히 미소 지으며 그의 손을 쥐었다.

"모처럼 한번 외유를 즐기려는 것이니 가볍게 생각하시오."

"천주, 저들을 너무 얕잡아보지 마시오. 천주를 움직이게 할 때에는 반드시 만반의 준비를 갖추었기 때문이오."

"명심하겠소, 문상. 천후가 알게 되면 크게 심려할 테니 문상께서 잘 위로해 주시오."

단목휘는 보이지 않는 계단을 밟고 오르듯 망심정 밖으로 둥실 떠올랐다.

"그럼 다녀오리다."

그의 전신으로 눈부신 후광이 발산되었다. 그는 절정의 어기충소 신법으로 단숨에 이십여 장이나 치솟아올랐다. 형체가 흐려지며 그는 꼿꼿이 선 채로 서쪽 하늘을 향해 날아갔다. 그의 모습은 순식간에 거대한 낙조 속으로 사라졌다.

최고조에 이르면 하룻밤 사이에 오천 리를 비월할 수 있다는 초상승 경공술인 육지비행술(陸地飛行術)이었다.

3

소추는 마치 주체할 수 없는 힘을 소모하기 위해 치달리는 말처럼 무려 네 시진 동안 섬북 일대의 산지를 두루 뛰어다녔다. 소추는 온몸 가득 피처럼 붉은 땀을 홍건히 흘린 후에야 계곡의 냇가에 멈춰 서 물을 마셨다.

산중의 저녁은 몹시 어두워 암청색 하늘이 오히려 밝게 보인다.

환유성도 안장에서 내려 냇물로 목을 축였다. 그가 냇가에 앉아 건량으로 요기를 하자 소추도 예민한 코를 킁킁거리며 먹을 만한 풀을 찾아다녔다.

우웡. 우웡.

세상에 어둠이 드리워지자 올빼미와 부엉이 등이 제 세상을 만난 듯 울어대며 나무 사이를 날아다녔다.

"……?"

환유성은 건량을 우물거리다 가볍게 미간을 찌푸렸다. 누군가 자신을 주시하고 있는 것 같은 불편함에 젖은 것이다.

주변에 인기척은 없다.

방향도 정하지 않고 무려 네 시진을 이리저리 달려온 소추 덕분에 행여 있을 미행은 완전히 떨쳤다고 확신할 수 있다. 하늘에서 감시하던 매도 저녁이 되자 사라져 버렸기에 더 이상의 추적은 없다.

'분명 아무도 없거늘 왜 이렇게 불쾌하지?'

그는 오랜 세월 현상범들을 추적하면서 살아왔다. 쫓는 것은 그의 전문이다. 하기에 그는 추적을 당하는 자들의 심리까지 정확히 파악하고 있었다.

쫓는 자들보다 쫓기는 자들의 이목이 더 예민하다. 쫓기는 자들은 늘 불안과 긴장 속에서 살기에 사소한 불안감에도 주변을 경계하게 된다. 그것은 본능적인 육감이라 눈과 귀로 미처 파악치 못한 상대마저 찾아낸다.

지금 환유성의 심정이 그러했다. 매의 추적을 따돌렸지만 그는 여전히 누군가의 감시를 받고 있다는 직감을 떨칠 수가 없었다.

그는 눈을 반쯤 뜬 채 심안으로 세상을 보았다.

시냇가 옆에 앉아 있는 자신이 보인다. 시야를 넓히자 주변 오 장 이내가 훤히 보인다. 풀잎 위를 기어가는 버러지들의 움직임까지 헤아릴 수 있다. 하지만 여전히 그를 주시하는 존재는 발견되지 않는다.

그는 무아지경에 빠져 심안을 극한까지 높였다. 그와 소추의 모습이 저 아래로 보이고 주변 십 장 이내를 손금 보듯 훤히 볼 수 있게 되었다.

나뭇가지에 박제처럼 앉아 있는 올빼미가 다소 수상쩍다. 어둠 속에서 인광을 발하는 올빼비의 눈은 사냥감을 찾는 게 아니라 자신에게 고정돼 있다.

더욱 놀라운 것은 올빼미의 눈이 사람이 눈으로 변해 있었던 것이다. 핏빛으로 충혈된 눈은 지극히 사악했다. 그 눈망울 속에 자신의 모습이 들어 있었다.

'저거로군!'

심안에서 거둬들인 환유성의 모습이 본래처럼 나른한 권태에 젖는다.

그는 천천히 몸을 일으켰다. 올빼미와의 거리는 칠팔 장 남짓. 그의 손이 빠르게 어깨의 반검을 쥐어갔다.

번쩍!

한줄기 가는 섬광이 어둠을 갈랐다. 그를 주시하고 있던 올빼미의 두 눈이 검기에 의해 베어지며 핏물이 튀어 올랐다.

캐액!

두 눈이 베어진 올빼미는 바닥으로 떨어져 날개를 푸드득거렸다.

환유성은 비로소 자신을 감시하는 불쾌감 속에서 벗어날 수 있었다. 하지만 올빼미의 눈에서 보여진 사람의 핏발 선 눈빛에 대해서는 도저히 납득이 가지 않았다.

4

"아아악!"

백수마왕은 고통스런 비명을 지르며 털이 부숭부숭한 손으로 두 눈을 가렸다. 손가락 사이로 붉은 핏물이 주르륵 흘러내린다.

"백수마왕, 어떻게 된 일인가?"

옆에 있던 벽력마왕이 깜짝 놀라 물었다.

백수마왕은 나뭇등걸 위에 털썩 주저앉으며 짐승 같은 신음성을 발했다.

"크으으, 올빼미를 통해 놈을 보고 있었는데 갑자기 섬광이 날아들었네."

핏빛 깃발의 폭풍번을 어깨에 걸치고 있던 폭풍마왕이 약병 하나를 벽력마왕에게 건네주었다.

"무서운 놈이군. 어떻게 백수마왕이 은밀히 펼친 만수통령술을 간파했단 말인가?"

벽력마왕은 두 알의 환약을 꺼내 백수마왕의 눈 부위에 발라주었다.

"설마 장님은 되는 건 아니겠지?"

"만수통령술은 심령으로 연결돼 있어야 가능하네. 차라리 놈이 올빼미의 모가지를 베었다면 이런 부상까지는 당하지 않았을 것이야."

약 기운이 퍼지며 통증이 가시자 백수마왕은 이를 부득부득 갈았다.

"믿을 수가 없군. 놈이 어떻게 눈치 챘을까?"

폭풍마왕이 물었다.

"자네, 놈의 쾌검을 보았나?"

백수마왕은 일순 당혹스런 표정을 지었다.

"그, 그게… 단지 눈부신 섬광을 보았을 뿐이네."

폭풍마왕은 깃발을 바닥에 쿡 찍었다.

"검을 뽑는 것조차 보지 못했단 말인가?"

"전혀……."

벽력마왕이 신경질적으로 동발을 콰앙 마주쳤다. 뇌성벽력 같은 광음이 터지며 주변 벼랑이 와르르 무너져 내렸다.

"빌어먹을, 일이 더럽게 꼬였군. 백수마왕의 능력을 믿고 단독으로 추적에 나섰는데 오히려 악인궁과 천잔방 놈들에게 뒤처지게 됐어."

백수마왕은 자신 때문에 일을 그르치게 되자 부끄러움에 얼굴이 벌겋게 상기되었다.

"잠시 후면 회복될 수 있네. 다시 놈을 찾아보겠네."

폭풍마왕이 폭풍번을 다시 어깨에 멨다.

"놈이 무도를 터득했다는 소문이 사실이었군. 심안을 지닌 놈이라면 만수통령술로도 절대 추적할 수 없어."

그는 주변을 향해 외쳤다.

"십팔마장!"

그의 외침이 채 끝나기도 전에 어둠 곳곳에서 그림자들이 솟구쳤다. 모두 열여덟. 그들은 폭풍마왕 앞에 동시에 내려서며 일제히 부복했다.

"부르셨습니까, 폭풍마왕!"

그들은 과거 백마성의 마장(魔將)으로 하나같이 독보적인 마공절학을 지닌 자들이다.

폭풍마왕은 십팔마장을 굽어보며 엄한 표정으로 영을 내렸다.

"놈은 일초에 환마장(幻魔將)의 목을 벤 쾌검의 명수다. 놈을 찾게 되면 절대 맞서지 말고 폭죽으로 신호를 보내라. 놈은 북동쪽 오십 리 이내에 있다."

"존명!"

십팔마장은 복명하기 무섭게 일제히 솟구쳤다. 그들은 부챗살처럼 갈라지며 수림 위를 날아갔다.

폭풍마왕은 백수마왕 쪽을 돌아보았다.

"거동할 수 있겠는가?"

백수마왕의 눈에서 흐르던 피는 거의 멎어 있었다. 그는 몸을 일으키며 퉁명스레 응수했다.

"먼저들 가게. 난 얘들과 함께 별도로 놈을 추적하겠네."

폭풍마왕과 벽력마왕은 둥실 떠오르더니 꼿꼿이 선 채 날아갔다. 한 번 도약할 때마다 무려 십수 장을 건너뛰었다.

백수마왕은 길게 휘파람을 불었다.

삐이익—

귀신의 호곡성 같은 섬뜩한 휘파람소리였다. 그러자 사방에서 맹수들의 포효 소리가 화답하듯 들려왔다.

우우우—!

크르르릉!

사나운 늑대 떼가 끝도 없이 몰려들었다. 하나같이 거대한 덩치에 강한 턱을 자랑하는 검붉은 깃털의 혈랑(血狼)들이었다. 이어 백수의

왕 호랑이까지 모습을 보였다.

백수마왕은 호랑이의 등에 턱 올라앉았다.

"가자!"

호랑이가 우렁찬 포효성을 울어대며 앞서 달리자 수백 마리의 혈랑들이 사납게 짖어대며 뒤를 따랐다. 실로 끔찍한 광경이 아닐 수 없었다.

5

백마성은 과거 불립마제가 천하에서 가장 막강한 마두 백 명을 규합해 창건한 문파다. 각 마두는 열 명의 마졸을 거느려 도합 천 명의 거파를 이룩했다.

이로써 백마성은 천마제국 이후 최강의 집마궁이 될 수 있었다.

비록 태양천을 축으로 한 정파연합에 의해 괴멸되었지만 그 잔존 세력은 여전히 천하를 위협하기에 충분했다. 십팔마장은 백마에 해당된 마두들로 웬만한 소문파는 단신으로 박살 낼 만큼 뛰어난 마공의 소유자들이었다.

십팔마장의 하나인 철마(鐵魔)는 육중한 쇠 도끼를 거머쥔 채 몸을 날리며 주변을 살피고 있었다. 좁은 협곡의 좌우 벼랑을 박차며 계곡 깊숙이 들어선 그는 빙글 회전하며 바닥에 내려섰다.

"젠장, 이 넓은 지역에서 어떻게 놈을 찾아내란 말인가?"

그는 흐르는 물로 목을 축이고는 다시 철부를 꼬나 쥐었다. 폭풍마왕은 상대를 만나 절대 맞서지 말 것을 지시했지만 그는 내심 불만이었다.

"놈을 죽이지 말라 했으니 놈의 목만 베지 않으면 되겠군. 어쨌든 놈의 사지를 요절내 환마 형님의 복수를 하겠다."

백마성 시절 그는 같은 마장급인 환마와 비교적 절친한 사이였다. 환마는 마도의 무리치고 제법 식견이 뛰어나 불립마제의 총애를 받았기에 여러 마두들 중에서 존경의 대상이기도 했다.

십수 년의 은거 생활 동안 나름대로 철부를 갈고닦은 철마는 하루속히 태양천을 상대로 복수전을 펼칠 날만 손꼽을 만큼 자신감에 차 있었다.

그가 막 몸을 솟구치려 할 때였다.

"날 찾느냐?"

등 뒤에서 들려오는 건조한 음성에 철마는 가슴이 덜컥 내려앉았다. 그는 빙글 몸을 돌리며 냅다 철부를 휘둘렀다.

"누구냐?"

철부에서 치솟은 경기가 무려 오 장이나 뻗어 나갔다.

쾅앙—!

요란한 폭음과 함께 벼랑 벽 일부가 와르르 무너져 내렸다. 붕괴된 벼랑 옆으로 한 청년이 석상처럼 서 있었다. 그는 철마의 공격이 옆을 스쳐 갔지만 미동도 하지 않았다.

철마는 바싹 긴장한 채 철부를 불끈 쥐었다.

"네놈은 누구냐?"

"아마 네가 찾는 사람일 거다."

"네가… 반검무적?"

철마는 움찔 한 걸음 물러섰다. 상대의 쾌검에 대해 본능적으로 대비하기 위해서였다.

환유성은 천천히 걸음을 옮겨 다가섰다.

"짐승들을 부려 날 감시했던 자가 너냐?"

철마는 빠르게 환유성을 쓸어보고는 어느 정도 자신감을 회복했다. 반쯤 감긴 눈꺼풀과 무거운 발걸음으로 미루어 절세적 고수라는 생각은 전혀 들지 않았기 때문이다.

"크훗, 그분은 오대마왕 중 한 분인 백수마왕이시다. 네놈이 용케도 만수통령술에서 벗어났더군."

"하면 넌 백마성의 졸개로군. 네 목에 얼마가 걸렸냐?"

"미친놈! 그동안 네놈같이 더러운 현상범 추적자를 여럿 죽였지. 모두 사지를 절단한 후 짐승의 밥으로 만들어주었다. 네놈도 마찬가지다!"

철마는 폭풍마왕의 준엄한 지시를 까맣게 잊은 채 철부를 비껴 들었다. 혼자 힘으로 충분히 상대를 제압할 자신감이 생겼다.

"우선 네놈의 사지를 베어 환마 형님의 원혼부터 위로해 주겠다."

환유성은 상대의 살벌한 기세는 전혀 무시했다.

"몇이나 왔느냐?"

"삼대마왕과 십팔마장이 나선 이상 네놈이 달아날 곳은 없다. 크훗, 단목휘의 딸년을 어디에 숨겼는지 순순히 털어놓는다면 고통은 조금 덜 수 있겠지."

환유성은 느릿한 걸음으로 철마를 향해 다가섰다.

"수급을 담을 주머니가 부족해 아쉽군."

"이런 건방진 새끼!"

철마는 냅다 솟구치며 철부를 휘둘렀다. 그의 절기 중 가장 막강한 파벽쇄극멸이란 수법이었다. 십 장 높이의 거석을 단숨에 쪼갤 수 있는 무서운 절초였다.

쐐애액—

새파란 예기가 어둠을 가르며 환유성의 정수리를 향해 떨어져 내렸다.

순간, 환유성은 크게 한 걸음을 내디디며 몸을 틀었다. 동시에 그의 손이 반검의 손잡이를 거머쥐었다.

번쩍!

철마는 아찔한 섬광과 함께 목 언저리로 섬뜩한 한기를 느꼈다. 그제서 비로소 그는 잘못돼도 크게 잘못되었다는 절실한 후회감에 사로잡혔다. 철부를 휘두르기 전에 폭죽을 올려 신호를 보냈어야 옳았다.

그는 때늦었지만 품속으로 손을 넣어 폭죽을 움켜쥐었다. 그러나 그것은 생각일 뿐이었다. 이미 베어진 그의 목은 뒤로 날아가고 동체는 바닥으로 곤두박질쳤다.

퍼억!

철마의 철부는 환유성이 섰던 자리에 깊숙이 박혔다.

환유성은 철마의 수급은 거들떠보지도 않은 채 벼랑가의 그늘로 걸어갔다. 앞으로도 챙겨야 할 수급이 워낙 많아 잠시 내버려 두는 것이다. 소추가 그늘 속에서 달려나왔다. 그는 안장에 올라앉으며 소추의 갈기를 어루만져 주었다.

"소추, 황금 밭을 누비려면 네가 고생깨나 하겠구나."

소추는 콧김을 내뿜고는 냅다 달려갔다. 웬만한 경사는 소추에게 있어 평지와 다름없었다. 워낙 빼어난 주력이라 소추는 푹푹 빠지는 낙엽 더미 위를 그대로 밟고 뛰었다.

　모처럼 다수를 상대로 펼치는 인간 사냥이 시작된 것이다.

〈제3권에 계속〉